あなたには

帰る家がある

不回家的诱惑

〔日〕山本文绪 著
曹逸冰 译

南海出版公司

新经典文化股份有限公司
www.readinglife.com
出 品

序

每个星期天的早上，茄子田太郎都会出门遛狗。

他是一所私立中学的社会课老师。对他而言，"星期天"是分外宝贵的假日。他会比平时晚起两小时左右，然后牵着爱犬"哥布林"出门去。这个名字是儿子们擅自起的，他不是很喜欢。"哥布林"好像是角色扮演游戏里的低级小妖怪。

茄子田家的哥布林是一条小型犬，没有纯正的血统。两年前，车站门口的购物中心搞了一场宠物领养活动。哥布林就是茄子田从车站亲自接回来的。算上消费税，一共只花了五十五日元。

父母、妻子与两个儿子都很欢迎这位可爱的新成员。儿子们争相抱起小狗逗弄，妻子兴冲冲地为它准备好了狗粮。手巧的父亲还利用休息日给它做了一个漂亮的狗屋。

太郎顿感心头一热，心满意足——这就是所谓的幸福吧。有个和谐的家庭，有只可爱的宠物，这就是他的梦想。幸福的生活就应该是这个样子。

他心想，我的生活没有任何问题。工作还算顺风顺水，父母身体健康，妻子把家操持得井井有条，两个孩子也很活泼可爱。当然，小牢骚肯定是有的，但他觉得自己家比别人家幸福得多。

哥布林在电线杆前停下脚步，闻了闻周围的味道。太郎也停了下来，下意识地抬头望天。

"早上好。这味道好香呀……"

传来一个女人的说话声。太郎回头一看，原来是每周日遛狗时总会见到的年轻女子。有一回，哥布林被一条擦肩而过的大狗的叫声吓得挣脱了绳索，当时她碰巧路过，帮忙抓住了哥布林。

"早上好。"

太郎微笑着回答了一句。

"春天来了，您看，开了那么多瑞香花……"

太郎定睛一看，眼前那户人家的院子里的确开了很多白色的小花，甘甜的香味扑鼻而来。不过他并不知道那种花叫瑞香。他对季节的变迁和花朵的名字一点兴趣也没有。

"这种花叫'瑞香花'啊？"

"对呀，您不知道吗？"

"嗯，有股玉米片的味道。"

太郎的回答逗得她咯咯直笑。太郎本以为她的年纪大概在二十三岁上下，可她一笑，看上去显得稚气未脱，大概刚踏上社会一两年吧。她身材娇小，是个很清秀的姑娘。

"再见。"她歪着脑袋走开了。一头短发，亮色的套装配上紧身裙，凸显出那圆润的臀部与纤长的双腿。太郎目送她远去。

今天跟她说上话了——太郎自顾自地笑了起来。他之所以不厌其烦地在周日一大早出门遛狗，其实都是因为她。平时基本相互点个头就算打招呼了，但偶尔也像刚才那样聊上几句。能和年轻漂亮的女人说上话，总归是一件令人高兴的事情。太郎心想，要不下周打探一下她在哪儿上班吧？要是她不抵触，说不定还能约她一起吃个饭……

他再次抬起头望着盛开的花朵。的确很香。早晨的空气多么清新啊。

一打开自家玄关的大门,屋里就飘出一股瑞香花的味道。原来大儿子正在电视机前吃玉米片。

"爸爸,你回来啦。"

开口跟太郎说话的是小儿子。孩子们都放春假了。开学后,老大就要上四年级,老二则升上二年级。太郎是老师,也能享受春假,无奈杂务缠身,只有在星期天才能喘上一口气。

"嗯,回来了。"

"爸爸,你要吃米饭还是面包?"

老二学着母亲的样子问道。

"小朗吃的什么呀?"

"面包。"

"那爸爸就吃米饭吧。"

"为什么呀?"

"因为你没吃米饭,所以米饭肯定有多的啊。"太郎边说边坐到电视机前的老大身旁。"慎吾,爸爸不是告诉过你,吃饭要去厨房餐桌边吃吗?"

老大没吭声。他捧着装牛奶和玉米片的碗,一边看电视,一边用勺子吃早饭。

"我还说过,吃饭的时候不许看电视。"

"算啦,别说他了,太郎。"太郎的父亲从里面的厨房探出头来,"慎吾喜欢将棋嘛。他又不是在看动画片,就让他看吧。"

"先录下来,回头再看。"

"就是嘛,就是嘛。"

小朗在一旁起哄。两个大人说了半天，老大都没有抬过一次头，可是一听到弟弟的声音，他突然站了起来。

"吵死了！我都听不见电视的声音了！"

一个四年级小朋友的"怒吼"总归没什么威力。

"慎吾，怎么说话呢！"

不等太郎说完，慎吾就把手里的碗狠狠砸在了地上。一声闷响，碗摔得粉碎，牛奶溅得到处都是。

"慎吾，给我站住！"

然而慎吾根本不听，直接冲出了家门。

"老公你回来啦？奶奶房间里的套窗打不开了……呀，这是怎么搞的？"妻子绫子走进客厅，慢条斯理地说道。

"是慎吾弄的。"

"怎么啦？他又歇斯底里啦？"

"哥哥就是歇斯底里。"

太郎瞪了一眼乱插嘴的老二。小家伙立刻噘起了嘴。

"他边看电视边吃早饭来着，我不过是让他先录下来，回头再看，他就把碗摔了。"

"是不是将棋节目啊？"

"嗯。"

"那是因为小朗刚才在录动画片吧？录像机没法同时录两个节目，所以慎吾只能看电视了。"

"……哎哟，原来是这样。"

绫子从厨房拿了块抹布过来。她先小心翼翼地把碗的碎片收拾好，然后又仔仔细细地把地板擦了一遍。太郎呆呆地望着她背后围裙的绳结。

片刻后，他抬头一看，发现小朗已经不见人影了。小家伙知道自己马上要挨骂,赶紧溜走了。

太郎在心中喃喃:不机灵不行,太机灵也不行。

"孩子简直跟哥布林一样……"

"啊?你说什么?"

太郎没有回答妻子的问题,而是望向套廊后面的院子。方才冲出屋子的慎吾正在院子的角落里轻轻抚摸哥布林的脑袋。哥布林长大后,弟弟小朗就对它失去了兴趣,倒是哥哥慎吾还跟以前一样疼爱它。这对兄弟虽然性格迥异,但还是有几个共同点的:他们都喜欢打游戏,长得都像妈妈,最近都进入了叛逆期。

不久前,儿子们还是乖巧听话的好孩子。孩子总有一天要叛逆的,可他们俩最近对父母的态度着实让太郎心里不是滋味。他不由得想,是我们四个大人太宠着他们了吗?

就在这时,远处传来母亲呼唤妻子的声音:"绫子!绫子!"

"啊,糟了,把套窗的事儿给忘了。"妻子起身说道。

"我去吧。"

"不好意思。啊,你早饭要吃什么,面包还是……"

"我就吃米饭吧。"

太郎苦笑着回答道,走向母亲的房间。他的父母是分房睡的。父亲睡在书房的床上,母亲在四叠半的和室打地铺。

"套窗打不开了?"

太郎拉开纸门,问道。母亲正忙着推套窗。

"啊,太郎……"

"你别弄了,我来。"

"好,好,那你来吧。"

套窗已经开了一半。太郎伸手抓住窗户,用力一推,但窗户纹丝不动。看来是窗框变形了。

"看这架势……大概要叫修窗户的人来了。"

太郎喃喃道。他猛地一用力,伴随着刺耳的响声,窗户总算推过去了。他又往回拉了一下。果不其然,根本拉不动。

"这下可好,关不上了……"

"房子太破啦……"

母亲百无聊赖地嘟囔了一句,晃晃悠悠地出了房间。她前年在院子里摔了一跤,右脚骨折了。其他方面倒是挺健康的,就是腿脚不如以前那样灵活。

这时,小朗从奶奶身边跑过,冲向太郎。老母亲吓了一跳,一个没站稳,一屁股坐在榻榻米上。

"小朗,别乱跑!"

"爸爸,哥哥把我的鞋子藏起来了!"

"快跟奶奶道歉。"

"我又没错!"

小朗龇牙咧嘴,做了个怪相,便沿着走廊一溜烟跑远了。太郎望向窗外,只见小朗冲进院子,对狗屋前的慎吾抡起了拳头。儿子们歇斯底里的喊声在家中回响。随即又传来绫子呵斥儿子的声音……

"吵死了……"

母亲喃喃道。太郎抱着胳膊,长叹一声。

他在这栋房子里出生长大,结婚成家,还有了两个孩子。这栋平房原本只有两个房间,经过反复扩建,才成了今天的模样。房子虽小,好歹也隔出了五个房间,但已经是这栋房子的极限了吧。

把房子重建一下吧。太郎心想。

门窗都变形了,冷风总是透过墙缝钻进来。父亲虽然在退休后被返聘,但肯定也干不了几年。要重新盖房子,也许只能趁现在。

给孩子们准备一个能安心学习的房间，给父亲和自己各安排一间新的书房，给母亲和妻子一个更宽敞的厨房。

盖一栋新房子，全家人都朝着同一个目标努力。如此一来，我们家一定会过得更幸福。

太郎心中萌生出一个新的梦想。

下定重建房子的决心后，太郎自顾自地点了点头。年迈的母亲不解地看着儿子，那表情仿佛在说，"瞧这孩子，在得意什么啊……"

1

大家都说，摆在餐桌上的菜，代表着你对家人的爱。佐藤真弓心想，这话是真的吗？

从某个角度看也许是吧。就拿味噌汤来说，用速溶粉末做的，肯定和木鱼花熬出来的有天壤之别。

然而，为每一顿饭重新熬制高汤实在太麻烦。不过刚结婚那会儿，真弓为了让丈夫吃到美味的饭菜，也下了不少功夫。为了让丈夫夸一句"好吃"，她要花三四个小时准备晚餐。

问题是真弓花一下午烹制的晚餐，丈夫佐藤秀明短短十分钟就吃完了。他酒量不好，没有边喝酒边吃饭的习惯，所以吃晚饭就像在咖啡厅里吃午餐一样，一言不发，一眨眼的工夫就吃完了。

见丈夫几乎不碰自己做的炒牛蒡丝，真弓还以为他不喜欢吃这道菜。谁知丈夫某天突然嘟囔了一句，"你做的牛蒡丝好辣。"真弓心想，早说啊！丈夫不爱吃的菜还有很多。刚认识的时候，他还说自己对吃不怎么挑剔，随便吃什么都行，真是个大骗子。

费时费力做的菜，丈夫不光不夸，有时连碰都不碰。久而久之，真弓失去了对烹饪的热情。

真弓本来就不是一个对吃很上心的人。她成长在一个双职工家庭，母亲总是给她吃店里买来的熟食和各类快餐。当然，这并不代表母亲不爱她。

也许是因为真弓从小到大都吃得很随便，她不觉得一日三餐有多重要。想吃好吃的，去餐厅就行了。平时的饭菜只要能填饱肚子就足够了。

"再说了，"真弓在心中自言自语，"我又不是厨师。"

结婚一年半，她每天都忙着构思菜谱。早上要做早饭和丈夫带去公司的便当。中午她一个人吃，随便吃点剩菜就能解决。吃完午饭，得考虑晚上做什么。吃完晚饭，还得考虑第二天的早饭和便当。

即便如此，在女儿出生前，真弓还是能忍受这种状况的。可是有了孩子之后，做饭成了她最不乐意的一件事。最近女儿已经开始吃和成年人一样的东西了。她也想保证女儿的营养，但还是觉得构思菜谱十分麻烦。

我这辈子只能围着一日三餐转了吧。一想到这儿，真弓简直要当场昏厥过去。

结婚之前，真弓都没有意识到自己是如此讨厌做菜。单身时，她几乎没拿过菜刀，但周围的朋友都是这样。她想得很轻巧。既然全世界的主妇都会做菜，那自己肯定也能做。

"我就不适合做这些……"

真弓喃喃着打开从超市买来的醋拌凉菜。她将凉菜盛到小碟子里，正要把碟子放进冰箱，女儿丽奈的声音从卧室传来。

她一边用围裙擦手，一边走向卧室。女儿正躺在双人床的正中央，睁大眼睛看着母亲。

"哎呀，你醒啦？"

真弓抱起女儿说道。丽奈下个月就满周岁了。刚睡醒的时候，她的心情总是很好。见到女儿笑嘻嘻的小脸，真弓也不禁露出了微笑。

她抱着女儿来到客厅,坐在地毯上。丽奈拿着最喜欢的玩具在房间里走来走去。她的步子一天比一天稳了。

真弓陪女儿玩了一会儿,然后开始翻阅夹在报纸里的招聘广告。

她已经找了一个多月的工作。无论是招聘广告,还是专门面向女性的就业杂志,都登满了五花八门的招聘信息,光看就很累人。可即便这样,能满足真弓要求的工作还是少得可怜。

要把孩子送去托儿所,必须赚到比托管费更高的工资,否则就没有意义了。真弓本以为公立托儿所会比较便宜,谁知那种地方的费用是根据家庭收入计算的,还真不一定便宜到哪儿去。再说,公立托儿所有不计其数的人在排队,天知道什么时候能把孩子送进去。

能立刻接收孩子的只有私立托儿所。那种托儿所都是按小时收费,所以真弓一定要找到时薪高于托儿所费用的工作。

时薪高的工作集中在傍晚至夜间。反正丈夫每天都要忙到很晚才回家,晚上出去工作倒也没什么关系,但她当不了补习班的讲师,也不想去关门后的餐厅做保洁员。她毕竟在商社工作过四年,还是想尽可能找一份行政方面的工作。她想为自己的未来打算,而不是随便找个地方打杂。

真弓看了会儿招聘广告,叹了口气,往地上一扔。女儿捡起广告,笑着揉成了团。

真弓笑不出来,却也发不出火,只得抬头望向墙上的时钟。这会儿九点刚过。

佐藤秀明抬头望向样板房墙上的时钟。他今天本想早点回家,不料一拖就拖到了九点多。

他原本在电影发行公司当临时工,结婚时才跳槽到这家中等规模的住宅建筑公司当销售员。

工作强度并没有超出他的预料。他在这儿干了一年半，目前还没有遇到过让人无法忍耐的事。

他在样板房里待的时间比在办公室里更长，但他还挺喜欢这种工作形式。虽然守样板房意味着要在天黑后拜访客户、整理资料，动不动就连着加班好几天，但总比挤在狭窄的办事处跟上司和前辈大眼瞪小眼轻松多了。

好饿啊。秀明心想，真想早点回家吃晚饭。妻子的厨艺不算好，但他不太喜欢下馆子。成家前他是一个人住，那时也不喜欢孤零零地去店里吃套餐，宁可买个便当回公寓吃。

秀明正想着这些，一个女人在他旁边掉起了眼泪。

她叫森永祐子，是公司去年新招的员工。不过下个星期就进入四月了，这意味着她在公司也干了快一年。

新人难免要犯错误。这不，今天她就被客户和科长骂了一顿。科长把她骂哭后就逃回了办事处。样板房里只剩下秀明和祐子，他只能硬着头皮安慰人家。

但他在三十分钟前就把好话说尽了。无论怎么劝，祐子的眼泪就是止不住。她反反复复地说，"我干不了销售呀。"

做女人可真好……秀明边想边扭脖子，发出"嘎啦"一声。只要掉两滴眼泪，就会有人来安慰，还能让惹哭你的人内疚。

秀明今年二十六岁，跟祐子算得上同龄人。然而在秀明眼中，祐子仿佛比他小了十来岁。

祐子虽然不是什么大美女，但穿上套装后还挺像模像样的，放在人堆里也十分出挑。秀明不喜欢她那样的短发，但她松鼠一般的小脸蛋还挺可爱。如果他不是今天这种处境，也许会想方设法安慰人家，乘虚而入。

然而此时此刻，秀明丝毫没有动心。看到这个比自己小三岁的女人在眼前哭个不停，他心里烦得不行。

结婚生子之后，秀明总觉得没成家的同龄人都特别幼稚。他们还有选择人生方向的自由，也没有人逼他们立刻做出选择，而秀明已经选过了。一看到那些还有自由的人，他会产生一种"他们来自另外一个世界"的错觉。羡慕是有的，但他心里也有一丝优越感——我跟那个世界的人已经没有共同语言了。

秀明心想，如果自己还没成家，而祐子不是公司的后辈，事情又会发展成什么样呢？他慢慢挠了挠耳朵。话说回来，妻子结婚前就是个很爱哭的女人。要留心那些掉眼泪的女人，否则一失足成千古恨啊。

"不好意思，害你弄到那么晚……"

祐子的声音将秀明的思绪拽了回来。不知不觉中，她停止了哭泣，一双红肿的眼睛望向秀明。

"啊……没事没事。你好点没有？"

"嗯，再哭也没用……"

秀明苦笑着站起身，套上挂在椅背上的西装外套。

"那就回去吧。"

"啊……要不要去喝一杯？今天浪费了你那么多时间，我请客。"

"唔……"

秀明没有明确回答，而是支支吾吾地背过身去。森永祐子抬头望着他，心想：糟了，他的酒量似乎不太好。应该邀请他一起吃晚饭的。

"不用啦，我还要回家给孩子洗澡，不好意思。"

"你真是个好爸爸呀。"

"嗨，我是怕老婆发火，哈哈哈……"

秀明笑了笑，拿起公文包。见他归心似箭，祐子耸了耸肩，说：

"我写完日报再走。你先回去吧。"

"日报可以明天再写,今天你也累坏了吧。"

"没事,今天太对不起你了……"

"别道歉啦,我刚进公司的时候也哭过好几次。"

"啊?你也会哭吗?"

"会啊,躲在厕所偷偷哭。"

秀明撂下一句"我先走啦",出了样板房。祐子微笑着目送他离去。可他的身影一消失,她便收起了假面具。

"回家给孩子洗澡……哼……"她带着哭腔喃喃道,一屁股坐在椅子上,"唉,真要命……"

祐子望向窗外,只见对面的样板房还亮着灯。她站起身,拉开玻璃门走到阳台上。夜晚的样板房展示中心依然灯火通明。她不禁想,快十点了,大家都好拼命啊。

低头一看,只见佐藤秀明正巧从下面的马路走过。见祐子站在阳台上,他抬手示意。祐子也挥了挥手,自言自语道:"真迟钝……"

祐子进公司快一年了,被分配到这座展示中心也有八个月。她深深地意识到自己入错了行。

我就不该冲着工资和人事负责人的花言巧语,跑来做销售。祐子垂头丧气地想,我怎么可能推销得出价值几千万的商品。

今天被科长批评的时候,她真想第二天递辞呈。可是一想到耐心安慰她那么久的秀明,就起了再努力一把的念头。

初次见面的时候,祐子认定秀明是个很温柔的人。他长得很年轻,发型也有点学生气。刚才听说他有孩子的时候吃了一惊,不过这反而让她觉得,秀明不仅温柔体贴,更是个可靠的男子汉。

"卖房子的确不容易,但自己卖出去的东西能存在好几十年,多有成就感啊。"

当她哭着说"想辞职"的时候，佐藤秀明把手轻轻搭在她肩上，如此说道。打动她的并不是这句话，是那手掌的温度留住了她。

"真好啊……我也好想结婚……"

祐子对着夜空说道。她不光羡慕秀明的妻子，还羡慕世界上所有的主妇。

秀明按下了公寓的门铃。过了一小会儿，房门开了。穿着睡衣的真弓揉着惺忪的睡眼说道："你回来啦……"

"睡着啦？"

"哄丽奈睡觉的时候一不小心睡着了。"

秀明轻轻点点头，走进客厅。真弓跟在丈夫身后，希望他能说一句"你去睡吧"，却没能如愿。

"唉……饿死了。"

"你没吃晚饭啊？"

"你不是帮我做了吗？"

听到丈夫的反问，真弓噘起了嘴——那我要是不做，你就在外面吃完了再回来？

秀明一边解领带，一边望着睡得香甜的女儿。

"要给孩子洗澡"是他逃避聚餐的借口。其实妻子每天傍晚会把女儿洗得干干净净。这个借口不容易得罪人，着实方便。

秀明换了一套运动服，去了厨房，只见桌上已经摆好晚餐的小菜。真弓背对着他正忙着盛饭。这时，秀明忽然想起，最近只见过妻子穿睡衣的样子。早上出门的时候，她还穿着睡衣。晚上回来的时候，她已经把睡衣换上了。

"你不会一整天都穿着睡衣吧？"

秀明问道。真弓一脸莫名其妙地回过头来。

"呃……因为我最近只见过你穿睡衣的样子。"

"这还不是因为你回来得太晚吗？"真弓十分不快地回答，将装着米饭的碗递了过去，"为什么每天都要弄到这么晚？"

真弓坐在秀明对面的椅子上。

"你偶尔也早点回来，给丽奈洗个澡不行吗？把孩子的事情都推给我也太过分了吧。丽奈也是你的女儿啊！"

秀明心不在焉地点了点头，拿起筷子。猪排是店里买的，卷心菜丝估计也是买的现成的。醋拌凉菜和酱菜肯定也是从超市买的。但秀明不会发牢骚，因为店里买的说不定比妻子做的更好吃。而且他一旦抱怨，等待他的必然是十倍的怒火。

"这周三你能休息吗？"

"大概吧。"

"那你能帮我带一下丽奈吗？我想出趟门。"

"给我倒杯茶。"

秀明吃完了，放下筷子。真弓懒懒地站起身，去给他泡茶。秀明冲着她的后背问道：

"你要去哪儿啊？"

"非得告诉你不可吗？"

真弓的口气很冲。秀明又扭了扭脖子。

"你干吗发火啊，我就是随便问问。"

他边说边摊开手边的报纸。

婚后，真弓的心情是一天比一天差，不擅长和人争吵的秀明总觉得待在家里浑身不舒服。他对妻子也没有太多的要求，只要她当个普通的家庭主妇就行了。为什么她就不能开开心心的呢？

"我要去面试。"

真弓轻声说道。秀明抬起头问：

"啊?面试?"

"我想出去工作。我受够了每天待在家里的日子,我想工作!"

真弓连珠炮似的说道,眼中分明噙着泪水。秀明连忙抓起一块布递过去。

"别哭啊,我求你了,好好说不行吗!"

"这是抹布呀。"

"啊,对不起……"

真弓把纸巾盒拉到自己跟前,擦了擦眼泪,擤了擤鼻涕。等待她开口的时候,秀明开始犯困了。他只得抱起胳膊,闭上眼睛,装出想心事的样子。

"我今天就没跟别人说过话。"

真弓突然来了这么一句。秀明回过神来。

"啊?"

"我满脑子想的都是下一顿要做什么,怎么照顾孩子,都没跟别人好好说过一句话。这样的日子已经快一年了。换成是你,你受得了吗?你也跟我一样来坐个牢试试?这就是坐牢,就是软禁!"

妻子握成拳头的手按在桌上。秀明打量了她一会儿,问道:

"那你去找个人说说话不就行了?我又没有不让你找人聊天。"

"你让我找谁去!"

"街坊邻居啊,朋友啊……公园里不是总有带着孩子的妈妈聚在一起聊天?她们不是聊得很开心吗?"

"你真是什么都不懂!"真弓鼓起腮帮子,"我也觉得她们看上去聊得很开心,就去试了一下。可公园那群人是三句话不离孩子。只要不下雨,她们就聚在公园里聊孩子。除了孩子,就是老公的坏话,还有超市的打折信息。"

"那有什么不好的?"

"她们就是这样慢慢变老的。要不了多久,她们就会对社会上的事失去兴趣,眼睛里只能看见自己的生活。如果你是我,你觉得加入这种小团体开心吗?"

妻子扬起眉毛,仿佛在说:"你倒是说说看啊!"秀明默不作声地看着她。他不明白妻子到底有什么不满意的。

这套三室一厅的房子距离东京市中心大概一小时车程。首付是真弓的父亲出的,秀明负责还贷。奖金季的月供①有点吃力,但平时的月供就跟普通公寓的租金差不多。公寓楼周围的绿化很好,坐十分钟公交车就能到私营地铁的大型车站。车站那儿有私铁旗下的百货商店,还有附设电影院的购物中心。而且公寓门口就有一家大超市,不用去车站也能买到各种东西。这样的生活环境还有什么好埋怨的呢?

秀明还记得婚后刚搬来新家时,真弓那无比陶醉的表情。她停下拆包裹的手,望着天花板发起了呆。秀明问,是不是肚子里的孩子踢你了?她微笑着摇摇头,说:

"能和你结婚真是太好了。"

这明明是她想要的生活。她不用挤拥挤的通勤电车,不用连着加好几天班,不用为复杂的人际关系头疼。她如愿有了孩子,只要在这间干干净净、采光又好的公寓悠闲地过自己的日子就行了啊。

秀明把所有工资都上交了。他觉得,既然真弓当家庭主妇,那就让她管账好了。

然而,真弓每个月给他的零花钱实在少得可怜。秀明也抗议过。他的确不会喝酒,也没有赌博的爱好,零花钱就是用来买饮料和杂志的,可真弓给的钱都不够他吃顿像样的午饭。见秀明有意见,

---

① 日本房屋贷款的一种返还方式。在每年两次奖金月增加还款额度,以降低其他月份的还款额度。

真弓便提出每天给他做便当带去公司。秀明斟酌了许久，最终还是同意了。他觉得真弓肯定坚持不了太久。真需要用钱的时候，就直接把钱取出来，不用跟她打招呼，反正打到他账户里的钱本来就是他的。

真弓有了心心念念的家庭和孩子，也买下了便利舒适的公寓，还有了一个每月都会自动进账的钱包。她现在怎么突然想出去工作了呢？秀明觉得莫名其妙。

他的视线越过妻子的肩膀，落在墙上的钟上，心想，最好在体育新闻开始前把澡泡了。

"丽奈呢？你准备把她寄放在哪儿？"

"托儿所。"

"你妈不肯帮忙带吗？"

"唔……我可以问问。"

"托儿所的费用跟你赚的钱差不多吧？"

真弓没有回答。

"你要去面试的是什么公司？"

"保险公司，叫'绿叶人寿'。"

"做行政？"

"不，销售员。但工资很高。普通的行政工作的确连托儿所的费用都不够。"

一听到这句话，秀明便想：销售？她怎么可能干得了？要不了半年，她就会叫苦。他甚至有点想笑。

"好吧。"

秀明此话一出，真弓两眼放光。

"你真让我去？"

"你想出去工作就去呗。这都什么年代了，老婆想出去工作，还用得着请示老公吗？随你的便吧。"

说完，他便起身去了浴室。和真弓擦肩而过时，他在妻子的脸颊上轻轻一吻。

面试当天早上，真弓傻了眼。她发现自己套不上原本想穿的西装短裙。

她辞去商社的工作还不到两年，虽然也意识到自己稍微胖了点，谁知当年还松垮垮的拉链才拉到半截，就死活拉不上去了。

无奈之下，她只能从壁橱深处翻出找工作那会儿穿的深蓝色西装。她记得那条裙子的两侧用的是松紧带。

"怎么穿这么土啊，不是要穿你最喜欢的那套普拉达吗？"

一看到真弓穿着深蓝色的"应届生西装"出现在厨房，秀明便开起了玩笑。

"那么高调的衣服怎么能穿去面试。"

"也是。丽奈，快看妈妈。你是不是好久都没见过不穿睡衣的妈妈啦？"

秀明对怀中的女儿说道。真弓本想反驳，但丈夫难得心甘情愿地带孩子，她只能忍了。

"那我出门了，麻烦你带一下丽奈吧。"

"妈妈，不要抛弃我嘛——"

秀明用孩子的口气开玩笑。真弓没有搭理他，径直走出玄关，坐电梯下到一楼。一出公寓楼，映入眼帘的便是一片蓝天。

真弓张开嘴，仰望着早已染上春色的天空。清澈的钴蓝色天空下，是刚刚绽放的浅粉色樱花形成的拱廊。微风吹起她鬓角的发丝。她品尝着阔别已久的解放感，开心得快要哭出来。

她好久没穿过四厘米的高跟鞋和紧身裙了。她迈开步子，故意飞快地走过这条樱花林荫道。"一个人走路"这么简单的一件事,竟让她打心底里高兴。没有孩子的人肯定不会懂,用自己的速度,用"大人"的速度走路,是多么舒服的一件事。

真弓再次感慨,还好自己嫁的人是秀明。她还以为一提要出去工作,秀明就会大加反对,至少要让她等到孩子上幼儿园以后再说。没想到她没费多少唇舌,丈夫就同意了,还高高兴兴地把她送出了家门。上哪儿找这么好的男人!

秀明比真弓小两岁。真弓倒是不抵触丈夫比自己小。她总觉得,要是嫁了比自己大的,那就得唯老公马首是瞻了。与其被丈夫瞧不起,她宁可找一个能平起平坐的人。

我没有选错人。一想到这儿,真弓就备感骄傲。

年纪摆在那里,秀明有时难免有些靠不住,做起事来也有些优柔寡断。但真弓觉得他这个人很善良。他从来不会大声吼她,她说话的时候也会好好听。当然,真弓也希望他平时能早点回家,多帮她带带孩子,但这也许是一种奢望。

坐公交车来到电车站,真弓突然紧张起来。她本以为自己不会因为兼职的面试紧张,可到了关键时刻,还是心跳加速。她深吸一口气,走向检票口。

真弓到家时已经是傍晚六点多了。当然,面试很早就结束了,但她许久没一个人上过街,就去百货店逛了逛,还喝了杯茶。

走到公寓楼下抬头一看,自家居然没亮灯。真弓顿时产生了不祥的预感。

"阿秀人呢?"

真弓打开门,走进玄关。一开灯,她就看到了贴在墙上的便笺。

"有客户投诉,我要去公司一趟。丽奈送到外婆家了。"

真弓扫了一眼，就把便笺揉成团，丢进了垃圾桶。我明明没做错什么，这下可好，又要被妈妈唠叨了——一想到这儿，她就心烦气躁。

她立刻穿上刚脱下的鞋子，准备赶去娘家，但刚打开家门就站住了。既然孩子在外婆那儿，就没什么好担心的，还不如在家慢悠悠泡个澡再去。于是她脱下鞋，走进了房间。

"你知不知道现在几点了?!"

一到娘家，真弓就被母亲骂了个狗血淋头。

"你也不用发那么大的火吧……"

"去公司面试怎么会搞到八点！"

母亲抱着外孙女站在玄关，狠狠瞪着自己的女儿说道。

"好啦好啦，我错了还不行吗……爸爸呢？"

"他今天要参加宴会，很晚才能回来。"

"天助我也。"

"还天助我也……"

真弓撂下嘟囔个不停的母亲，走进客厅，一屁股坐在无比熟悉的沙发上。这里是她长大的地方。

"喏，自己的孩子自己抱。"

跟在后面的母亲把孩子递给真弓。

"再帮我抱一会儿呗——"

"你当丽奈是什么啊。唉，丽奈啊，瞧瞧你妈这副样子……"

无奈之下，真弓只好接过女儿。孩子可能是困了，心情似乎不太好，在她怀里不住地挣扎，边扭边嚷嚷。

"丽奈是不是困啦？这才八点。"

"是'已经八点了'好不好！你平时都是几点哄她睡觉的？不能让她养成晚睡的坏习惯。"

"我知道啦,你好烦……"

"你这是什么态度,一声招呼不打就把孩子塞过来的是你,好不好?"

"又不是我想送她过来的,阿秀说他会帮着带一天,所以我才出门的。"

"你们俩真是一点当父母的自觉都没有……"母亲发着牢骚走进厨房,"喝点茶吧?肚子饿不饿?"

"有东西吃吗?"

"有秀明拿来的肯德基。"

"啊,给我。"

母亲端着茶壶和盛着炸鸡的纸盒回到客厅,坐在真弓对面,给她倒了一杯粗茶。一看到炸鸡盒子,丽奈便"啊——"地喊了起来。

"她晚饭吃了什么?"

"一点米饭,还有半盒冷冻的奶汁焗菜。"

"麻烦你啦。"

"不客气。"

烦躁的神情总算从母亲脸上消失了。真弓松了口气。

真弓的母亲当了很多年护士,上年纪之后也要跟年轻护士一样倒班。三年多前,她因为健康问题辞去了医院的工作。好在最近身体好多了,正打算找家私人诊所上白班。

真弓把炸鸡撕成小片喂给女儿,又喂了她一点放凉的粗茶。吃过东西,女儿一下子就睡着了。

"你真要出去工作啊?"

孩子睡着前,母亲还是笑嘻嘻的。可孩子一睡着,她便立刻绷起了脸。

"差不多吧。"

"亏得秀明能同意。"

"这都什么年代了,这种事又不是他说了算。"

"不好意思,我就是老古板。"母亲"哼"了一声。

"干吗,你不赞成啊?"

"你肯定不行的。"

"为什么?"

"你这种对自己狠不下心的人,怎么可能又做好工作,又顾着家里的事。"

"也太瞧不起我了吧,你当年不也是边工作边带我嘛。"

听到这句话,母亲狠狠瞪了真弓一眼。

"那你当初干吗要辞职?你要是真有心工作,留在那家公司不就好了?那边还有产假。"

真弓噘起了嘴。

"'我再也不想工作了,我要嫁给秀明,跟他组成一个幸福的家庭'——当初哭着跟我们说这话的是谁啊?"

"你是在讽刺我吗?"

"对。"

真弓无法反驳,只能选择沉默。

她在两年前的秋天与秀明结为夫妇。两个人只交往了一年,她就怀孕了。

当时真弓真的拼尽了全力。她无论如何都不想失去秀明。得知真弓怀孕后,秀明求她放弃肚子里的孩子,但她从来没见过堕胎之后还能修成正果的情侣。不趁机结婚,就没有退路了。

她厚着脸皮去找父母哭诉,说自己怀孕了,想跟秀明结婚。母亲大吃一惊,父亲更是连脸色都不对了。

真弓把这件事告诉秀明。听说女方父母已经知道,秀明居然投降了。他好像也犹豫过，但最后还是答应了这桩婚事，而且态度也比真弓想象的爽快。

他们急急忙忙办了婚礼，找好了新房。怀孕，辞职，结婚，生子……一连串暴风雨般的人生大事过后，等待着她的是平静的日常生活。除了孩子的成长，每天都是一成不变。

秀明原本在电影发行公司工作，婚后跳槽去了一家住宅建筑公司。投入新工作占用了他全部的精力，使他无暇对每天的生活想东想西。其实真弓也没闲着。她做梦也没想到养育一个婴儿会如此辛苦，一刻都放松不了，完全没有属于自己的时间。

虽说同样忙忙碌碌，与社会脱节的不安却在真弓心中播下了焦虑与孤独的种子。为了缓解这种情绪，她会看看电视，找同样有孩子的邻家主妇聊聊天。可越是这样，她就越焦躁。

"辞职的时候，我孕吐得厉害，都没办法正常思考了。婚礼的准备工作又很辛苦，阿秀又不能请假……"

真弓对沉默不语的母亲说道。其实她也在后悔，觉得自己当初不应该辞职。但事已至此，多说又有何用。

"你当年不也是一边工作一边照顾我的吗？你总不在家，我有时候也觉得冷清，但你看上去比人家的妈妈更有活力，我可为你自豪了，也想做你那样的妈妈。"

"哟，是吗？"

母亲好像当真了，总算露出了笑容。真弓继续说道：

"所以你能不能帮我带带丽奈？反正我四点就下班，五点前肯定能来接孩子。你也觉得自家人带孩子更放心吧？求你啦！"

母亲盯着苦苦求她帮忙的真弓。她好久都没有细细打量过女儿的脸了。女儿化了妆，戴着耳钉，结了婚，还生了孩子。她的外貌成熟了，唯有那双眼睛还和小时候一模一样。

撒娇的时候，提无理要求的时候，真弓总会摆出这种可爱的表情。我被这双水灵灵的眼睛骗过多少回了？母亲心想。她给真弓买了想要的玩具、裙子，给了她出国游玩的旅费。给她这些都没关系。对一个母亲而言，上女儿的当也是一种快乐。

外孙女是她的心头肉，她也想把孩子留在身边。然而她很清楚，这个时候答应女儿的要求，对谁都没有好处。真到了迫不得已的时候，不用真弓开口，她也会主动帮忙照顾孩子。可这一回，她左思右想，都觉得真弓太任性。

"不行，我的时间是属于自己的。我肯定会死在你前头，怎么能把宝贵的时间浪费在带孩子上。"

"你怎么这么说话……"

"这话我要原原本本地还给你。你要是真想出去工作，就把孩子送去托儿所，我可不管。"

真弓早就料到母亲会这么说。她们在同一个屋檐下生活了二十多年，她深知母亲不是那种会屁颠屁颠当保姆的人。

"我也不是让你免费带孩子，会给钱的。"

"这不是给不给钱的问题。"

见母亲的态度如此坚定，真弓终于忍不住了，不禁提高嗓门：

"你怎么这么冷血！别人家的老人都说，'与其送托儿所，还不如给我带呢'！"

母亲立刻反问道："别人都是谁啊？"

"阿咲啦，小纪啦……总之现在大家都是这么办。"

"大家、大家……你真是一点都没变。"母亲没好气地笑着说，"大家都有珍妮娃娃，你也给我买一个吧。大家都要去塞班旅游，给我点钱吧。你这么喜欢跟别人一样吗？要是跟别人不一样，就坐不住了？"

真弓无言以对。每次都是这样,拌嘴的时候从来没有赢过母亲。小时候,她还能打出最后的王牌"大哭大闹"。可现在她也老大不小了,总不能再用老办法。

"好好好,是我不对。"

真弓没好气地说道。不等母亲再开口,她站起身,从包里掏出手机。秀明不太回短信,所以她干脆打了电话。可是秀明不接,她连打了三个,秀明还是没接,她无奈只得又坐下来。

"你在给秀明打电话?"

"是啊。"

"他在忙吧?"

"没事儿,不这么打,他就不会回电话。"

话音刚落,真弓的手机响了。

"阿秀?嗯,在娘家。你在哪儿?啊?对不起,我知道啦,以后不会在你工作的时候打了。丽奈睡着了,你能不能来接一下?拜托啦。嗯。话说你后天能不能休假?唔,还要去面试一次,我妈又不肯带。啊?好好好。那我等你来。"

母亲看着真弓一脸不快地和丈夫说话。刚结婚的时候,小夫妻俩如胶似漆,她这个丈母娘在一旁看着都脸红。这才一年多,女儿居然就成了这副口气。母亲无言以对,心想,亏秀明能沉得住气。

"你后天也要去面试?"

真弓一挂电话,母亲便问道。

"嗯,今天面试我的人是支部长,下次要去总公司,再见一下他们的董事。"真弓无力地说道。

"你真的会被录用吗?"

"十有八九吧,毕竟我面试的是保险公司的销售员,他们好像很缺人。"

"你要去卖保险?"

"反正你觉得我干不了,是吧。"

真弓无精打采。她轻轻摸着躺在一旁的孩子的头发,长叹一声。母亲怀着复杂的思绪打量着她。

"一旦录用,你就要去上班了吗?"

"……是啊,得赶紧找托儿所。"

母亲没有再看垂头丧气的女儿。理智告诉她"不行",但她的嘴巴似乎不受控制:

"在你找到托儿所之前,丽奈就给我带吧。"

"啊?"

"这不是没办法吗?秀明又不能老请假,孩子又没有别的地方可去。"

真弓看着母亲,顿时笑逐颜开。母亲真不想承认,但这张脸可爱得让她涌起了抱住女儿的冲动。她摘下眼镜,用手指揉了揉眉间。唉,又由着这孩子胡闹了。她顿时陷入了自我厌恶。

到了十点多,秀明终于现身。他开着公司的车出现在真弓的娘家门口。他平时也开这辆小排量汽车上班。

真弓抱着孩子坐到副驾驶席上。她才刚坐稳,秀明立刻发起了牢骚。

"我跟你说过多少次了,没有急事不要连着打好几个电话!"

"我刚才不是道过歉了吗……"

真弓气呼呼地说。不等她说完,秀明便接着说道:

"我刚才在跟客户谈事情!"

"我知道错了还不行吗,一个大男人还这么婆婆妈妈的……"

就在这时,孩子咿咿呀呀地说起了梦话,仿佛是在抗议父母的争吵。两人同时低头看了女儿一眼，又抬头看了看对方。

"算了，先回去吧。"

"嗯。"

秀明整理了一下自己的情绪，踩下油门。他一边开车，一边偷瞄妻子的表情。只见她哼着歌，抚摸着女儿的头发，心情看似很好，真是太阳从西边出来了。

"面试怎么样？"秀明问道。

真弓微笑着回答："很开心呀。"

"'开心'是什么意思？你又不是去玩……有戏吗？"

"嗯，十拿九稳吧。今天面试我的是四十来岁的女支部长。我对她的印象特别好。她看上去温文尔雅，但工作能力肯定很强。"

"哦……"

"她说，保险公司有很多有孩子的员工，她一点都不觉得孩子是减分项。她还说最开始可以带着孩子一起去上班。真好啊，我都没想到世上还有这样的公司……感觉自己突然有斗志了。后天还要去一趟总公司，让董事再面试我一次，顺利的话就能被正式录用了。"

说完，真弓望向丈夫。他面朝前方，跟着音响哼着歌。

"喂，你有没有在听我说话！"

"有啊，你后天要去干什么来着？"

"算了……"

真弓鼓起腮帮子。无论她说什么，秀明都不会认真听。

真弓总觉得秀明看扁了她。刚认识那会儿，真弓才是更成熟的那一方，她还经常给秀明提意见。可他们的立场在不知不觉中对调了。

无论是秀明还是父母，身边的人都认定真弓是个不成熟的半吊子。但真弓有大学文凭，在商社干了四年多，现在都结婚生子了。为什么大家还是这么看呢？她百思不得其解。

这时，她想起了今天面试自己的支部长。

支部长身材微胖，但着实给真弓留下了良好的印象。她说自己也是个妈妈，却一点都没有中年大妈的感觉，说起话来很稳重。面试时，一个总部的男员工碰巧过来办事。他当着真弓的面夸了支部长："别看她这副样子，她可是片区的销售冠军。"真弓大吃一惊。她实在没想到温柔的支部长有那么强的工作能力。在她的印象中，"能干的中年女人"都是趾高气扬、耀武扬威的，而支部长颠覆了她的认识。

真弓心想，好想变成支部长那样的人。她这辈子还从来没有对"中年妇女"产生过这般的向往。她刚才对母亲说"我也想做你那样的妈妈"，不过是奉承罢了。她从没起过那样的念头。母亲有自己的事业，过着充实的生活，这一点的确值得尊敬。她也很喜欢母亲爽朗的性格，但总感觉母亲缺了几分情趣，也缺了几分女人味。

"啊，对了，要是真被录取了，我能不能不给你做便当？"

秀明扬起一边的嘴角笑道："可以啊，明天就停也成。"

"你这话是什么意思……"

"你早就嫌麻烦了，不是吗？不做便当没问题，多给我点钱吃午饭就行。"

真弓思索片刻后问道："一天给多少？"

"一千日元就行。"

"啊？午饭随便吃吃不就行了，不能五百日元搞定吗？"

"我说你啊……"

信号灯正好变红了。秀明踩下刹车，转向真弓说道：

"你就不能回忆回忆自己上班那会儿是怎么过的？五百块的确能搞定一顿午饭，但有时候也要跟同事一起喝个咖啡吧？偶尔也要请新人吃个饭吧？你干吗那么抠！"

"还不是因为你赚得少吗?"

见真弓鼓着腮帮子,秀明懒得多说。好容易休一天假,老婆却要出门,害得他只能在家带孩子。带就带吧,至少能安安心心看个DVD。谁料孩子哭个不停,他又不知道尿布放在哪儿,还因为客户投诉被叫去公司。带着孩子去找外婆,低三下四地求人,还要听一通冷嘲热讽……

这还没完。在跟客户谈事情的时候,真弓连着给他打了好几个电话。回家路上,她还要埋怨自己赚得少。

离婚算了。

这个念头在秀明的脑海中闪过。

就在这时,喇叭声打断了他的思绪。回过神来一看,信号灯已经绿了。他连忙踩下油门。

"唉,要是有辆车就好了……"一旁的真弓喃喃道。

"这不就是车吗?"

"又不能开着这种车去兜风……"

真弓怨气十足地盯着前面那辆红色奥迪。她本来就不愿意看见秀明把公车当私家车用,更何况车门上还写着一行大字——"格林建设"。她常常抱怨开着这辆车去超市和家庭餐馆很没面子。

"要不我们买辆车吧? 二手的也成。"

"有钱买车,还不如给我买午饭呢。"

秀明叹着气回答。真弓也就不好意思再说下去了。

我当初到底是怎么看上她的? 怎么会和这样一个女人结婚呢? 秀明在心里不住地嘀咕。他早知道真弓为人任性,又爱提无理要求,稍微碰到点不顺心的事情就发动眼泪攻势。那当初为什么要娶她呢?

三年前,秀明在东京的一家电影院结识了真弓。那天,秀明的公司在电影院举办试映会，他负责在大堂打杂。忙到一半，一位女子忽然凑上来跟他搭话——来人竟是他高中时的前女友。他们都知道对方在东京工作，却一直没联系上。意料之外的偶遇让两人十分惊喜。前女友是跟公司的前辈一起来的，这位前辈就是真弓。

秀明的前女友几乎还是高中时的样子，素面朝天，颇有些假小子的意思。她的容貌看上去挺成熟，性格却有点像男生，所以秀明和她的交往算不上特别深入，最后无疾而终了。

而那时的真弓就像是从时尚杂志里走出来的一样。一身套装，脚蹬高跟鞋，耳朵上戴着金耳环，系着丝巾。秀明觉得她很漂亮，可一想到人家比自己年长，就不太敢出手。对方是在丸之内的商社工作的白领丽人，自己却是电影发行公司的临时工。我们的世界相差太远了——这是秀明对真弓的第一印象。

能在这种场合偶遇着实不易。秀明邀请前女友在试映会结束后一起吃饭。当然，他也邀请了在场的真弓，但真弓给了他一个沉稳的微笑，说道："我就不去当电灯泡啦。"

看完电影后，她们俩来到大堂找秀明。秀明正在收拾会场。可他抬头看了一眼真弓，顿时目瞪口呆——她竟然两眼通红，还不住地吸鼻涕。那天放的是美国怀旧片，并不是那种催人泪下的片子。秀明很喜欢这部剧情四平八稳的电影。大多数人都会觉得这样的电影无聊，但他其实也在昏暗的放映室里偷偷抹眼泪。

"真弓前辈，你可真爱哭——"

前女友开起了真弓的玩笑。真弓用水灵灵的眼睛看着他们，笑着说："古装电视剧都能把我看哭呢。"

如果真弓本就长得文文弱弱，也许秀明不会动心。但"成熟女性心中最柔软的那一面"对他产生了强烈的吸引力。真弓婉拒了秀明的邀请，但秀明愣是把她拉住了。

他要到了真弓的电话号码，疯狂地约她。他从来没有这么热烈地追求过一个女人。真弓起初有些犹豫，但几次约会后，他们越来越有恋人的样子了。

每次见面，秀明都觉得真弓在逐渐偏离自己对她的第一印象。他意识到，真弓只是外表显得成熟，其实内心还十分孩子气，但他并没有因此改变初衷。那时他觉得外表与内心不同，反而让真弓显得更动人了。

秀明暗自心想：要是她没有怀孕，我们应该不会结婚吧。那个晚上发生的一切，他至今历历在目。刚开始吃饭的时候还有说有笑的，可是吃着吃着，真弓突然哭了起来。因为秀明随口说了一句，"我没打算在三十岁前结婚"。

和真弓谈恋爱的过程中，秀明只学会了一种让她停止哭泣的方法——和她上床。那晚真弓告诉他，她在安全期，没关系。秀明酒量不好，却在吃饭的时候稍微喝了点，一时糊涂就相信了。

听说真弓怀孕，秀明立刻求她放弃这个孩子。这本来就是个意外。他没有避孕，不过是因为真弓说那天没关系。秀明甚至觉得自己是被真弓下了套，只是他没有把这话说出口罢了，但内心的想法终究还是表现在了态度上。听完秀明的回答，真弓立刻哭喊起来，完全忘了他们还在咖啡厅。

秀明也很清楚，虽然真弓每次约会都是穿着套装现身，动不动就把自己当小朋友看，可她其实也有软弱的一面。他早就料到真弓会哭，可他万万没想到，真弓会不顾他人的眼光，哭喊"我一定要把这个孩子生下来"。秀明顿时慌了，然而真弓那天的状态不允许他们继续沟通。他只能跟真弓约好下周再见，将她送上出租车。

几天后，真弓告诉秀明，"我把这事跟我爸说了。"秀明吓得脸色铁青。他是喜欢真弓的，否则就不会跟她在一起，但总觉得"结婚"是一件遥远的事。

然而，一见到真弓憔悴的模样，秀明心软了。把孩子打掉说起来简单，但他知道这么做会给女方的身体造成多大的负担。比起大声哭喊，坐在面前噙着泪水的她更让人心疼。

和周围的朋友相比，秀明并不是特别迷恋异性。他虽然喜欢女人，但总觉得制订约会计划、靠礼物讨女人欢心之类实在太麻烦。他这辈子从来没有品尝过为伊消得人憔悴的滋味，也不想谈这样的恋爱。

所以他决定和真弓结婚。他没想过自己会以这种形式成家，但也没打算打一辈子光棍，只是早晚的问题。再说，只要结了婚，就再也不用为这件事烦恼了。

见秀明终于点头，真弓像是被无罪释放的被告一样喜极而泣。秀明提议，既然孩子再过几个月就出世了，干脆等生活稳定下来再办婚礼。但真弓摇着头说，婚礼的事我来准备，一定要在孩子出生前把婚礼办了。

秀明没有坚持。在他看来，没有比婚礼和婚宴更麻烦的事了，但婚礼是属于新娘和女方家属的，不能因为他嫌麻烦，就剥夺他们多年的梦想。

决定要跟真弓结婚后，要不要换工作就成了秀明的头号烦恼。他从小喜欢看电影，但没有把这份激情转移到电影的幕后工作上，也没有对电影评头论足的犀利观点，但还是想，一样要工作，那最好找一份和电影有关的工作。从二流私立大学的经济学院毕业后，他就成了一家电影发行公司的临时工。他没有后台，也没有够格的文凭，当不了正式职员。

这份工作的待遇和普通的工读生差不多，工作强度却和正式员工一样大。秀明的月薪足够他一个人过活。

然而，女友怀孕了，他得负起责任来。如果需要养活家人，这点钱就不太够用。真弓起初表示要请产假，生了孩子再回去上班，谁知她的妊娠反应很严重，婚礼和新生活的各项准备已经把她压垮了。她跟秀明提出想辞职。

秀明心想，我的工资养得活三个人吗？就算能勉强生活，那也得勒紧裤腰带过日子。要是回群马的老家，就能把房租省出来，可真弓从小生活在城市，又是家中的独生女，肯定不会同意。莫非要跟真弓的父母一起住不成？他怀着沉重的心情，第一次上门拜见岳父岳母。

秀明做好了要吃岳父一拳的思想准备。毕竟，他把人家宝贝女儿的肚子搞大了。虽说他愿意负责，但老人家肯定不会太欢迎他。

谁知真弓的父母居然热情接待了秀明。在二老看来，秀明不单单是让女儿怀了身孕的男人，更是"接了烫手山芋的怪人"。

秀明跪在榻榻米上，低头说道："我一定会让真弓幸福的。"真弓的父亲也同样低着头回答："小女刁蛮任性，还请你多多包涵。"一旁的母女俩笑着说："这两个人就像在演电视剧似的。"

之后，岳父支开了女眷。屋里只剩秀明后，他开口说道："我有个不情之请……"秀明还以为他要提出一起住的事，没想到岳父是建议他换个工作。

你的待遇跟工读生差不多，又拿不到奖金，孩子就快出世了，你以后要怎么养家糊口呢？你要是不介意，我可以帮你介绍一份工作。岳父的用词很谨慎，但言外之意就是，"我求你了，找一份正经的工作吧"。

秀明也不是全无抵触。虽说他现在不是正式员工，但这份工作是他自己选的，也很喜欢，哪能说换就换。但岳父说的每一句话都很在理。无论如何，靠他现在的工资肯定是养不活一家人的。

继续留在现在的公司也不一定能转正。就算他拒绝了岳父的提议，几年后也得跳槽。

岳父在建材公司当部长，他说能靠关系把秀明介绍到一家住宅建筑公司去。卖房子啊……我当得了房产销售员吗？一抹担忧掠过心头。但换工作总比跟岳父母住在一起好。不仅如此，岳父还表示，如果秀明愿意换工作，他可以出公寓的首付。秀明实在找不到拒绝的理由。

要是真弓没有怀孕，他们一定会拖拖拉拉地交往着，最后认清对方的缺点，分道扬镳。不是真弓和别的男人结婚，就是他劈腿被真弓抓到。秀明觉得无外乎这两种结局。

那是孩子挡了他的道吗？不，自己的亲骨肉比秀明想象的可爱多了。每每路过玩具店和童装店，他都会下意识地停下脚步想，要是买个礼物给女儿，她一定会很开心吧。

秀明呆呆地想，光是有怨气，怕是离不了婚。孩子需要母亲。再说，要是他提分手……后果可想而知。光是想一想，都觉得厌烦至极。

岳父母平时总说"我家闺女太任性，给你添麻烦了"，但真到了关键时刻，他们肯定站在女儿那边。真弓一定会哭喊着责备他，抢走女儿，再拿走一大笔精神损失费。

秀明扭了扭脖子。他不敢再想下去。要是真觉得自己的人生没有盼头，那就太可悲了。

"阿秀，吃糖吗？"这时，副驾驶席上的真弓问道。

"嗯。"

"有润喉糖跟梅子糖，你要哪个？"

真弓包里总是装着糖果和巧克力之类的玩意儿。秀明还一度觉得这种习惯很可爱呢。

他瞥了真弓一眼，只见她捧着糖果，面带微笑。秀明叹了一口气——我不讨厌她，我还爱这个女人。

"梅子糖吧。"

"来，张嘴。"

真弓撕开包装纸，把梅子糖扔进他嘴里。酸酸甜甜的味道顿时激起了他的食欲。

"唉……好饿啊。"

秀明随口说道。真弓惊呼："啊？你没吃晚饭？"

"没有啊，一直在忙。"

"不是吧，家里什么都没有。你干吗不在外面吃完再过来。"

秀明把涌到嗓子眼的牢骚咽回肚子里，又扭了扭脖子。

"咦，佐藤前辈，你最近怎么不带便当了？"

当秀明打开外卖猪排饭的盒盖时，森永祐子突然冒冒失失地喊了一句。

"你也不用那么吃惊吧……"

秀明一边掰开一次性筷子，一边有气无力地说。

"太太生病啦，还是回娘家啦？"

祐子八卦地问道。同样在吃猪排饭的竹田科长嘀咕道：

"不就是吃个外卖吗，嚷嚷什么啊，有工夫不如去打扫卫生。"

"哦……"

祐子没好气地答应着，走出了用作办公室的房间。这里是公司的样板房。祐子的背影一消失，科长就盯着秀明的脸，问道：

"到底怎么回事？"

"啊？"

"你的爱妻便当呢？"

"呃……没怎么……"

"你这么说，我怎么听得明白。"

"就是……没有特殊的意思……"

"有什么好瞒的？说实话不行吗？"

科长盯着秀明，也不知道他是在开玩笑，还是真的要问出个所以然来。科长是样板房的负责人，在工作方面，大家都很仰仗他。但他的心思总有些猜不透，算不上好相处。

"是这样的，我老婆开始做兼职了……"

犹豫片刻，秀明说了真话。要是现在找借口搪塞过去，几天后怕是又要被盘问一番，那就得不偿失了。

"啊，是这么回事啊，我懂我懂，"原本面带愠色的科长突然笑了，"这年头啊，肯老老实实当家庭主妇的女人真是越来越少了。"

"是啊……"

"我家那位也在百货店找了个销售员的工作，对家里的事情一天比一天不上心。卫生不做，饭也不做，孩子也不管。我稍微发个牢骚，她就把腮帮子鼓得跟河豚似的……一个月就赚八万日元，还以为自己多能干呢。"

秀明吃着猪排饭，随声附和："能赚八万也挺厉害了呀。"

"要是她用这些钱补贴家用，那我也服气，可她不是泡在卡拉OK厅里，就是包养小白脸……"

"她有小白脸啊？"

"有，绝对有。"

"这么有把握？"

"不然她怎么管我叫老秃子。"

秀明不禁望向竹田科长从额头一直延伸到头顶的光溜溜的斜坡。

"别盯着我看行不行，真没礼貌。"

"对、对不起……"

"她以前不会这么喊我。怎么说呢,我总觉得'秃子'这两个字带着恨意……"

秀明不知道该说什么才好,只能默默扫荡猪排饭。

"科长,您喝茶吗?"

"哦,谢啦。"

就在秀明用茶壶泡茶的时候,身后的科长幽幽地说道:"这就是个分工的问题……"

"啊?"

"我最近老想着分工。你泡茶,我洗杯子。"

"没事,我一会儿去洗就是了。"

"不不不,无论什么事,只要把分工做好就成了。比如你捅娄子,我或部长给你擦屁股。"

秀明故意没有反驳,而是把茶杯放在科长面前。

"家庭生活也是这样。我工作赚钱,老婆操持家务带孩子,这有什么不好的?"

"是啊……"

秀明很是感慨地点了点头,喝了口饭后的热茶。

当天下午,秀明坐在空荡荡的样板房的楼梯上,思索着竹田科长提到的"分工"。

他也不是不理解真弓为什么想出去工作。自己的亲骨肉肯定是横看竖看都可爱,但一天二十四小时都对着她,也是件很痛苦的事。孩子还小,一切全凭本能。比起"人",她也许更接近"动物"。她会毫无来由地哭个不停,不管你有没有别的事情要忙,稍不留神就会做出危险的事。话虽如此,大人总不能用铁链把孩子拴起来吧?

真弓已经独自带了一年孩子，有一肚子怨气也是在所难免。

然而，这难道不是她的职责吗？秀明也有一肚子怨气。为了让一家三口的生活更宽裕些，他每天都在拼命工作。努力工作就是他的职责，所以他才能忍耐少得可怜的零花钱，对讨厌的客户点头哈腰。不仅如此，他还牺牲了宝贵的假日陪真弓购物，帮她带孩子。

真弓想出去工作，不过是想逃避自己的职责罢了。她只是厌倦了照顾孩子和丈夫，想利用"双职工家庭"这个状态，将自己的职责更多地推卸给秀明。

秀明突然想起自己的童年。小时候，他经常担任班长、文化节委员之类的职务，但仔细一回忆，他才意识到都是被周围的同学们硬推上那个位置的。

他是个优柔寡断的人，不会当着人家的面发火，所以大家都喜欢把麻烦事推给他做。一想到自己要吃一辈子的哑巴亏，他就觉得浑身无力。

难道这辈子就这样了吗？他边想边站起来。这时，他看见有人打开了样板房的大门。

一家人走了进来。"欢迎光临。"秀明低下头说道。带头的微胖男子稍稍收了收下巴，算是点头了。

一头白发的老人（大概已经退休了），两个小学生模样的男孩，还有男孩的父母，总共五个人。秀明心想，孩子能在工作日白天出现在这里，说明春假还没结束。莫非孩子的父亲做的是可以休息的工作？

"我们可以到处看看吗？"

孩子的母亲微笑着问道。秀明望着她的脸出了神，心想，这位太太的表情好温柔啊。

"快请进吧。"

"那就打扰了。小朗，要穿拖鞋哦。"

小儿子一看就是不太听管教的淘气鬼，但母亲的口气还是很温柔。一行人慢慢走向客厅。

"不好意思，能请您填一下这份问卷吗？"

秀明对最后进客厅的老人说道。这时，孩子的父亲回过头来。

"啊，爸，我来填吧。"

说着，他接过了秀明手中的问卷。

"这边请。"

秀明示意他可以坐在沙发上。他一屁股坐下后，用圆珠笔写起了自己的名字。

茄子田太郎。

秀明心想，好奇怪的名字。

"您的姓氏很少见呢。"

他随口一说，就挨了茄子田太郎的白眼。人家冷冷地说了一句："算是吧。"然后继续填问卷。

秀明没有再多嘴，而是观察起了坐在眼前的客户。茄子田太郎是五短身材，穿着廉价的外套，头发是最普通的三七开。年纪大概四十来岁吧……不，说不定还不到四十。

他看了眼茄子田太郎的手边，瞄到了名字后面的年龄栏。三十三岁。这个人居然那么年轻？长得也太显老了吧？他继续瞄后面的职业栏，只见上面写着"教师"。难怪……土气的打扮、高高在上的态度，的确很符合学校老师的特征。

对方要不是客户，秀明真不想和他说话。然而，愿意填写问卷的客人是比较"有戏"的。如果完全没有买房的打算，销售员再劝，对方也不会填写姓名和地址。

这时，秀明听见了笑声。他抬头一看，只见母亲和孩子们在开放式厨房有说有笑。秀明又想,这位太太真是性格开朗,人也漂亮。为什么这样好的人会嫁给这么一个男人?

"喂。"

"啊?啊,您有什么问题吗?"

"这些都得填吗?预算啊,面积啊……"

"哦,写个大概就行了。"

茄子田极为不快地哼了一声,继续写下去。他一开口就是"喂",搞得秀明也挺窝火——果然是个讨人厌的家伙。

这时,茄子田再次抬起头说道:"喂。"

"敝姓佐藤。"

秀明从西装口袋里掏出名片,递了过去。茄子田接过名片,翻来覆去打量了半天。

"我说你啊……"

然而,茄子田还是没有用比较有礼貌的称呼。

"你干这行多久了?"

"……一年半左右吧。"

"唔,敢情是新人啊……"

秀明在心里骂道:随你怎么说。就在这时,茄子田突然笑了。

"我想新建一栋二世代住宅①,正在参观各家的样板房。我毕竟是外行,什么都不懂,你给我介绍介绍吧。"

秀明呆呆地望着突然变得温和的茄子田,连忙低下头说道:

"哪里的话,我还要请您多多指教。"

---

①指供两代人共同居住,但设有各自的厕所、玄关、厨房等,确保各自独立性的住宅。

2

毛头小子。

茄子田太郎看着坐在对面的建筑公司销售员,心想。

"您准备什么时候开工?"

这位叫佐藤秀明的销售员问道。

"倒是不急,想多考虑一阵子再决定。"

"这样啊,房子毕竟是大手笔,多考虑一段时间也是应该的。"

太郎嗤之以鼻。毛头小子一个,口气倒是不小。你毕业也没几年吧,懂什么。我要买的是房子,又不是在商店街买凉拖。

"那我们就到处看看吧。"

"没问题,我给您带路。"

见太郎起身,佐藤连忙站起来说道。

客厅与开放式厨房、面朝庭园的和室,放着两张小号双人床的宽敞卧室、贴着明亮壁纸的厕所……佐藤每介绍一处,茄子田太郎的妻子绫子都要附和一句:"好漂亮呀,好棒呀。"

走到铺着粉色瓷砖、装着硕大的黑浴缸的浴室时,太郎心想:这简直跟洗浴中心一样。就在这时……

"爸爸,这是什么啊?"

大儿子指着安装在更衣间的桑拿室问道。

"这叫桑拿房。那箱子里的温度就跟夏天的一样高。"绫子回答道。

"家里为什么会有这种东西？"

"慎吾踢完球，打完棒球后不是也会出一身汗吗？出了汗，你会不会觉得身子很舒服呀？"

"嗯。"

"大人没时间做运动，就只能靠蒸桑拿出汗啦。"

"哦，爸爸，我们也在新家装个桑拿房吧？"

太郎瞥了眼这么说的大儿子。

"我们家才不买这种东西呢。"

太郎有点后悔，就不该把孩子们带来展示中心。他们一大早就过来，参观了好几栋样板房。每栋房子的儿童房里都放着电视、天体望远镜之类的玩意儿，看得儿子们两眼放光。他们还以为等自家的新房子造好了，就能有这样的新房间住。但太郎并不准备让儿子们过上如此奢侈的生活。

"妈妈，还是最先逛的那栋房子最好！"

太郎身边的小儿子天真无邪地说道。绫子模棱两可地笑了笑。

展示中心入口处的二世代住宅非常大，足足有三层，还装了电梯。逛过那家后，看什么房子自然都会觉得差口气。但太郎的土地与财力不足以让他们建那样一栋房子。他还有两个年幼的儿子，要供他们上大学，给他们娶媳妇，不可能贷太多款。

"我们也建一栋有电梯的房子吧，爷爷。奶奶一定会很高兴的。"

小儿子一边上楼，一边对爷爷说道。要撒娇，当然不能找爸爸，爷爷才是更合适的人选。

"是呀……"爷爷温柔地回应孙子的要求，"有电梯当然很方便，但电梯大概很贵，我们买不起呀。"

"我们家很穷吗?"

"那倒不是。就算有钱,也不能过得太奢侈。"

太郎听到了背后传来的对话。没错,没错,不能太奢侈。

"今天奶奶没来呀?"销售员佐藤问小儿子。

"奶奶腿脚不方便。"

"这样啊。"

"她走不快,也不怎么能爬楼梯。"

"没那么夸张,只是前一阵子摔了一跤,骨折了一次。毕竟年纪到了。"爷爷补充道。

"家用电梯的确不便宜,但家里要是有腿脚不方便的人,用这笔钱换个方便还是很值得的。"

听到这句话,茄子田稍稍回过头来。

"很多人认定二世代住宅肯定是老人住楼下,但我们也可以把人员出入比较频繁的小家庭安排在楼下,让老人家住在安静的楼上。"

"啊,也是,要是我们住二楼,两个孩子成天跑来跑去,肯定要把爷爷奶奶吵死了。"

绫子很认同销售员的提议。

毛头小子……太郎又在心里骂了一遍,还狠狠瞪了佐藤一眼。佐藤也察觉到了太郎的视线,尴尬地闭上嘴。

走到二楼,宽敞的儿童房最先映入眼帘。孩子们顿时兴奋起来,把每一扇门都打开看了看。爷爷走到阳台上,眺望远处的风景。绫子与销售员佐藤讨论起了儿童房门上的玻璃小窗。

"这样就能知道孩子在屋里干什么了,真不错。"

"嗯,孩子们一般都想要独立的房间,但要是把房间搞成密室,就很成问题了。"

太郎坐在儿童房的床上,观察两人说话的模样。

佐藤秀明穿的西装一看就是高档货。他的发型还有一股学生气，系的也是最近比较流行的细领带，一笑起来就显得更年轻。但不可思议的是，这种人反而特别有女人缘。

一个破销售员肯定赚不了几个钱。那西装肯定也是分期付款买来撑场面的。这种人八成住在又破又小的公寓里，工资都用在穿衣打扮泡妞上。让这种人来卖房子，真是一点说服力都没有。

绫子和佐藤已经谈笑了好一会儿。太郎觉得，这好像是他第一次看到妻子和别的男人说话。

太郎爱着妻子绫子。虽然绫子不如新婚时那么年轻了，但她的身材并没有因为生育两个孩子而走样。她和蔼可亲，是个热心肠，又不会多管闲事。而且她心地善良，最关心家人，从来没有大声嚷嚷过。太郎一直觉得这辈子最大的幸福就是娶了这个女人。

佐藤一说话，绫子就温柔地点头，好像正在听自己的孩子说话一样。瞧瞧，连绫子都把他当孩子看。绫子喜欢的是顶天立地的男子汉。你再怎么嬉皮笑脸，绫子都不会上钩的——想到这儿，太郎顿时高兴起来。

"我们差不多该回去了吧。"

说着，太郎站起身。绫子和孩子们回过头来。太郎一迈开步子，其他人便急急忙忙跟了上去。

太郎踏上楼梯时，身后的佐藤问道：

"先生，您今晚在家吗？"

"啊？"

"要是您方便的话，我想带些资料上门拜访您……"

"唔……"

太郎没有给出明确的回答。今天他本打算去相熟的小酒馆坐坐。他边想边下楼。忽然，他看见有个女人背对着自己在客厅入口擦家具，臀部的曲线十分漂亮，短发下隐约可以看见年轻而健康的后脖颈。太郎停下脚步，心想，这个人怎么这么眼熟呢……就在这时，那个女人回过头来。

"啊，您不是……"

先开口的是森永祐子。

"啊，你是星期天的那个……"

太郎笑容满面地朝她走去。她就是每个周日遛狗时会遇见的那个女人。

"真巧啊，原来你在这儿工作？"

太郎走上前去，握住了她的双手。她的表情立刻从微笑变成了惊讶。

"哎呀，这世界可真小，你是这家公司的员工吗？"

"嗯，对……"

森永祐子在工作单位碰到了每个周日早上遇见的中年男子，对方还突然握住了她的手。她顿时慌了。如果在外面，她早就甩掉对方的手了。可人家毕竟是客人，不能冒犯。

"森永，你们认识吗？"

秀明追上来问道。

"嗯、嗯……"

"那你给张名片吧？"

"啊，好，对……"

太郎松开了祐子的手。还好秀明及时出手相助，祐子总算松了口气。

"森永祐子小姐……呵，你是这边的行政吗？"

太郎接过名片后问道。祐子挤出一个笑脸回答：

"不，我也是销售员。"

"啊？一个女生在这儿当销售员？"

"是啊，不过我的经验还不是很丰富，请您多多指教。"

太郎点了点头，把祐子的名片塞进口袋。这时，玄关那儿传来儿子们的喊声。他轻轻"喊"了一声。

"那我先走了。呃……祐子小姐，我下次再来找你。"

说完，太郎伸出了右手。祐子心中一凛，盯着那只手。他还想握我的手啊？可人家是客人，得罪不得。

无奈之下，祐子只能战战兢兢地握住太郎的手。那手圆滚滚的，就跟哆啦A梦的手似的。说时迟那时快，对方立刻用力握住了祐子的手。

祐子顶着一张僵硬的笑脸想：如果他不是客人，我早就一拳打上去了。

"哎哟，茄子田先生，欢迎光临。"

茄子田一推开小酒馆"丽奈"的大门，昏暗的店堂里便传出老板娘的声音。

茄子田点了点头，坐在小桌旁边的沙发上。也许是因为时间还早，店里只有一个熟客坐在吧台。

"瞧我说什么来着，茄子田先生每周一准来。"女公关娇滴滴地说着，手捧冰桶和酒瓶走过来，"您就是冲着小爱来的吧？我跟老板娘这样的老太婆肯定入不了您的眼。"

"瞧你这话说的……"

茄子田一边用她给的小毛巾擦手，一边说。

"就是呀，惠理，茄子田先生才不会挑挑拣拣呢。只要是女的就行。他能接受的范围可宽啦。"

坐在吧台的男人回头笑着说。他是附近一家电器店的老板，几乎每晚都要来这里报到，今天穿了一件开衫。

从茄子田家坐公车到最近的私营地铁站绿丘站大概要十分钟。小酒馆"丽奈"就在车站背后。这家店是两年多前开张的。从那时起，茄子田就每周光顾这里两三次。

"丽奈"的店面不大，但店里有用来唱卡拉OK的舞台，还配了四个女公关。和普通夜店那些傻乎乎的陪酒女相比，"丽奈"的女公关要上档次得多，这也许是因为老板娘调教有方。

茄子田也不是从来不去夜店。只要兜里有钱，他就会去夜店、性感按摩店、洗浴中心之类的地方玩玩。他的工资是全部上交的，但平时会帮熟人开的补习班编编考卷，赚点零花钱。这些零花钱几乎都用在了"娱乐场所"。

踏上社会之后，他才尝到风俗店[①]的滋味。大学毕业前，他性格非常内向，都没怎么跟女生说过话，连只有男生参加的聚餐都很少去。他从不旷课，总是提前三天交作业，却并没有因为这份勤恳拿到很多"优"。他不够机灵，不懂玩笑，甚至不敢与女生对视。不用说，他也没什么特别亲密的朋友。

不过当上老师后没多久，茄子田就脱胎换骨了——一位爱喝酒的热心肠前辈特别喜欢他，带他去经常光顾的夜店开了开眼界。当然，茄子田起初是很不情愿的。

他第一次和女公关说话，紧张得浑身僵硬，女公关们却依然笑脸盈盈。他开的玩笑再无趣，她们也会笑得前仰后合，还会随意地碰触他的肩膀和后背。在之前的二十三年人生中，茄子田都没有碰过女生的手，除非是跳集体舞。女公关们的一举一动着实让他打心底高兴。

[①] 即提供性服务的场所。

那天晚上，他还在前辈的带领下走进了洗浴中心。他当时还是个处男，不过运气不错，碰到了一位心地善良的姑娘。她对茄子田真心相待，让他享受到了物超所值的服务。

"哎呀，这不是茄子田先生吗，欢迎光临。"

一个年轻女子走出店面深处的更衣室，对茄子田说道。

"哟，小爱。"

"今天这么早呀。"

"这不是在放春假嘛。"

小爱刚来店里两个多月。她自称今年二十三岁，但茄子田觉得肯定不止二十五岁。即便如此，她看上去还是要比其他女公关年轻多了，也青涩多了。

茄子田一眼就相中了她。不过熟客们都喜欢找最年轻的小爱。她每逢周二和周三休息，但周末的客人比较多，所以茄子田总在周一来，而且尽可能早些来。如此一来，他就能在客人多起来之前独占小爱了。

小爱本想坐在茄子田对面，但他指了指自己旁边，小爱就坐了过来，那表情仿佛在说，真拿你没办法。

"咦，这是什么东西？"

她拿起茄子田手边的大信封，问道。

"样板房展示中心的宣传册。"

"哟，您要盖房子呀？"

小爱眨了眨画了浓妆的眼睛。

"差不多吧。我家那房子年份也长了，是该推倒重建了。"

"哎哟，茄子田太太真有福气。"

"是吧？"

"您也买栋房子送给我嘛。"

"你连屁股都不让我摸，凭什么让我买房子啊。"

茄子田大笑着说道。其他女公关和老板娘也笑了起来。可茄子田的手分明在小爱的腰部游走。

女公关的脑袋就在茄子田的鼻子跟前。他闻了闻人家的发香。好刺鼻的香水味。仔细一看，烫卷的长发都分叉了，发质不太好。

茄子田望着女公关抹了腮红的侧脸，想起在样板房见到的森永祐子。

祐子有细腻通透的肌肤，清澈见底的眸子，身上还有一股肥皂的清香。茄子田搂着女公关的肩膀，手却按了按兜里的名片。

他不禁想起这辈子第一个让自己动心的女生。初一那年，他对坐在前面、留着短发的女同学产生了微妙的情愫。她性格开朗，学习成绩也好，是全年级跑得最快的女生，平时总会高高地翻起雪白的衣领。当然，茄子田没敢跟人家搭话。他唯一能做的，就是默默地凝视她挺拔的背脊。

森永祐子和他的梦中情人一样，散发着干净的香味。好想和她聊聊天。好想和她吃顿饭。好想和她并肩而行。年轻时他没有勇气做这些事，但现在有足够的能力讨女人的欢心。

试着约她一下吧。一想到这儿，他觉得心头一紧。

佐藤真弓正在"绿叶人寿"的绿丘支部会议室接受培训。

支部位于挨挨挤挤地混杂着各种商铺的小商业楼一层。真弓毕竟是在东京的大型商社工作过的人，第一次进门时，被办公室的狭小和凌乱吓了一跳。墙上贴着显眼的柱状图，代表销售员的销售业绩。每个人的办公桌上都堆满了文件资料。支部里明明是清一色的女员工，办公室却与"干净整洁"几个字相距甚远。

办公室角落里有一间用屏风隔出来的小小的"会议室"。真弓就是在那里上课。她在三天前正式入职，同期入职的还有一个比她大一岁的员工。

爱川支部长站在白板旁，为新人介绍公司的各类产品。真弓边听边奋笔疾书，坐在旁边的另一位新员工保坂弥生虽然拿着自动铅笔，却没有往笔记本上写字。

真弓看着滔滔不绝的支部长。她肤色白皙，身材略显丰满，长得比能乐面具"阿龟①"稍微好看点。她用银铃般动听的声音讲解着推销技巧。她长得那么纯真无邪，真难以想象会那么多花言巧语。不过这种落差反而让支部长显得更有魅力。

保坂弥生挪了挪屁股。快到下午四点了。今天的讲座是从一点开始的，一路听了三个小时没休息，她早就腻了。

"爱川支部长，找您的电话。"

就在这时，屏风外面传来行政人员的声音。

"谁打来的？是总部的人吗？"

"不是，应该是客户。"

"那我还是去接一下吧。"

支部长半开玩笑地说道。她前脚刚走，弥生就伸了个懒腰。

"唉……累死我了。"

"是挺累的。"

"你听得好认真，还做了那么多笔记，"弥生惊奇地看着真弓的笔记，感叹道，"自己找上门的人就是不一样。"

"没那么夸张啦……"

真弓用微笑搪塞过去。

保坂弥生是被其他销售员"拉来"的。结婚后，她在自家附近

---

①在能乐面具中，指圆脸、鼻梁低而圆、脑袋小、额头宽、两颊圆润往外突的女性。

的公司做了几年行政工作,但上个月,公司以"效益不好"为由把她解雇了。她也懒得找新的兼职,正好闲着,于是被上门卖保险的销售员说动了。

利用白天的闲暇时间稍微工作一会儿,就能赚到不少钱。不想干了随时都能走。只要掌握窍门,等孩子大了,不需要一天到晚看着,就能重新回归岗位——听完这些话,保坂弥生动心了。

她正准备明年要孩子。在那之前,她想跟老公一起出国旅游一趟,更想靠自己的双手把旅费赚出来。她把卖保险的事跟老公提了一下,老公说,那就去培训一下,反正培训期间也有工资拿,培训完了就走人呗。弥生倒是没想做那么缺德的事,不过早打定主意,等有了孩子就辞职。

所以她才提不起劲儿听课。相比之下,她觉得一起进公司的佐藤真弓着实叫人佩服。

寿险的销售员几乎都是被其他销售员发展出来的下线,像真弓这样主动找上门的人非常少。谁拉来的人就由谁带,但真弓这种类型的新人会成为支部长的直属部下。弥生心想,看来公司也愿意多栽培有积极性的人。

莫非她是刚离婚?弥生看着真弓的侧脸琢磨起来。她认定真弓之所以那么认真,一定是生活所迫。

"听说爱川支部长年轻时就离婚了。"

弥生抛出这句话,仔细观察真弓的表情。

"好像是呢。"

"我还听说她有两个孩子。她连抚养费都不要,一个人把两个孩子拉扯大。"

"天哪,她这么厉害。"

弥生还盼着真弓来一句"其实我也是",可人家的回答很简单,令她大失所望。

"我可没那么大本事。听说她一年能赚三千万。这么会赚钱,确实用不着老公了。"

"三千万?真有那么多吗?"

一提到钱,真弓立刻转向了弥生。

"应该没错,据说是她的助理内田说出来的数字。"

真弓"嗯"了一声。片刻后,她好像突然对这个话题失去了兴趣,说道:"真被逼急了,谁都能赚那么多。"

"是吗……"

"是啊。"

"你也是被逼急了吗?"

弥生随口问道。真弓浅浅一笑,歪了歪脑袋。这时,爱川支部长回来了。

"久等啦。这都四点了,今天就到这儿吧。"

话音刚落,弥生立刻收拾起桌上的东西。

"怎么样,累不累?不过培训阶段已经是很轻松的了。等你真的开始工作,连坐下喘口气的时间都没有。"

"我的心情好沉重啊。"

弥生茫然地笑着说。支部长举起手中的蛋糕盒,说:"这是别人送我的,你们要一起吃吗?"

两人面面相觑。先开口的是弥生。

"对不起,您的好意我心领了,可我老公今晚会早回来……"

"哎呀,那真是太可惜了。真弓你呢?"

"我约了人六点见面,那之前没有别的事。"

"那我先走啦。"

弥生就这么走了。真弓对正在开蛋糕盒的支部长说:

"我去泡个茶吧?"

"好呀,多谢。顺便把盘子和叉子拿来好吗?"

"好。"

真弓走出会议室,穿过办公区来到水房。在这里工作的大多数销售员应该都是四点下班,但还有很多人没回来。真弓意识到,等她真的开始工作,肯定没法准点走。

一起进公司的保坂弥生要是得知以后没法准点下班,会有什么反应呢?真弓感觉她肯定待不久,那自己呢?

她没得出结论,泡了茶,拿着盘子和叉子回到了会议室。

"谢啦,你做事真周到。"

被支部长一表扬,真弓的脸颊染上了粉色。好久没有人这么夸过她了。

"你是约了老公一起吃饭吗?"

支部长边吃蛋糕边问。

"不,是以前的同学。我想偶尔自己出去喝两杯也不错。"

"哟,挺好的嘛。"支部长一听便咯咯地笑,"偶尔出去喝两杯的确有助于舒缓压力。谁说只有丈夫才能喝了酒回家,妻子也要学会放松嘛。"

"就是。不过我老公酒量可差了,所以他不太能理解'偶尔出去喝两杯'有多开心。"

"你也真不容易呀。"

支部长眉开眼笑地附和真弓。看着支部长的笑脸,真弓便想起了方才和弥生聊起的八卦。

"呃……支部长,我能问个唐突的问题吗?"

真弓压低嗓门,盯着支部长的脸问道。

"什么问题啊,吓死人了。"

"您一年真能赚到三千万吗？"

支部长用丰满的双唇叼着叉子尖，眨了眨眼，强忍着笑反问："你是听谁说的？"

"弥生刚跟我说的……"

"呵，敢情大伙儿是这么传的……"

"您真能赚那么多吗？"真弓再次问道。

"我再厉害也赚不了那么多呀。"

赚不了那么多——这句话着实耐人寻味。支部长像是看懂了真弓复杂的表情，举起一只手捂在嘴边，轻声说："大概就一半吧。"

真弓瞠目结舌。支部长倒是一脸认真地说：

"听到这个数字，你们大概会觉得自己这辈子都不可能赚到那么多钱吧。"

她面带微笑，直直地盯着真弓。

"其实，我也是从跟你一样的销售员做起的。"

"啊？您不是总部招的正式员工吗？"

"其他保险公司的确会让正式员工做支部长，但我们公司的支部长几乎都是从销售员提拔上来的。你知道这是为什么吗？"

真弓摇了摇头。

"这是为了让你们觉得'或许我也能行'。"支部长双手捧着茶杯，用十分文雅的动作喝了口茶，"只要当上支部长，或是下面的支部长助理，就不用拼着老命去争取客户了，工资也会涨很多。"

"是吗？"

"当领导当然有当领导的苦，但拿的钱真的能让人吓一跳。"

真弓凝视着口气轻描淡写的支部长。

"公司是故意给领导发那么高的工资，否则大家就没有动力去拼了。只要做出业绩，赚的钱就能超过老公——有这样的盼头，稍微碰到点小困难也能熬过去，不是吗？"

真弓缓缓点头。

"不是我说什么，那个弥生就是典型的'待不久'的人。你也是这么想的吧？"

"嗯，是的……"

"你一定能很快当上助理。你眼睛里的光彩都跟她不一样。"

支部长盯着真弓说道。真弓连忙低下头。

"听说真有人一年能赚三千万。"

听完真弓的叙述，结城一美随口说道。她好像一点都不吃惊。

"啊？真的呀？"

"我在杂志上看到过保险销售员的采访。找我老公卖保险的女销售员身上还穿着克里琪亚的套装呢。"

一美抿着鸡尾酒说道。真弓半张着嘴，愣住了。

真弓和一美毕业于同一所私立女子完全中学①。同学中有不少"大小姐"。真弓的家境算中下，一美则是上流阶层里垫底的那种。

高中毕业后，两位要好的"大小姐"走上了完全不同的人生路。真弓去了一所男女兼收的私立大学，一美则上了一所用花朵命名的女子大学。大学毕业后，她们的差别更大了。真弓进了一家商社，而一美一边帮家里干家务，一边学英语口语，有时还和母亲去当志愿者。

如果一切顺利，一美本该在二十五岁前和父母安排的相亲对象结婚。可就在这个时候，她第一次偏离家人为她铺好的道路，和一个家境普通、只有高中文凭的工薪族坠入了爱河。

---

①指初中高中一贯制学校。

她跟家里斗争了好几年，终于争取到了婚姻自由。今年冬天，她就能和心上人走上红毯了。

"可是赚三千万又有什么用？又不是朝九晚五，每周双休。不拼命，怎么可能赚得到那么多钱。"

"这倒是。"

真弓点了点头。

"小健的年收入才三百万。"

"你爸不是会赞助嘛。"

真弓半开玩笑地说道。一美却笑着摇摇头。

"他们才不会给钱呢。其实，他们到现在还是不同意我们的事，只是怕我跟他私奔，才勉强答应的。"

"我一直以为你是非有钱人不嫁。小健到底好在哪儿？"

一美曾经把男友小健介绍给真弓认识。真弓还记得他是在建筑公司工作的，个子比一美还矮一点。不过他的肩膀和手臂肌肉很壮实，皮肤晒得黝黑。面相虽然有点凶，笑起来却很有亲切感。

"小健是个很独立的人。"

"啊？"

真弓吃了一惊，没想到一美会说出"独立"这个词。

"他一个人生活了好多年，会打扫卫生，也会做饭。他还说不想住在爹妈买的公寓里。"

一美一脸幸福地笑着说。

"不好意思，我住的就是爹妈买的公寓。"

"啊，你家的房子是伯父伯母买的吗？"

"他们只出了个首付。"

"自己还贷就很了不起啦。"一美假惺惺地说道，"不过我真没想到你会去卖保险……"

这话真弓的母亲说过，丈夫也说过，没想到今天又听女友说了一遍。真弓一口喝干了杯中的鸡尾酒。

"你是不是觉得我肯定干不了这差事？"

"唔……怎么说呢……"

"没事儿，大家都是这么想的。"

没人看好我，我更要做出点成绩来——真弓暗自心想。

看着爱川支部长这个榜样，真弓逐渐有了斗志。听说支部长也不是什么名校毕业生，看上去也并非特别聪明。当然，她能有这么好的工作业绩，说明她肯定有过人之处，但真弓总觉得支部长的资质和自己差不了多少。

她也没指望能赚到三千万那么多。可是只要努力一把，说不定就有和丈夫相差无几的收入了。

如果我赚的钱跟他差不多，或是比他更多呢？真弓开始思考这个问题。现在是秀明在赚一家人的生活费，所以她只能老老实实地做家务、带孩子。

可我要是赚得比他多呢？

真弓凝视着空荡荡的细玻璃杯。她刚才喝下的这杯鸡尾酒要一千日元，顶得上丈夫的一顿午饭。这样的酒，真弓已经喝了三杯。摆在她们面前的生火腿和奶酪比酒更贵。

结婚前，她经常和同事或朋友来这种店喝两杯。那会儿她只看菜单，不看价钱，想吃什么就吃什么，想喝什么就喝什么。钱包里总是装着好几张万元大钞。钱差不多快用光了，下个月的工资也到账了。

她倒不是想再过那种奢侈的生活，但今天准备动用婚前的存款来埋单。丈夫的工资都不够她像这样跟老朋友喝个酒。要是每个月能放心大胆地下两次馆子，该有多好啊。不，一次也行。她只想安安心心地和人聊聊天，不用担心孩子会不会哭闹，会不会打扰别人。只要工作，这一切都可能实现。只要工作，她就有了偶尔消遣一下的权利。

"话说，丽奈呢？"

一美的问题将真弓拉回现实。

"在我娘家呢，没问题。"

"你去上班的时候是老人在带孩子吗？"

"目前是这样的，我正在物色托儿所。"

"呵……"

一美哼了一声，似乎还有话没说完。

"干吗？"

"你为什么这么想出去工作？"

"这……"

"当年最想结婚生子的人不是你吗？"

一美这句话让真弓哑口无言。

"与其在商社拿体面的工资，我宁可跟秀明构筑一个幸福的家庭。我想把孩子生下来，当一个好妈妈——这话难道不是你自己说的吗？"

一美并没有挖苦她，可每一个字都是那么钻心剜骨。

一美说得一点都没错。开始跟秀明交往后，真弓就像得了强迫症似的，一心想着结婚当主妇。

在真弓的公司，只要工作能力过硬，女员工也能承担起一定的职责。同期入职的女员工里，真弓算是比较有工作能力的一个。上司会分派一些规模不太大的项目给她负责。

直属上司很喜欢她。久而久之，他甚至开始带真弓去应酬。其他女员工显然没有这样的待遇。再后来，真弓就不做复印文件、端茶送水之类的事了。倒不是她故意不做,只是没时间而已。

最令她激动的是,公司给她印了写有"销售助理"头衔的名片。她以为自己成了常看的职业杂志的封面女郎,高兴得忘乎所以。然而,这种兴奋并没有持续太久。

连日加班,处理投诉,上司的怒吼,其他女员工的视线……这些东西让真弓感受到前所未有的重压。她为了逞一时之快,说了句"我会努力不输给男人的",上司就开始不断给她派活儿。一旦犯错,她就得亲自去跟客户道歉,还有客户当面骂她:"一个丫头片子有什么用!"即便如此,真弓并没有得到任何人的同情,因为这些都是她想要的。

真弓咬紧牙关坚持了好几年。公司的名头和普通女员工得不到的"名片"就是她的精神支柱。她把自己变成了一块石头,硬撑着完成手头的工作。同事和家人都完全没发现,她的精神状态已经濒临极限。

认识秀明后,绷紧的弦就断了。"结婚离职"四个字仿佛一条蛛丝从天而降。她根本冷静不了。她开始测量自己的基础体温,把最危险的日子说成安全期。

然而,她不顾一切得到的家庭并不是天堂,不过是从一个地狱掉进另一个地狱罢了。

孩子当然是真弓的心头肉。她比谁都爱自己的孩子,也想一直守在孩子身边。为了工作,她不得不把孩子送到外婆家。临走时看到女儿哭喊的模样,她觉得自己是全世界最糟糕的母亲。是不是应该放弃一切,一直和女儿待在家里?有那么一瞬间,她甚至真的动过这样的念头。

但真弓再也受不了孤独无聊的日子。想工作有什么不行的?家庭主妇也是一份很伟大的工作,但不适合她。在家的那段日子,她过得郁闷极了。就好像明明有两条腿,却有人禁止她走路一样。她分明有能力,也想发挥自己的能力。

结婚前,我的确栽过一次跟头,但这一回应该能成功。真弓反复暗示自己。

"真弓?"

"啊?"

真弓抬头一看,只见一美正忧心忡忡地看着她。

"想什么呢?对不起,我刚才说得太过分了。"

一美显得有些沮丧。真弓连忙摇摇头说道:

"不是不是,我在想别的事……"

"是吗?"

"再来一杯吧?"

一美松了口气,招手叫来服务生。真弓一边计算自己今天要付的钱,一边在心中喃喃:

去工作吧,靠自己的双手赚钱。

下车后,秀明在茄子田家门前站了一会儿,打量眼前这栋两层的老房子。

天已经黑了,所以看不清楚,但木板墙上分明有好几处变色了。土地也就四十坪左右,比他想象的小。北面也有一栋差不多的老房子。如果茄子田家建起三层楼,那户人家怕是晒不到太阳了。

和房子相比,院子里的树木倒是很神气,大概有人精心打理过。院子靠近屋檐处摆了好几盆花。灯光和炖菜的香味从正对着庭院的窗口飘出来。

秀明走到通往玄关的石板上。就在这时,传来"汪!"的一声狗叫。秀明一点思想准备都没有,吓得喊出了声。

"哥布林？"

白天在样板房见过面的茄子田绫子打开窗户，正巧和秀明四目相对。

"哎呀，这不是……"

"您好，我是格林建设的佐藤。今天多谢您来我们的样板房参观。"

"你太客气啦，我这就去开门。"

她的身影从窗口消失了。片刻后，房门开了。秀明瞥了一眼还叫个不停的狗，走向玄关。

"不好意思，打扰您吃饭了吧？"

"没有，我们正要吃呢。"

"那我马上就走。这是我的一点心意。"

秀明将半路上买的一盒饼干递过去。

"哎呀，你太客气啦，我们不过是去参观了一下。"

"来参观的都有份，您就收下吧。"

"这样啊，谢谢啦。"绫子客气地接过盒子。

"呃……茄子田先生呢？"

"他出门去了。"

"啊，出门啦……"

不知为何，秀明反而松了口气。他从包里拿出一本宣传册，递给绫子，说道："那我改日再来拜访，请替我向他问好。"

秀明深鞠一躬。就在这时，他的肚子"咕噜噜"地叫了一声。他顿时慌了，正要找借口，绫子却笑着说：

"要是你不介意，就在我们家吃了晚饭再走吧？"

"那、那怎么行……"

秀明红着脸直摆手。

"别客气，我老公是突然决定要出门的，家里正好多了一人份的菜。而且我也想咨询咨询房子的事情。"

说完，系着围裙的绫子嫣然一笑。不等秀明开口，她就拿出了一双客人用的拖鞋，整整齐齐摆在门口。

"爷爷，白天在样板房见过的销售员来了。留人家吃个晚饭再走吧？"

她拨开蕾丝门帘，对屋里的家人说道。秀明还在推辞，但绫子天真烂漫地抓住了他的手，把他往屋里拉。无奈之下，他只能换上拖鞋——这还是他第一次在客户家受到这样的款待。

晚餐的主菜是味噌炖青鱼。除此之外，破旧厨房的大圆桌上还摆满了煎猪肉、羊栖菜、咸菜、沙拉（像是剩菜）、炖豆子、海苔之类的小菜。只有小儿子面前摆的是汉堡牛肉饼，不是鱼。

秀明喝着用料丰富的味噌汤，回忆起了老家的饭桌。母亲的厨艺算不上特别好，却很喜欢做一桌子小菜。不管是日本菜还是西餐，有什么都往桌上摆。茄子田家的餐桌也是如此。

秀明望向绫子背后的大冰箱。那里头一定塞满了各种蔬菜，冷冻室里一定有鱼和肉，冰箱门的置物架上排列着雪白的鸡蛋，除臭剂旁边是被遗忘在保鲜盒里的韩国泡菜，说不定还有去年的巧克力。哪像我家的冰箱，每次打开，里面都空荡荡的。

"佐藤先生，你看上去还挺年轻的，今年多大啦？"

茄子田的父亲问道。桌上只有他在喝酒。老爷子方才也劝过秀明，但秀明一说"是开车来的"，他就没再坚持。他的态度让秀明颇有好感。大多数人遇到这种情况都会接着劝："哎呀，稍微喝点又没关系。"他得推脱再三，人家才肯罢手。

"二十六。"

"哟，你看上去可不像二十六岁的人。"绫子有些惊讶，"你下午不是说入行才一年半嘛,我还以为你很小。"

"啊,我是跳槽过去的。"

"哦,那你之前是做什么工作的?"

老爷子两颊微红。

"我原本在电影发行公司工作,是结婚的时候辞职的。那边给的工资太低,养不活老婆孩子。"

"啊?你都有孩子啦?"绫子又发出了惊呼。

"是啊,就快满周岁了。"

"天哪,我还以为你没结婚呢!"

"妈妈,你是不是很失望啊?"小儿子没大没小地问道。

"是啊,还真有点失望。"

"小心我跟老爸打小报告。"

绫子和儿子都笑了,但她的公婆没笑。秀明一边挑鱼骨头,一边暗暗观察两位老人。

老爷子对客人很和善,但对家人应该比较严格。秀明还看不出这个家里手握实权的是老人还是年轻一代。他甚至判断不出这户人家有没有钱。毕竟房子破破烂烂,存款却很多的人家比比皆是。

腿脚不方便的婆婆始终没发话,只是面带浅笑听大家说话。秀明看不出大家有嫌她碍事的迹象,但也没人跟她多说什么。与老当益壮的丈夫相比,她就是个不折不扣的"老婆婆",有些驼背,脸上的皱纹也不少,用筷子夹豆子的动作也和秀明去年过世的祖母一模一样。

"您家打算什么时候动工呀?"

见老爷子喝得微醺,心情正好,秀明聊起了正事。

"唔……太郎似乎巴不得立刻动工。"

听这语气,就好像事情与自己无关一样。秀明心想,也许茄子田家的决定权还真在那个矮矮胖胖的老师手里。

"我一直跟他说没必要推倒重建……"

这是婆婆今晚说的第一句话。她没有看秀明,像是在发牢骚。

"奶奶,你是没看到才会说这种话。下次你跟我们一起去样板房,超厉害的,家里还有电梯呢。"

小儿子对奶奶说道。老人笑了笑,显得有些为难。

"大哥哥,那栋房子要多少钱啊?"大儿子问得很直接。

"你猜呢?"

"一亿?"

"要不了那么多,连一半都不到。"

"这么便宜。"

"哪里便宜了,慎吾。我跟你爸都没那么多钱。"老爷子插嘴道。

"那不就买不了新房子吗?"

"那倒不至于,可以做父子两代的按揭。"

听到秀明这句话,大儿子露出了似懂非懂的表情。

"我想要能看到天空的房间。"

嘴边沾着牛肉饼酱汁的小儿子说道。

"那个天窗是吧?的确挺不错。"

"大哥哥,买房子送不送望远镜呀?"

看来小儿子对儿童房的大天窗和天体望远镜留下了深刻的印象。

"没问题啊,你想要就送你。"

当然,房子不会附赠这种东西。但人家要是真的签了合同,他倒觉得送这么个东西也未尝不可。反正公司肯定要送空调、被褥烘干机之类的玩意儿,用那笔经费买望远镜就行了。

"那桑拿呢?我想要桑拿房。"

大儿子一脸期待地问道。秀明思索片刻后,半开玩笑地说道:

"你爸爸好像不太赞成装桑拿。"

谁知这话一出，全家人都沉默了。这气氛是怎么回事？秀明很是不解。

"喝点茶吧。还有佐藤先生拿来的饼干，大家一起吃吧。"

绫子用开朗的口气说着，站起身来。秀明和老爷子走向客厅。八叠大的和室堆满了东西。老房子的客厅大多如此。电视机上摆着旅游胜地买来的玩偶；旁边是五斗橱和一部老式的拨盘电话机，上面盖着花朵图案的罩子；客厅中间摆着一张小桌，到了冬天，它大概就会变成被炉。老爷子拿出坐垫，请秀明坐下。

"大哥哥，你会下将棋吗？"

秀明刚坐下，大儿子就搬出了将棋棋盘。

"总是爷爷陪你下，你肯定很不过瘾吧？"

说完，老爷子笑了。秀明顿时犯了愁，不禁挠了挠头。他都想不起上一次下将棋是什么时候。高中毕业后，他大概就没碰过棋子。

"呃……你上几年级啦？"

"四年级。"

四年级小朋友应该还能下得赢吧？秀明实在没办法，只能把棋子摆在规定的位置上。

他们下棋的时候，老爷子翻起了秀明拿来的二世代住宅宣传册。

"原来二世代住宅有这么多类型……"

老爷子戴着老花镜，眯起眼睛说道。

"嗯，可以根据玄关数量和楼梯位置大致分成四种类型。第一种是'共用型'，大家共用一个玄关，在里面分开住，站在外面看的话，和普通的独门独院的房子完全一样。"秀明瞄着老爷子手中的宣传册做起了介绍，"第二种是'室内楼梯型'。有两个玄关，老人可以通过室内的楼梯上到儿女的生活区。第三种是在一楼和二楼各设一个玄关，上下两层完全独立。现在选择这种类型的人最多。第四种是'联排型'，两个区域左右相邻，各有两层，就像过去的长屋一样。"

"哦……"老爷子喃喃道。

"我觉得无论选择哪种类型，留出一片公共区域都很重要。不过您家现在是三代同堂，其乐融融，我这话大概是多余了。"

"嗯，是啊……"

"要让两家人开开心心地生活在一起，关键在于明确划分老人生活区、儿女生活区和公共区域。大家可以先想想要把哪个地方用作公共区域。"

老爷子面不改色，点了点头。这时，绫子端着茶水和饼干过来。

"在一楼弄一间宽敞的阳光室吧。把爷爷养的盆栽和花儿都摆上。到了休息日，就能跟野餐一样在阳光室吃饭啦。"

绫子颇有少女心的发言引得老爷子笑逐颜开："挺不错的呀。"

"佐藤先生白天还说起过谁住上面的问题。如果我们也是上下分开的话，谁住楼上比较好呀？"

"我要住二楼！一定要二楼！我要看星星！"

被天体望远镜俘虏的小儿子大声说道。

"嗯……"秀明低头看着棋盘。不知不觉中，四年级小朋友的飞车已经开始逼近他的阵地。"您家的车平时都停哪儿？"

"在附近的停车场租了个车位。"

"哦……如果您想在自家留个车位出来，也可以把人数比较少的老人安排在一层，把一层的面积缩小一点，空出来的地方就能停车了。"

"也对。不过我们睡得晚，要是在二楼泡澡，会不会吵到睡在一楼的爷爷奶奶？"

绫子歪着脑袋陷入沉思。

"就弄一个浴室,放在一楼怎么样?"

老爷子随口提了个意见。秀明瞥了一眼独自坐在单人沙发上看报纸的奶奶。她没有要加入对话的意思。

"大哥哥,轮到你了。"

大儿子犀利的声音让秀明抬起头来。

"想什么呢,还不快下!"

"慎吾,怎么跟客人说话。"

绫子教训道。慎吾和秀明四目相对,苦笑着耸了耸肩。

秀明下着棋,心情也莫名好了起来。这个男孩聪明伶俐,一点都不像那位又矮又胖的爸爸。他有一张可爱的小脸,嘴巴长得跟妈妈一模一样,肯定很受女生欢迎。

男孩子也不错,秀明心想。要是跟真弓说想要第二个孩子,她会是什么反应?算了,就这点工资,一家三口已经要勒紧裤腰带过日子了,哪有余力养老二。

"如果各位不介意,我改天来做个用地调查如何?还有些法律和土地性质方面的事情需要好好讨论一下。"

"嗯,也是。"

"之后我再给一个报价。当然,大家也可以比较一下我们公司和其他公司的优劣。"

听到这话,老爷子尴尬地笑了笑。方才,秀明看见五斗橱上还放着其他公司的宣传册。看来有其他销售员捷足先登了。不过留在茄子田家吃晚饭的人是他,这顿饭拉近了他和这家人的关系。从这个角度看,他应该是很有优势的。

"大哥哥,将死啦。"

秀明笑着望向慎吾。慎吾微微一笑,指向棋盘。

十点不到，秀明回到了自家公寓门口。抬头一看，窗口并没有灯光。他顿时产生了不祥的预感。

他坐电梯上到八楼，沿着日光灯照亮的水泥走廊往前走。走着走着，他忽然听见一阵电话铃声，也不知道是从哪儿传出来的。走到家门口，他才意识到是自家的电话在响。他赶忙掏出钥匙开门。电话在黑暗中响个不停。

"我不是说过，出门前要把玄关的灯打开吗……"

秀明好容易才摸到电灯开关，打开门口的灯，十万火急地冲进昏暗的客厅，拿起听筒。

"喂？"

"秀明？你总算回来了……"

分明是丈母娘的声音。秀明顿时猜到了事情的大概。

"真弓还没回来吗？"不等对方发问，秀明便抢先问道。

"可不是嘛，她说要见个朋友，八点前肯定会来接，可现在还没个人影。丽奈都睡着了。"

"对、对不起……"

"不用你道歉，又不是你的错。我是不舍得把孩子吵醒，今天就让她睡这儿吧。等真弓回家了，你能帮我好好跟她说说吗？都是当妈的人了，一点都不自觉……"

"太对不起了……"

"都说了不用你道歉。就这样。"

说完，丈母娘就挂了电话。秀明的耳边只剩下单调的"嘟嘟"声。他很是郁闷，半晌没挪地方。

"我是招谁惹谁了啊……"

秀明喃喃着放下电话。打开客厅的电灯一看，脚下的惨状顿时令他瞠目结舌。

随地乱扔的睡衣、摊开的报纸、丽奈的小袜子……桌上还摆着一个粘着蛋黄的盘子。估计真弓是临出门才发现时间不够用，顾不上收拾房间了。

秀明不生气，只觉得自己可怜。唯一让他欣慰的是在茄子田家吃到的味噌炖青鱼。如果他是饿着肚子回家的，等真弓一回来，难保不会伸手掐住她的脖子。

与此同时，夜色中的茄子田家鸦雀无声。

两个孩子睡的是上下铺。小朗在下铺呼呼大睡，上铺的慎吾在被窝里看漫画。爷爷在书房看书。奶奶房门紧闭，也不知道在屋里干什么。

绫子坐在厨房，一边做拼布，一边等丈夫回来。电视和广播都没开。寂静的房间里，她长叹一口气。

"秀明……"

绫子轻声自言自语。片刻后，她摇了摇头，将缝到一半的作品摆在桌上，站起身来，仿佛在甩掉心中的杂念。

她套上橡胶手套，从柜子里拿出一口锅。锅并不脏，可她还是在上面倒了些去污剂，拿起刷子用力刷起来。她就这么刷啊刷啊，直到喝醉酒的丈夫在凌晨一点按响门铃。

3

"我是绿叶人寿的佐藤……"

真弓一报家门,出来接待的年轻女员工就犯了愁。即便如此,真弓还是面带微笑,递上名片。

"我是新来这片区域的销售员,来跟各位打声招呼。"

"哦,这样啊……"

员工穿着深蓝色的工作服,烫着小卷发,显得很不协调。她脸上连礼节性的笑容都没有。

"请问总务科的西村先生在吗?"

和真弓搭班的老销售员在一旁问道。女员工回头环视办公室:

"唔,他去吃午饭了……啊,对不起,他在的,请稍等。"

她走到办公室里,去叫一个正在看报纸的男人。那个男人大概四十岁上下。他往真弓这边瞥了一眼,懒懒地站起来。

"西村先生,您好,我是桦木。"

真弓身边的前辈立刻用高了八度的声音说道。

"哟,您好啊。"

"您吃过午饭了吗?"

"还没呢,这个时间段人最多,我准备等一点过了再去。"

"我知道了,您是打算一路午休到四点吧?"

"这话也太过分了吧,我什么时候干过这么缺德的事儿?"

扯到这儿,两人高声大笑起来。这个叫西村的男人出来的时候虽然不情不愿,但态度还不错。真弓心想,也许男人不像女人那样把情绪表现得特别明显。

"这位是我们公司的新人,今后会经常来您这边,还请您多多关照。"

桦木拍了拍真弓的后背。真弓连忙低下头说道:

"敝姓佐藤,请多关照。"

"哎呀,新人看上去就是天真无邪。佐藤小姐,你可千万不能变成桦木女士那样的厚脸皮大妈。"

"瞧您这话说的……不过干我们这行,不厚脸皮可不行。"

说到这儿,他们俩又哄笑起来。真弓不知道该不该笑,只能象征性地微笑一下。

趁桦木和西村闲聊的时候,真弓环视整间办公室。

这家公司位于混杂着各种商铺的大楼四层,玻璃门上写着"雷尼株式会社"这几个字。办公室角落里堆着好几个纸板箱,不知道里面装着什么。她也无法通过公司名称判断他们做什么生意。早知如此,该提前问一下桦木前辈的。她有些后悔。

就在这时,一个拿着便当盒的女员工从真弓身边走过,正好和她四目相对。真弓正想点头示意,那个人就岔开了视线,飞也似的逃跑了。

真弓觉得这也无可奈何。她还记得自己在商社的时候,也觉得趁午休时间来卖保险的大妈很烦。

接受完培训,通过销售员考试之后,真弓在三天前正式开始跑业务。当然,现阶段只能跟着前辈去客户那儿露个脸。

"佐藤，你也去跟大家打个招呼？"

桦木聊得特别投入，都快把真弓忘了。突然，她扭过头说了这么一句。

"……啊？"

"去发个名片呗，好多女员工都在那间屋子吃午饭呢。"

桦木指着一间门口写有"休息室"的房间说道。

"这……我过去合适吗？"

"没事没事，你总得先让人家记住你长什么样子。"

真弓问的是西村，回答她的却是一脸理所当然的桦木。真弓总不能拒绝，只得走向休息室。

她敲了敲门，屋里的员工说道："请进。"真弓推门进屋一看，只见六个女员工齐刷刷地望向自己。

"呃……抱歉，打扰各位用餐了，我是绿叶人寿的佐藤……"

话音刚落，所有人的表情都立刻蒙上一层阴云。真弓有些不快，走进屋里说道：

"我是这片区域的新人，今后请大家多多关照。"

真弓递上名片和糖果。女员工们很是敷衍地道了谢。

真弓不知道这家公司是做什么业务的，也就不知该从哪里聊起。即便如此，她还是想先找个话头。

"大家平时都在这里吃午饭吗？"

"我已经买过保险了。"

离她最近的女员工毫不留情地说道。真弓顿时语塞。培训时，她好像学过该如何应对这样的客人，可到了关键时刻，她一句话都说不出来。

"啊……呃……那也没关系……"

真弓开始语无伦次。女员工们都懒得看她。她们的脸上分明写着拒绝。

真弓只能灰溜溜地离开。就在这时，桦木用明朗的声音说道："咱们走吧。"

真弓拭去眼角的泪水，迈开步子。就在这时，她被垃圾桶绊了一脚。正巧路过旁边的男员工拉住了她的手臂。

"没事吧？"

"对、对不起……"

真弓分外难堪，都没看清帮她的人长什么样，手忙脚乱地捡起了废纸。突然，她的手僵住了。

她方才递给前台的新名片，分明就躺在垃圾桶里。

走出公司后，桦木和真弓坐上公交车，前往下一家客户的所在地。两人并排坐下后，桦木就掏出笔记本写起了字。真弓望着窗外流淌的街景，紧咬下唇。

这份工作果然不好做。真弓的自信心已经被摧毁了。

她在考试中拿了满分。上次拿满分还是上高中的时候呢。爱川支部长也对她赞赏有加，这让她欣喜异常。她心想，只要我肯努力，也能干出一番事业嘛。

她参加了两个月的培训。培训期间，她比谁都努力，背下了一大本厚厚的工作手册。工作手册囊括了各种各样的情况，她以为只要照工作手册上说的做，大多数情况都能游刃有余地解决。可现实果然没有这么简单。

当然，她不奢望保险公司的销售员能享受夹道欢迎的待遇，但也没想到这么惹人嫌。

真弓摇了摇头。不……她在商社上班的时候，也是这么对待别人的。每次见到保险公司的大妈上门，她都纳闷：怎么会有人自愿选择这种惹人嫌的工作?而且也从来没有深入思考过这个问题。

当年她也是连一个礼节性的笑容都不给,懒得听对方说话,完全不把对方放在眼里。她甚至没有想到自己的行为会给对方造成多大伤害。卖保险的中年妇女也是人啊。这都是报应。

"别垂头丧气的。哪家公司会欢迎卖保险的大妈?到哪儿都一样。要是每到一个地方都要这么消沉半天,哪里受得了!"

身旁的桦木看着笔记本,突然说道。真弓并没有告诉她,刚才那家公司的女员工对她冷眼相待,还扔了她的名片。但前辈还是感觉到了她凝重的心情。

"是啊……"真弓硬挤出一个微笑。

"你是那种会闷闷不乐的类型吗?"

真弓思索片刻后回答:"闷闷不乐肯定是会的,但我很讨厌这种状态,有时会冲动地做出点事情来改变现状。"

"哦,那你可能坚持得下去。"

桦木发表的感想言简意赅。之后,她再没说过一句话。

真弓偷瞄着桦木的侧脸。第一眼看到她的时候,真弓还觉得她不是自己喜欢的类型。桦木很胖,烫着不自然的卷发,穿着乱糟糟的印花套装。住在真弓娘家附近的家长教师协会会长也是同样的打扮。所以她认定桦木也是那种口无遮拦、絮絮叨叨的大妈。

刚听说搭档姓"桦木"的时候,真弓有点不知所措,不知道该笑不该笑,因为桦木的长相和她的姓氏完全一致:大大的鼻孔,大大的嘴巴。办公室里的同事们也毫不客气地称呼她为"河马姐"[①]。看来这位河马大妈很有人缘。

"桦木姐,您干这行多久啦?"

[①] 日语中,桦木的发音为 kabaki,与河马的发音 kaba 相近。

"我吗？唔……有十年了吧。"

"您一开始……呃……也会消沉吗？"

真弓的问题逗乐了桦木。

"我现在也会消沉呀。"

"是吗……"

"最难熬的还是一开始的时候。连我都能坚持十年，你肯定也能行的。"

这句话倒是很有说服力。真弓点了点头，虽然她也知道这样可能会冒犯人家。

没错，连这个大妈都行，我一定也能行。

话说回来，生孩子那会儿不也是这样吗？得知自己怀孕的时候，真弓是那么高兴。可眼看着孩子要出生了，她突然害怕起来。一想到超乎想象的疼痛就要降临在自己身上，真弓便害怕得几乎要大哭大叫。但她不断暗示自己，"女人都能生孩子，我一定也行"，靠着这份信念熬过了难关。既然大家都行，那我一定也能行。

"我们接下来要去的地方是一所初中吧？原来卖保险不光要去普通的公司啊。"

真弓抖擞精神，尽量用明朗的声音说道。

"是啊，因为有人工作的地方不光是公司。百货商店、工程现场、寿司店……哪儿都有我们的客户。"河马大妈微微一笑，"这也是这份工作的有趣之处。我们能在拜访客户的过程中接触到各式各样的职场，久而久之你就会感叹，什么样的地方都有人在工作。"

"可不是嘛……"真弓诚恳地点头。

"你是打算一直干下去吗？"

"嗯，是的。"

"你别怪我说话直接，你是不是有什么难言之隐？比卖保险轻松的工作太多了，何必非干这个？你不是有老公孩子吗，干吗不打一份更轻松的工？"

桦木的话听起来不像是挖苦，真弓微笑着摇了摇头。

"我只是想赚钱而已。"

"谁不想赚钱啊……"

"我想赚跟老公一样多的钱。我觉得只要达到这个目标，我就自由了。"

听到这句话，桦木皱起眉头，思索了片刻。

"可是……你……"

"我想得到大家的认可。"

真弓打断了前辈的话，斩钉截铁地说道。桦木看着真弓的脸，叹了口气，微笑着说："原来是这样，我明白了。"

"不好意思，我也知道自己这话很狂妄……"

"没事，你想说啥就尽管说。不过，我们这份工作是只看数字的。你再脚踏实地，争取不到客户，就赚不到钱。"

"但只要争取到客户，就能赚到钱了，不是吗？"

桦木苦笑着说："我还以为你是个很老实的人呢，看来你还挺自信的。"

"我哪里来的自信啊……但我想变成爱川支部长那样的人。"

桦木的表情瞬间僵住了。

"嗯……她的确很厉害。"

"当然，我也不觉得自己有那个本事，但想努力一下试试看。"

见真弓这么说，桦木欲言又止。就在真弓纳闷时，公交车到站了。

"啊，咱们该下车了。"

真弓赶忙跟着桦木下车。车站前面就是写有"私立绿叶学园"这几个大字的校门。那天似乎只上半天课，穿着校服的初中生们纷纷走出校门。梅雨季节前的天空是如此清澄，让人以为到了夏天。

真弓和桦木并排走上通往校舍的缓坡。走进职员与客人专用的入口后，桦木驾轻就熟地跟前台搭起了话。

就在桦木用那高八度的声音和行政大叔唠家常的时候，真弓环视四周。

眼前就是楼梯，只见一个教师打扮的男人从楼上走下来。真弓正巧和他视线相接，轻轻点了点头。那个男人也微笑着点了点头。

那人又矮又胖，穿着廉价的高尔夫球裤，上身套着花衬衫，就像刚从旅游胜地回来的人。"宅男"这个词在真弓的脑海中闪过。为什么一个老师的着装品位会这么差？

就在这时，身后的桦木拍了拍她的肩膀，说道：

"走吧。"

"啊，好的。"

真弓拿起放在旁边的客用拖鞋。这时，男老师停下脚步，朝她望去。桦木对他鞠了一躬，然后戳了戳真弓的手臂，催她赶紧走。

男老师和真弓她们分别朝走廊的左右两侧走去。真弓踩着拖鞋，轻声问道："您认识那个人吗？"

"认识，那家伙可讨厌了，你以后可得小心点儿。"

真弓点了点头。看来哪儿都有惹人厌的家伙。

"这所学校以后就交给你了。"

"啊？"桦木突然来了这么一句，把真弓吓懵了。

"你不是想挣钱吗？"

"是啊……"

"那就不能跟别人搭档。两个人一起争取到的合同要对半分。"

真弓不禁停下了脚步。

"我可以分几个客户给你。剩下的就得靠你自己去争取了。"桦木竖起圆润的食指,对着真弓的鼻子点了点,说道,"数字就是一切,为了争取客户可以不择手段。这就是支部长的思路。"

"桦木姐……"

"多动脑子想想吧。脑子不够用,那就花钱。钱不够花,就拼命跑。要是跑了也不行,你会怎么办呢?"

桦木咧嘴一笑,转头就走。真弓赶忙去追那高大的背影。

"这是什么玩意儿?"

茄子田太郎一看到秀明递过来的图纸,便没好气地说道。

"……啊?"

"为什么有两个厨房、两个浴室和两个厕所?一个就够了呀。我的书房在哪儿?唉……这'阳光房'又是什么东西?面积还这么大,要来干什么?"

茄子田哼了一声,把图纸往桌上一扔。秀明愣住了,盯着他的脸。

"麻烦你重新画一张吧。你要造的是我们家的房子,你画图纸前总得先问问我的意见吧?这儿又不是你家……"

茄子田靠在几乎撂倒的躺椅上,发出令人不快的笑声。跪坐在坐垫上的秀明只能低着头说道:"非常抱歉……"

今天是他第四次造访茄子田家,距离第一次访问已有两个多月。其间,茄子田忙着搞学校的活动和期中考,都没有时间好好接待秀明。秀明征得了老爷子的同意,完成了土地勘察,还征求了其他家人的意见,绘制了一张简单的新房平面图。

没想到茄子田一看到这张图,便嗤之以鼻。秀明顾不上生气,只是惊愕万分,一句话都说不出来。

"佐藤先生,我是说要建一栋二世代住宅。可父母、老婆和孩子都是我的家人。啊,我知道了。是'二世代住宅'这个词不好。嗯,是我不好。不是'二世代'，是'一世代'。我是想大家开开心心住在一起，而不是像这样上面一家下面一家，互不相干。"

秀明只能下意识地点头，脑中一片混乱。看来茄子田想要的是"三代同堂型"的房子，而他的家人想要的则是截然不同的"两代分离型"。秀明这才意识到，茄子田家并没有对新房子的问题进行过讨论。

"那您的意思是，厨房、浴室、厕所和玄关都只要一个？"

"没错没错。"

秀明扭了扭脖子。

"干吗，你有意见啊？"

"不、不不……怎么会呢。按客户的要求建设新房就是我们的工作。"

"知道就好。"

茄子田伸手拿起桌上的仙贝，咬得嘎嘣直响。他穿着一套皱巴巴的运动服，头发都没梳过，右眼还挂着一颗硕大的眼屎。秀明实在是烦透了。

讨厌的家伙。

秀明瞪着茄子田的侧脸想。他还在啃仙贝。秀明虽然接待过比他更狂妄的客人，但分明对眼前这个矮胖的男人有一种生理上的厌恶。

算了吧，别做这笔生意了——他也不是没有这个念头。然而，一想到茄子田家的其他人，秀明就想再努力一把。

今天明明是星期天，可全家人不知道跑到哪儿去了。绫子也只是在一开始的时候端了茶水进来，然后再没出现过。

这个男人在家人面前也是这副腔调吗？一想到这儿，秀明就郁闷得不行。

"恕我冒昧，"秀明对正在翻看宣传册的茄子田说道，"您要造的是全家人一起住的房子。房子毕竟是大工程，您还是和家里人商量下要怎么安排房间比较好吧……"

"你说什么？哼？"茄子田转向秀明，用小流氓般的粗鄙语气说道，"我怎么没跟他们商量了？这种事我会不懂吗？还用你这个外人提醒我吗？我是全家的顶梁柱，我不盼着他们好，谁盼着他们好啊！"

秀明下意识地低下头来。

"对不起，是我多嘴了……"

"知道自己多嘴就别开口，混账东西……你不是有大学文凭吗，这么没常识怎么行！"

到底是谁没常识！秀明咬紧牙关。就在这时，有人轻轻拉开了左手边的纸门。

"老公……"绫子探进头说道。

"哦，干吗？"

"呃，司家建设的人来了……"

"这么快就来啦？让他等会儿。"

估计是其他住宅公司的负责人来了。秀明偷偷叹了口气。

"算了算了，你下回再拿新的图纸来吧。真是的……在学校训那些臭小子就够烦的了，你就不能让我省省心吗……那就拜托啦。"

茄子田的口气突然好了许多。秀明缓缓起身，再次低头鞠躬。

"啊，佐藤！"茄子田直接喊着秀明的姓氏，那口气就像是老师在叫学生，"我们家的负责人已经确定是你了吗？"

"啊？"

"就不能换成小祐子吗？姑娘家的心思总归要细一点。"

秀明无言以对。这个人怎么这么不要脸？他甚至有些头晕目眩。

"森永还有其他客户要接待,实在忙不过来。"

"啊?是吗?"

"她还没什么经验,要是同时负责的客户太多,出了什么差错就不好了。"

秀明带着十二分的讽刺说道。不等茄子田回答,他便走出了房间,关上纸门。

"混蛋死茄子……"

秀明嘟囔着迈开步子,故意发出响亮的脚步声。他好久没生过这么大的气了。

走到玄关一看,只见在同一家样板房展示中心工作的销售员正微笑着站在门口。

"哟,臭茄子的心情怎么样?"

"好极了。"

秀明和他击掌,换人。

秀明穿好鞋子,走出玄关。院子里的绫子立刻抬起头来。她手里拿着一个红水壶。不知为何,她哭丧着脸,显得很不高兴。

"佐藤先生,您过来一下……"

绫子招手让秀明过去。两人走到一大棵夹竹桃树下的阴影处,绫子鞠了一躬,说道:

"对不起,我家那位是不是惹您不高兴了?"

"啊?"

"他一旦意识到自己是客户,就变得狂妄无礼。真是对不起。"

"您道什么歉啊……"秀明认真地说道。

"可是……"

"没关系,干我们这行的都知道有形形色色的客户。无论来的是什么样的客人,我们的任务都是按客人的要求建设新房。"

秀明重复了刚才对茄子田说过的话,但这次的话发自肺腑。听完后,绫子还是扭扭捏捏,抓着围裙的衣角,低头不语。

"孩子们今天不在家?"

秀明觉得换个话题也许就不那么尴尬了,便问起孩子们的去处。

"爷爷带他们去动物园了。"

"这样啊,真是个好爷爷。"

"是啊,他经常帮我带孩子,给我减了不少负担。"

绫子总算露出了微笑。她的脸竟让秀明看出了神。她的皮肤是如此光洁白皙,直发如瀑布般披在肩头,一点都不像生过两个孩子的人。而且她的腰是那么纤细,仿佛一碰就断。

"您、您家的院子好漂亮呀,开了那么多花……"

秀明意识到自己想歪了,连忙扯开话题。他很是无奈——我怎么突然变成躁动的高中生了。

"我喜欢倒腾院子。这年头不是有很多人住公寓嘛,既然家里有院子,那就好好种些花。"

"搞园艺是很有女人味的爱好呀。"

"瞧你说的……不过园艺其实是重体力劳动,肥料很重,稍微翻个土,也能挖出蚯蚓之类的虫子来……"

绫子爽朗地笑着说。秀明看着这张笑脸,心想,她跟真弓真是两个世界的人。真弓连偶尔浇点水就能活的观叶植物都能养死。

"呃,夫人……"

"别夫人长夫人短啦,感觉就像在跟水果店老板说话。"

绫子咯咯直笑。

"啊,好。那就叫……茄子田姐?"

绫子噘着嘴不吭声。见她一脸不满意,秀明便改口道:

"那就叫绫子姐?"

话音刚落,绫子的脸色就像开在墙角的玫瑰花一样灿烂起来。

"不过我要是在茄子田先生面前这么喊,怕是要小命不保。"

"那就趁他不在的时候这么喊吧。"

两人相视而笑,点了点头。

"绫子姐,我能问你一个问题吗?"

"问吧。"

"不好意思,这个问题和钱有点关系。"秀明压低嗓门,"请问你家打算怎么支付建新房的钱?我没从你先生那儿打听出来……"

绫子低下头,盯着凉拖的脚尖看了一会儿,抬起头来回答道:"爷爷的退休金还没动过,我们打算拿那笔钱当首付。剩下的就从金融公库贷款,让我老公一点点还。"

"哦……我知道了,问这么敏感的问题真是不好意思。"

秀明边说边点头。见刚才茄子田趾高气扬,他还以为钱都是这人出呢。既然老爷子也要出一部分,不妨找他商量商量。

"还有……"

秀明想问一问,为什么其他家人的意见和茄子田的完全不同。但他一时间想不出合适的问法,支支吾吾了半天。绫子面带微笑,抬头看着秀明。

"怎么啦?"

"呃……我刚才把这张图纸给你先生看过了……"

"他是不是全盘否定了?"绫子笑着问。

"……啊?"

"佐藤先生,是我们对不起你。你以后就照他说的办吧,不用征求我们的意见。"

说完,绫子转过身。不等秀明开口,她就冲进了玄关。

真弓赶到托儿所时已经快六点了。孩子上的是到五点的托管班，所以要额外付一笔钱。

她把孩子寄放在一间开在公寓里的私人托儿所。虽然离她家有点远，但可以很晚再去接孩子。突然把孩子送过去，让人家带两个小时也没问题，操作起来很灵活。真弓就是看中了这一点。

"丽奈，你妈妈来接你啦。"

保育员抱起坐在地上玩玩具的小娃娃。丽奈望向真弓，露出天真的笑容。去接孩子的时候，要是孩子心情很好，真弓就觉得浑身的疲劳一扫而空。

"不好意思，我来晚了。"

"没关系，大家都有工作要忙。"

不到二十五岁的保育员温柔地笑着说。她看上去比真弓还年轻，却显得非常可靠。

"我走了以后，丽奈没有闹太久吧？"

每天早上，丽奈一旦意识到妈妈要走，就会号啕大哭。撂下哭闹的女儿去工作，着实让真弓心痛。上电车后，女儿的哭声仍在耳边不住地回响。

"她哭了十多分钟，后来就安静了。最近好像越来越习惯托儿所的生活，白天几乎不怎么哭。而且她很乖，一点都不费事。"

真弓听着保育员的话，连连点头。她母亲可从来没说过这种话。托母亲带孩子的时候，她前脚刚进娘家，母亲后脚就对她说："孩子一整天都在想你，真可怜。"她本来就够累了，听到这话更是累上加累。为了自己的心理健康，还是多出点钱，把孩子送到托儿所更好。

就在这时，门铃响了。保育员跑去开门。真弓回头一看，进屋的是一个气喘吁吁的男人，从打扮看，大概是个上班族。

"不好意思，我来迟了……"

"没关系，大家都有工作要忙。"

保育员对这位男士说了同样的话。

"小刚，你爸爸来啦。"

她抱起在婴儿床里打瞌睡的宝宝，说道。男士向真弓点了点头。他还很年轻，长得不算帅气，却显得很亲切。

"哎呀，真可爱，是女孩子呀？"直爽的男子看着真弓怀里的丽奈问道，"几个月了？"

"快一岁了。"

"那跟我儿子差不多。不过我儿子比她胖多啦……"

男子轻而易举地抱起了宝宝。孩子像是还没睡醒，睡眼惺忪地依偎着年轻的父亲。

"男孩子壮一点好，圆滚滚的，多可爱呀。"真弓笑着说。

"是吗？"小刚的爸爸挠着头说道。

"爸爸来接你啦，是不是很开心呀，小刚？"

真弓用手指轻轻抚摸小男孩的脸颊。那触感的确和自己的女儿不太一样。

"我也是没办法，我们家夫妻两人都上班，要轮流来接孩子。"

"有这份心就很了不起啦。"

"瞧您说的，我要是不来，天知道老婆会怎么收拾我。"

年轻的爸爸眯着眼睛笑道。看着在他怀中打盹的宝宝，真弓鼻子一酸。

她的丈夫秀明似乎压根儿没有轮流接送孩子的念头。真弓本打算让秀明不上班的时候帮着带一下孩子，这样就不用送孩子去托儿所。谁知秀明想也没想就认定，真弓去上班的日子，孩子就该送去托儿所。

为什么呢？真弓抱着女儿，陷入沉思。

女儿不是我一个人的。秀明也是孩子的父亲，他为何什么都不做呢？

只要真弓提出来，秀明就会帮女儿换尿布，休假时会给孩子洗个澡，偶尔也把孩子抱起来逗一逗。然而，这些都是"辅助工作"。他不过是在有空的时候稍稍搭把手。要是真弓不提，他绝不主动帮忙带孩子。

因为全家的生活费是他在赚吗？只要赚钱养家，就不用照顾自己的亲骨肉了？

不对。真弓想。

"怎么能这样呢，这也太狡猾了。是不是啊，丽奈？"

真弓多么希望年幼的女儿能表示同意。然而她抱得太紧，孩子有些难受，挣扎起来。

森永祐子很是失落。

她跑完客户，回到展示中心，慢慢走回自家公司的样板房。这几天刚入梅，傍晚时分的天空阴沉沉的，感觉随时都可能下雨。

"好想辞职啊……"

走到样板房门口，她抬头望着美轮美奂的房子自言自语。要是我不是卖房子的，而是买房子的，那该有多好。

祐子很难过。入职后，她就没碰到过一件好事。

这两个月尤其难熬。好容易碰上个有希望成交的客户，却不小心说了冒犯人家的话。秃子科长为了这件事念叨了她好久。上学时的男朋友以"工作很忙"为由对她不理不睬。而她的闺蜜和一个年长十岁的人订婚了，据说新房是四室一厅的公寓。

"最要命的是那个臭茄子……"

祐子郁闷地喃喃道。那个姓茄子田的男人真是……为了不见到他,祐子决定周日提早三十分钟出门。

谁知当天茄子田一个电话打来样板房,"今天早上怎么没见到你啊?"祐子半天说不出话来。她随便敷衍过去,把电话挂了。不料到了下一个周日,茄子田居然牵着狗等在车站。

祐子觉得已经明显表示出了心中的不快,可茄子田就是看不懂。明明没什么事,他还每天打电话来样板房骚扰祐子。同事们都很同情她,却没人出手相助。

茄子田会瞅准她快下班的时候打电话来,还每次都问:"要不要一起去吃个饭?"祐子总以"妈妈已经帮我准备好晚饭了"为由婉言拒绝。她都数不清拒绝过多少回了。真不知道那臭茄子是迟钝到了极点,还是故意找她的茬。无论是哪种情况,她都气不打一处来。

一想到对方今天也可能打电话过来,她就想直接回家。唉,要不就这么回去算了?

就在这时,样板房的门开了。

"啊,原来是你……"佐藤秀明探出头来,"我看见门口有个人影,还以为是客人呢。辛苦啦。"

秀明咧开嘴。他的笑容顿时赶走了祐子的坏心情。

"今天也要加班吗?"

祐子问道。秀明耸了耸肩。

"是啊,科长休假了,另外两个人也说跑完客户直接回家。"

那就只剩我们两个了。祐子在心中喃喃。不过看秀明的口气,今天应该没什么工作要做了。

"偶尔早点回家也不错。"

"是呀。"

"对了，佐藤前辈，要不要一起吃晚饭？今天我家里人出去旅游了，家里空荡荡的，回去也是一个人。本来想叫几个朋友聚餐，可大家都很忙，没人响应……"

祐子随口扯了个谎，倒是说得合情合理。她都没想到自己有这个本事。秀明望着祐子，想了想后点点头说道：

"嗯，好啊，吃完饭再回去吧。"

"啊……你不用回家给孩子洗澡吗？太太没给你做饭？"

秀明脱了鞋，走上样板房的玄关，呆呆地回头望向祐子。她不禁暗自咂舌。好容易才约到秀明，干吗在这个节骨眼上自掘坟墓。

"啊……最近我老婆开始在外面打工了，天知道什么时候才能回来。反正我也饿了，总要先吃点再回家。"

"原来是这样。"祐子兴高采烈地说，跟着秀明走进玄关。

"那我去把二楼的门窗锁好。"祐子对正在收拾东西的秀明说道，快步冲上二楼。她生怕秀明改主意，用最快的速度跑来跑去，关上了所有门窗。

好久都没有这么让人开心的事了。就在她满心期待的时候，楼下的电话铃响了。祐子顿时僵住。

她战战兢兢地走下楼，轻轻打开办公室的门，只见秀明刚放下听筒。听见祐子过来了，他便回过头来。

"呃……是谁的电话啊？"

"哦，是办事处的江川，不是臭茄子。"

秀明说完就笑了。祐子的肩膀顿时放松下来。

"把你愁坏了吧？"

"可不是，他一会儿约我吃饭，一会儿约我看电影……我都不知道拒绝过多少次了，可他一点都没看出我不愿意！人家是客人，我又不能表现得太没礼貌，都不知道该怎么办了……"

"他的确是客人,可客人也不能这样。你没必要勉强自己。臭茄子是我负责的,你不用跟他客气,该拒绝的时候就明明白白地拒绝好了。"

秀明轻描淡写地说。这番话实在是太贴心了。

"我真的能拒绝他吗?"

"当然可以,因为这种事发脾气的客户不接也罢。"

"佐藤前辈,你好有男子汉气概!"

被祐子这么一夸,秀明顿时有些难为情,挠了挠头。

"那我们就趁臭茄子还没打电话来,赶紧走吧。"

祐子催促道。两人走向玄关,关灯穿鞋。就在这时,门铃发出一声巨响。

祐子和秀明面面相觑。秀明轻轻拧开门把手一看,只见一个面带微笑的矮胖男人站在门外。来人正是茄子田。

"哟,下班啦?哎呀,我来得真是时候。"

他大声说道,还笑了两声。秀明和祐子惊得说不出话来。

"我正巧路过这附近,就想过来瞧瞧你们。那正好,既然你们下班了,就一起喝一杯吧。"

茄子田的声音响彻玄关,真不知道他哪儿来的这么好的精神。秀明瞥了祐子一眼,只见她半张着嘴,一动不动。

"呃……茄子田先生,不好意思……"

"干吗,不愿意啊?佐藤啊,我上次让你回去重新画张图纸给我,可你什么问题都没问我呀。你都没从我这儿了解情况,怎么画得出图纸呢。而且我也有很多问题要问你。我知道有家挺不错的店,走走走……"

茄子田一手抓住秀明,一手抓住祐子。祐子下意识地甩开了他的手。

"对不起，我……我家里人出去旅游了，所以我要回去看家。"

"家里人不在？那不是正好嘛。要是父母在家，太晚回去总不太好。今天就陪我喝个痛快吧，小祐子。"

她倒吸一口冷气，想要反驳茄子田。就在这时，秀明开口说道：

"呃……我也要早点回去给孩子洗澡……"

话音刚落，笑嘻嘻的茄子田便变了脸色。

"你烦不烦啊！"他的怒吼吓得两人往后一缩，"少啰唆，快跟我来。这叫应酬，懂吗？你们也老大不小了，这点道理都不懂！"

秀明与祐子无言以对，感觉膝盖都快撑不住了。

茄子田带他们去了一家居酒屋，店里却装了迪厅那样的镜球灯，还有用来唱卡拉OK的舞台，布局很奇怪。

除了在厨房忙活的店老板是男的，其他工作人员都是东南亚来的女人。但这家店毕竟是单纯的"居酒屋"，不是"小酒馆"，那些姑娘不会坐下来陪酒，只是用磕磕巴巴的日语点单上菜而已。

"怎么样，这家店是不是价廉物美？"

茄子田又恢复了和气的表情。但秀明与祐子不知道他什么时候又会性格大变，吓得后背都僵硬了。

"嗯，价钱不贵，也很好吃。这肉丸就不错。"

"是吧，小祐子，想吃什么尽管点。"

"好，不过我已经吃饱了……"

"别客气嘛，不多吃点有营养的东西，怎么生得出白白胖胖的小宝宝。"茄子田把菜单推给祐子，"话说小祐子，你有没有男朋友啊？"

他还真是一点都不客气。

"……没有。"祐子苦着脸回答道。

"哎哟，这么可怜。你没有结婚的打算吗？"

"我还年轻……"

"瞧你说的，我结婚的时候，我老婆才二十岁。"

"茄子田太太的确很漂亮。"

秀明只得破罐子破摔，开始说些废话奉承茄子田。听到这句话，茄子田傻笑起来。

"是呀，真不是我自卖自夸，我给你们看照片。"

茄子田从卡包里掏出三张照片。秀明与祐子探头望去。

"哎哟，真的好漂亮！"祐子看着照片喃喃。

一张照片是全家福，另一张是绫子和两个儿子，还有一张是绫子的单人照。照片像是在海边拍的，绫子脸上带着腼腆的笑容，长发随风飘扬。照片上的她显得比现在更年轻些。

秀明不由得想，家里有这么漂亮的妻子，他为什么还要招惹其他女人呢？也不撒泡尿照照自己长什么模样……

"茄子田先生有一把好嗓子，您再去唱一首吧？"

秀明将照片还给他，尽量用爽朗的口气说道。

"佐藤，你干吗老让我唱。"

"哎呀，您这样的高手唱完，我这种五音不全的人哪敢上去献丑。我还想再听一遍您唱的《夜色中的银狐》。是不是，森永？"

"嗯、嗯，您再去唱一遍吧。"

"哦，那我就为小祐子再唱一遍。"

说着，茄子田走向店面深处的小舞台。店里有三四桌顾客，但是茄子田他们进来后，登台献唱的只有茄子田和秀明两个人。而且无论他们唱什么，其他顾客和工作人员都没有反应，让人瘆得慌。

"佐藤前辈，我好想回去……"

茄子田一走，祐子就眼泪汪汪地说道。

"我也想回去啊……"

"真是受不了，他居然在桌子底下故意用脚碰我。恶心死了！救命啊……"

"我明白，我明白……"

秀明酒量不好，却一小口一小口地抿着酸味鸡尾酒，望向在舞台上忘我歌唱的茄子田。照他的脾气，只喝这一场肯定不够。

"你趁现在赶紧回去吧。"

"啊？可……"

"我会帮你把话圆过去。要是你现在不走，就真的要熬到第二天早上了。"

祐子浑身一颤。

"可……我走了，你怎么办？"

"没关系，反正我是男的，怎么样都行。有你在，那臭茄子只会越来越嚣张。"

听到这儿，祐子默默低头鞠了一躬，然后背上包，趁茄子田闭着眼忘情欢唱的时候冲向了店门口。秀明目送她远去，自言自语道：

"女人就是好啊，就是比男人轻松……"

孤身一人的秀明嚼着味道诡异的肉丸想，下辈子一定做女人。但他转念一想，不行，真成了女人，被臭茄子这样的家伙缠上，那怎么得了……

舞台上的茄子田唱完一曲《夜色中的银狐》，学着演歌歌手的样子深鞠一躬。秀明无奈地拍着手，绞尽脑汁给祐子找借口。

"搞什么，你们俩是不是有一腿！"

茄子田在第二家店绷着脸嘟囔。秀明告诉他，祐子不太舒服，先回去了。打那以后，茄子田一直不太高兴。不高兴就干脆散了呗，他还硬拖着秀明去喝第二家。秀明无从拒绝，只能跟着茄子田来到他常去的小酒馆。

"怎么可能，我是有家室的人。"

"这算哪门子理由？你们真的没什么吗？"

"真没有，您就饶了我吧……"

茄子田在这儿存了一瓶威士忌。他一边喝着加了冰的酒，一边哼了一声。

这家小酒馆除了吧台，就只有三张桌子，面积非常小，但店里依然有镜球灯和卡拉OK舞台。和刚才那家店不同的是，无论是吧台还是其他座位都人满为患，上台演唱的客人也是一个接一个。客人唱完后，女公关们都会夸张地拍手叫好。人比较多，所以总也轮不到茄子田。两人只能在喧闹中大眼瞪小眼。

"话说回来，你好像没怎么喝酒，就知道给别人调酒……"

见秀明正在给自己调酒，茄子田忽然问道。

"我是典型的一杯倒……"

"啊？"茄子田眯起眼睛，鼻头上都是皱纹，"你还是不是男人！"

"天生就这样，我也没办法。"

秀明脾气再好，也经不住他这么讽刺，语气自然冲了一点。茄子田又盯着秀明看了一会儿，突然笑了。

"不好意思，其实我老婆酒量也不好。"

"啊，是吗？"

"仔细想想，你们这样的人也挺可怜，想喝也喝不了。那你接待客户的时候不是很麻烦？"

"是啊，但我并不讨厌要喝酒的场合。"

茄子田的心情突然变好了。秀明有点不解。看来他是个情绪多变的人，可秀明也搞不清楚他的"开关"在哪儿。话说回来，他们科长也是这种类型的人。也许可以用对付科长的法子对付他。

"你刚才不是说要回家给孩子洗澡来着?"

"对。"

"你有孩子?"

"嗯。"

"我真是一点都没看出来。我以为你肯定还没结婚,住在廉价的公寓里。真是人不可貌相。"

秀明不知该如何回答,只能用微笑搪塞过去。

"那你住哪儿啊?"

"格林公寓。您听说过吗?"

"哦,我知道,我有好多学生就住那栋楼。"

秀明住的"格林公寓"是本地很出名的高层公寓。

"但那楼是不对外出租的呀。"

"对。"

"你把房子买下来了?"

"嗯……差不多吧。"

"你的工资那么高吗?看来建设公司很赚钱啊。"

茄子田发出一声惊呼。秀明也很惊讶——正常人不会轻易问这么隐私的问题。"买房子了吗"、"拿多少工资"……除非跟对方很亲密,否则是不太好开口问的,这是常识。可茄子田完全没有这方面的意识。说好听点是"淳朴",说难听点就是"缺根筋"。

"是你用自己的钱买的吗?"

茄子田又问了个更加冒昧的问题。

"那倒不是,是我岳父岳母出的首付。"

"我说嘛,不过你不觉得男人当到这个分上很丢人?我可拉不下脸来拿女人娘家的钱。"

秀明已经没力气发火了。

"因为我是奉子成婚的,没办法。"

他懒得找借口,干脆老实交代。虽然他不觉得自己喝多了,但在上一家店抿了几口鸡尾酒,搞得有些头晕。

茄子田打量了他一会儿,随即大声说道:"原来是这样,其实我当年也是。"

"啊?"

"我当年也是奉子成婚。"

听到这句话,秀明顿时清醒了。

"啊……"

"搞大了人家的肚子,总归要负责嘛。"

不、不会是霸王硬上弓吧……

这话都到嗓子眼了,秀明愣是咽了回去。他努力重新组织了一下语言:"您跟太太是自由恋爱吗?"

"不,是相亲认识的,但我们俩是一见钟情,第二次约会就怀上啦。"

茄子田色眯眯地笑道。秀明看着那张脸,真想抡起眼前的酒瓶砸烂他的脑袋。

为什么那么温柔美丽的女人会和这种男人相亲结婚?她为什么要跟这样的男人上床,还怀了身孕?

秀明一口气喝完了剩下的大半杯兑水酒。

"哟,你不是挺能喝的吗?"

茄子田天真地笑着说。无处可去的怒火让秀明说不出一句话来。这时,女公关走过来,说道:

"茄子田先生,轮到您唱歌啦。"

"哦,小爱,那你来陪陪这家伙吧。"

名叫小爱的女公关微笑着坐到秀明跟前，拿起空了的酒杯调酒。秀明很快就感觉到了酒劲，呆呆地望着她的红唇和红指甲。

"您是第一次来吧？是茄子田先生的朋友吗？"

"不，我们是工作关系……"

"我猜也是，不然谁愿意跟他来喝酒呀。"

女公关轻声说道，瞥了一眼拿着麦克风高唱《爱你，东京》的茄子田。

"他的口碑很糟糕？"秀明也压低嗓门问道。

"那倒不是，他给钱很爽快，算是个好客人。"

秀明和小爱隔着桌子探出身子，脸凑到一起。秀明闻到了刺鼻的香水味，小爱丰满的胸部也映入眼帘。

"可他老摸我……"

"啊？"

"他总是偷偷摸我的屁股和胸口。偶尔摸一下也就算了，我毕竟是干这行的，不会跟他计较。可他每次来都这样。我估计，他是觉得既然出了钱，不摸白不摸。"

她每抱怨一句，胸口便跟着晃一下。秀明狠狠扭了扭脖子，望向舞台上的茄子田。

秀明还真有些羡慕他。谁不想摸女公关啊。可他有常识，知道不能动手动脚。但茄子田不一样，他不在乎别人会不会把他当色狼看，想摸就摸。能有这样的心态，着实令人眼红。

"下次您一个人来吧。您长得那么帅，人也不错。"

"啊……"

"这家店生意还挺好的，您要是想来，给我打个电话，我会帮您占座的。"

说着，女公关递了一盒火柴给秀明。火柴盒的底色是黑色，上面印着俗气的粉色大字"丽奈"。这大概是店名吧。

"这家店叫'丽奈'?"

"是啊,据说老板娘在银座干的时候用的就是这个花名。可她哪里像'丽奈'嘛。她的本名是'福子'。哎,这个名字多搭。"

"小爱,我可听见了啊。"

穿着和服的胖老板娘在吧台那儿发话了。坐在吧台的客人和女公关哄笑起来。

秀明没有再看那盒火柴,一口喝完了新调的酒。

他心想,我大概不会再来这家和女儿同名的店了。

睁眼一看,映入眼帘的是昏暗的天花板,还有天花板上黄色的灯泡。秀明再次闭上眼睛。

他渴得嗓子快冒火了,又想上厕所。本想起来,可眼皮和身体都不听使唤。好热……就在他挣扎着想脱下上半身的睡衣的时候,才发现自己还穿着衬衫。

他猛地坐起来,环视四周。

一盏夜灯在破旧的和室里放出朦胧的光亮,门楣上挂着秀明的西装——原来,这里是茄子田家的客厅。

"啊,我想起来了……"

秀明自言自语。他突然感觉到强烈的头痛与恶心,全身都在冒汗。

秀明和茄子田离开"丽奈"的时候已经十二点多。秀明本想立刻回去,但茄子田硬拉他去洗浴中心。他只记得自己很生气,吼了几句,之后的事情完全想不起来了。都怪他一口气喝下了一杯兑水酒。喝醉后,他好像和茄子田上了一辆出租车,被他带回了家。

回忆起来后,一股强烈的恶心汹涌而来。秀明捂着嘴,好容易才挪到走廊。他记得走廊的左手边应该有个厕所,沿着昏暗的走廊摇摇晃晃走了几步,终于找到厕所外面的洗脸台。他冲进厕所,一掀开马桶盖就吐了。胃部传来阵阵绞痛。

吐干净后,人舒服多了。秀明冲了水,抱着马桶发了一会儿呆。

"我在干什么啊……"

秀明不喜欢茄子田。可今天晚上,他不得不陪着这位不受欢迎的客户喝自己喝不了的酒。而且对方还以"你肯定能报销"为由,没掏一分钱。但秀明的公司不会为销售员提供招待费,第二家的钱也是他自掏腰包。

秀明觉得自己太窝囊了,气愤难当。喝了这么多酒,还要去洗浴中心?秀明也不是什么正人君子,但他特别讨厌那种去风俗店、想用钱买女人的男人。虽然接待客人就是"小姐"的工作,秀明还是很同情那些被迫接待茄子田的姑娘。

今晚真是倒霉透了。还签什么合同!我再也不会来这户人家了。

就在这时,绫子的面容掠过尚未完全清醒的脑海。她真的幸福吗?她有没有在为嫁给那个男人后悔呢?

突然,有人轻轻敲响了厕所门。秀明惊得跳了起来。

"佐藤先生,你没事吧?"

那分明是绫子的声音。秀明连忙用衬衫的袖口擦了擦嘴,打开厕所门。绫子穿着印花睡衣,披了件开衫,正站在没有开灯的走廊上。平时她的头发都梳理得整整齐齐,但刚才大概睡下过,头发稍微有些凌乱。她的模样要比"丽奈"的女公关性感好几倍。

"你……你没事吧?我听见你好像在里面吐……"

"没、没事……是不是吵到你了?酒劲突然就上来了,实在是抱歉……"

"没关系,要怪也得怪我家那位拖着你到处喝。"

"那、那倒是没关系。请问茄子田先生他……"

"在二楼睡着呢，都开始打呼噜了。"

绫子平时都会看着对方的眼睛说话，可是今天她的视线飘忽不定，就是不敢看秀明。秀明一惊，连忙低头看了看自己——原来他只穿着衬衫，没穿长裤，袜子倒是还在。好奇怪的打扮。

"啊……对、对不起，让你见笑了……"

"没关系，我看你好像很难受的样子，就帮你脱了裤子。"

见绫子难为情地低下头，秀明下意识地抱住了眼前的有夫之妇。

动手后，他才反应过来自己做了什么，惊讶不已。可事已至此，他总不能再把对方推开，于是抱得更紧了。绫子的后背紧张得跟石头一样僵硬，但她并没有抗拒。

"绫子姐，你真的幸福吗？"

秀明脱口而出。

这一刻，他感觉绫子浑身的力气都不见了。她原本僵硬的手臂缠上了秀明的脖子——绫子也紧紧抱住了他。

秀明与绫子并没有亲吻，只是在走廊的角落相拥了许久，许久。

真弓躺在沙发上，昏昏沉沉。

这时，她听见有脚步声逐渐接近，连忙坐起来，竖起耳朵——脚步声从家门口经过。片刻后，她便听见了隔壁人家开门的响声。

她抬头望向墙上的挂钟，都快凌晨三点了。

秀明从没有像今天这样，一声招呼都不打就晚归。他不会是出车祸了吧？一想到这儿，真弓便一阵揪心。

要是秀明再也回不来怎么办……她越想越着急，坐也不是，站也不是。

半夜一点刚过，真弓就给娘家打了电话，问母亲是不是应该报警。母亲哈哈大笑，无奈地说，哪有人因为老公晚回家一次就报警的,他要是明天早上还不回来,你直接打个电话去他公司问问吧,说完就把电话挂了。

真弓站起身,看了看卧室。女儿躺在被褥上,睡得正甜。

如果秀明回不来,我就只能和女儿相依为命了。泪水模糊了真弓的视线。她这才意识到对丈夫的爱远超自己的想象。

她回到客厅,拿起手机。

明天还要上班,至少也得睡上几个小时。然而,要是不确定丈夫平安无事,她怎么睡得着。

真弓发疯似的狂按"重播"键……

4

绫子很喜欢烫衣服。

做菜、打扫卫生、针线活,家庭主妇的工作她都喜欢,但最喜欢的还是烫衣服。

把在太阳底下晒干的衬衫和床单烫得平平整整,无论是床单还是枕套,她都喜欢用刚洗好的,所以几乎每天都要换上一遍。当然,这样每天都要洗很多衣物,但她丝毫不觉得是沉重的负担。

工作日下午两点,绫子会打开靠着套廊的玻璃门,坐在榻榻米上,开始烫衣服。在每天的生活中,这是能让她产生幸福感的时刻。

她用的是老式的铁熨斗,很重。她先用喷雾器在丈夫的衬衫上喷一些上浆喷雾,再用熨斗烫。一件又一件雪白平整的衬衫在手下诞生。

烫完三件衬衫后,绫子稍微休息了一下,把原本跪着的腿脚伸向一侧,仰望天空。

她长叹一口气。

最近她几乎天天都在叹气。自从那天晚上被佐藤秀明抱住后,无论做什么事,秀明的面容都在她眼前挥之不去。

她望着眼前那堆叠得整整齐齐的衬衫,心想,如果这些衬衫都是秀明的，该有多好。

秀明身材修长，一定能把平整的衬衫穿得更好看。而她的丈夫呢？再平整的衬衫一上身，都会沦为皱巴巴的布。

绫子往榻榻米上一躺，望着院子里盛开的花朵。

她并不讨厌这个家，也不讨厌现在的生活。房子虽然旧，但当年用的木材好像还不错，柱子和走廊地板都是越擦越亮。她在院子里种了各种各样的花，一年四季都有花看。街坊邻居都很和善。五年前绿山铁道通车后，购物也变得方便多了。

两个儿子是她的心头肉，她甚至愿意为他们付出生命。公婆终究是外人，算不上特别喜欢，但这么多年相处下来，也没有太大的矛盾。丈夫太郎深爱着家人，也爱着绫子。

然而，经历过和秀明的那段小插曲后，她对自己的婚姻产生了强烈的悔意。

在此之前，她也后悔过自己的选择。可即便后悔，她也没有别处可去。

绫子的娘家建了二世代住宅，父母和姐姐一家住在一起。姐姐有三个孩子，绫子要是离婚了，娘家也没有地方容纳她和两个儿子。

绫子也不觉得凭自己的本事能把两个儿子拉扯大。再说，她这辈子就没有工作过。一个没有工作的女人，又怎么可能拿得到孩子的抚养权。

丈夫不会对她拳脚相向，他似乎在外面花天酒地，但好像也没有包养女人，每个月都会给生活费。最关键的是，他真的很爱自己的家人。要是绫子提出离婚，她心爱的两个儿子一定会被丈夫夺走。

与其现在离婚，失去最重视的两个儿子，出去工作养活自己，过孤苦伶仃的日子，还不如继续做茄子田家的媳妇。绫子觉得，这样更幸福一些。

她嫁给茄子田快十年了。十年里，她一直这么暗示自己，一直努力把事情往好的方向想。她告诉自己，只有爱这个家，才能过得更幸福，所以始终拼命爱着这个家。她在院子里种花，把全家上下擦得干干净净，对公婆体贴入微，只看丈夫的优点。

要是真抱怨起来，那就没完没了，还是只关注自己手中的幸福更好——十年里，绫子一直是这么想的。为了不让自己羡慕别人家的生活，她尽量不和别人发展太深的关系，也不看杂志和电影。没有参照物，她就能觉得自己是最幸福的人。绫子用这种方法在自己周围建起了一圈高墙，不让任何人入侵她的幸福花园。

然而她近来感觉到，耗费许多年才建起来的高墙，竟轻而易举地崩塌了。

秀明有宽阔的肩膀，轻抚过她秀发的手指纤细而修长，还有温柔的声音、彬彬有礼的态度、和善的言辞。他明明是男人，身上却有一股清香。而她丈夫身上只有汗臭和口臭。

一想到秀明，绫子便觉得揪心，不是感觉疼，而是心真的在疼。

绫子就这么躺着，将放在榻榻米上的床单捧在胸口，闭上双眼。

我喜欢秀明，绫子心想。

第一眼见到秀明的时候，她就对他感觉不错。然而她早养成了习惯：一旦意识到可能对丈夫之外的男人产生好感，就下意识地拉下心中的卷帘门。她努力不让自己去想秀明。

听说秀明已经娶妻生子后，绫子本以为能压抑住这份感情。她完全没有要搞婚外恋的打算，获悉之后，甚至松了口气，因为可以彻底死了这条心。

可绫子后来发现，每见秀明一次，对他的好感就更多一些。连她自己都意识到这个趋势很危险。如果对方是再也不可能见到的人，时间自然会把情愫冲淡。可秀明是房产公司的销售员，他一次又一次出现在绫子面前,而且每次见面都称赞她几句,像"有女人味"啦,"漂亮"啦……

她丈夫对花朵没有一点兴趣,但秀明会眯起眼睛说,"紫阳花开了呀。"他称赞绫子一手打造的花园、一手烹制的菜品。他甚至说过,要是能娶一个绫子这样的老婆就好了。

两个星期前,秀明抱住了她,问她:你真的幸福吗?

绫子怀着烦闷的心情回想,我到底在他怀中逗留了多久?好像只有短短五分钟,又好像有一个多小时那么长。要是他衬衫口袋里的手机没有震动起来,他们到底会相拥到什么时候呢?

绫子忽然嫉妒起了秀明的妻子。据秀明说,他们的孩子还小,可妻子已经开始出去上班了。她不喜欢做菜,摆在桌上的永远是现成的熟食。

如果我是他的妻子,绝不会让他受这种委屈。绫子把床单抱得更紧了。我一定会每天在家里做好他爱吃的菜,等他回来,也不会把那么小的孩子送去托儿所,自己跑去上班。何必出去工作呢?白天能守着最爱的孩子,晚上又能守着亲爱的丈夫,还有什么必要出去工作?

"睡午觉呢?真享受啊。"

有人在背后说道。绫子连忙爬起来一看,只见婆婆正俯视着自己,面无表情。

"啊,没有……我只是有点累……"

"真是委屈你了,要我帮忙吗?"婆婆话里带刺。

"不用了,奶奶,我来做就好。要吃些点心吗?"

"要喝茶,我自己会泡的。"

婆婆撂下这句话,走进厨房。绫子看着她的驼背,又叹了口气。她抖擞精神,开始熨烫被自己揉皱的床单。她仔仔细细地熨平每一根褶皱，脑子里却又想起了秀明。她越想越觉得自己是个不幸的人。这可是从来没有过的事。她不是没碰到过不开心的事，但知道世界上有很多人更不幸。她还以为自己算比较幸福的呢。

绫子儿时的梦想就是当新娘，再生下可爱的小宝宝，当一个平凡的母亲。她也的确实现了这个梦想。

她在二十岁那年怀了身孕，嫁给了茄子田。

当时，茄子田在绫子的父母面前俯下身，说道：

我一定会让绫子幸福的。

他说的每一个字是如此强劲有力，绫子顿感心头一热。她心想，选这个人准没错。

她至今也不认为当时的决定是一个错误。这个丈夫不是别人塞给她的，而是她自己选的。但她做梦也没有想到，会在这个时候恋上另一个男人。

我一定是遭了报应。举头三尺有神明。

想到这儿，绫子不禁用双手捂住了脸。这时，她听见有人打开了玄关的大门，随之传来上楼的脚步声。回家了却不打招呼的只有老大。

"慎吾，你回来啦？"

绫子对不见人影的儿子喊道。可儿子没有吭声，她便放下熨斗，站起身，走到楼上的儿童房，探头说道：

"慎吾，回家了怎么不打招呼？"

老大把书包撂在地上，正忙着翻抽屉。见绫子找上门来，他才头也不回地说道："我回来了。"

"要吃点心吗？妈妈做了果冻。"

这时，儿子回头望向母亲。这一年里，儿子的面容突然变得成熟了。那犀利的视线让母亲心中一惊。

"我要去补习班,不吃了。"他随口说道。

"补习班?补习班不是七点才上课吗?"

"我要先去叶山家。"

儿子一边把游戏机塞进上补习班背的包,一边回答。

儿子最近经常提起叶山这个名字。他们是在补习班认识的,平时在不同的学校上学。

"不行,不能去。"

绫子用柔和的口气说道。儿子立刻皱起眉头。

"为什么?"

"你这么早跑到别人家里去,肯定得吃了晚饭再去补习班。这样会给叶山家的妈妈添麻烦的。"

"叶山家是双职工家庭,这个时候家里没别人。"

儿子磕磕巴巴地说出"双职工家庭"这个词。

"那你们晚饭怎么解决?"

"大家一起去便利店买个饭团什么的。"

"谁出钱?叶山吗?"

绫子厉声问道。儿子不吭声了。

家长教师协会开会时刚提醒过,双职工家庭的父母很少在家,孩子们会以"一起做功课"为名,聚集在没有大人监督的地方打游戏,或是干脆不去补习班,窝在家里看漫画。双职工家庭的孩子一般都能拿到很多零花钱,会用这些钱买小零食和饮料之类。

绫子并不想禁止儿子去朋友家做客,但一群小朋友聚在没有大人看管的家里,绝不会有好事发生。万一出点什么事,也没有大人教育他们或是承担相应的责任,这就很成问题。

"叶山家在哪儿啊?"

儿子噘着嘴,不回话。

"把他家的电话告诉妈妈。"

"你要电话干什么?"

"你最近不是经常去人家家里做客吗?这么给人家添麻烦,妈妈总要跟对方家长打个招呼……"

"谁给人家添麻烦了!"

儿子突然咆哮起来,不等绫子反应过来,便从她身边跑过,飞速冲下楼去。绫子连忙去追,可大门当着她的面关上了。这时,婆婆突然探出头来问道:

"是慎吾在吼吗?"

"嗯、嗯……"

"真没教养……"

说完,婆婆就消失了。绫子慢慢跨上台阶,走回走廊,视野因为泪水而扭曲。

她多么想见秀明一面啊。这都两个星期了,秀明连一个电话都没有给她打过。

她多么想再次投入秀明的怀中。被他抱住的那一刻,绫子忘记了所有的烦恼,脑海中一片空白。她多么想再次品味那样的瞬间。

"请在这边和这边分别盖一个章。"

真弓将准备好的文件递给眼前的男子,说道。

这里是雷尼株式会社的会议室。她正看着这位在会计科工作的青年盖章。除了捧场的亲戚朋友,这是她争取到的第一份合同。她激动得心跳加速,不能自已。

"这样就行了吗?"

"嗯,太感谢了。"

青年买的是去世时赔付一千万的定期养老保险。虽然算不上大单子，但这毕竟是她靠实力争取到的第一个客户。

"保费是从下个月开始扣款吗？"

"对，下个月二十五号开始。感谢您选择绿叶人寿。"

真弓一鞠躬，新入职的青年便露出了腼腆的微笑。之前真弓险些被垃圾桶绊倒的时候，就是他伸手搀了一把。

真弓听从桦木的建议，开始独自跑客户了。"雷尼"给她留下的印象差到了极点，但她还没勇气去没有打过交道的新公司。

她每隔一天就会在午休时间前往雷尼。久而久之，那边的员工都记住了她。后来她才知道，这家公司的主营业务是销售蜡烛和线香。当时她吃了一惊，心想，世上真是做什么生意的公司都有。就在这时，一位女员工送了个小熊形状的蜡烛给她，说是公司最近的试验品。这样的小礼物也让她欣喜万分。

某天，她发现任职于会计科的青年就是对她伸出过援手的人。她找到那位青年，和他拉起了家常，得知青年是刚入职的新人，从来都没有"买保险"的念头。

真弓花了一星期，终于说服青年。她说有个朋友生病住院后才体会到买保险的重要性，还再三强调，与其婚后再买保险，还是趁年轻的时候买好，这样保费会更便宜。最后她还说，这份工作她准备一直做下去，有什么问题可以随时咨询。

青年平时和父母住在一起，手头自然比较宽裕。他是个温厚的人，从不会对销售员冷言冷语。真弓并没有出色的销售技巧，只是比较走运罢了，但这份合同还是大大提升了她的自信心。

部长在培训的时候说过，如果在一家公司争取到第一个客户，接下来的事情就容易了。只要不时去露个脸，原本对你怀有抵触心理的人也会因为"熟人买了保险"放下戒心。真弓也的确感觉到，雷尼的人不像原来那样拒她于千里之外了。

"这是我的一点心意,谢谢您支持我的工作。"

真弓从包里掏出一份礼物。包装盒里是一个名牌的名片夹。

"哎,不用那么客气……"

"没事儿,您就收着吧。我也不知道您喜不喜欢,您瞧得上的话就用着吧。"

"我总觉得这样不太好……"

淳朴的青年噘起了嘴,显得有点尴尬。真弓产生了些许负罪感。

其实,这位青年曾问过她有没有结婚。真弓谎称自己离婚了,还带着一个孩子。支部长在培训时半开玩笑地提过,只要能争取到合同,稍微撒点小谎,勾起客户的同情心也是必要的。真弓下意识地实践了支部长的建议。

"今后也请您多多关照,要是您有朋友想买保险,请一定介绍给我。"

好心肠的青年这才露出微笑,点了点头。

真弓在绿丘站下了车,走向支部。这座城市已经进入梅雨季节,路人撑着五颜六色的伞,仿佛一朵朵盛开的花。

真弓转动着柠檬黄的雨伞,边走边看购物中心的橱窗。这时,她看见了一身夏季套装,不禁停下脚步。那是时下最流行的款式,麻布面料。可她一看价签便耸了耸肩。

"好想要一身新套装啊……"

真弓用挺大的声音自言自语。

她低头看了看自己身上的深蓝套装。入职后,她还没买过一件新衣服,只能绞尽脑汁,用以前工作时穿的衣服搭配出不同的装扮。要是腰围再细几厘米,穿得上的衣服就更多了。一定要努力减肥。

真弓还以为入职后就能立刻有收入,但她太天真了。

她本以为，用来送客户的糖果、印有公司名称的圆珠笔、送给签约客户的礼物都由公司埋单，谁知这些东西都要她自己掏钱。销售虽然是保险公司的雇员，却只能按个体户报税。花在礼品上的钱能作为经费申报上去，但公司不会全额报销。

在商社工作的时候，这些杂费都由公司出，交通费和接待费也能报销，复印机和电话可以随便用。可是在这家保险公司，无论是复印还是打电话，都要用专门的磁卡，事后统一结算费用。公司基本什么都不给报销。

脚上的船鞋跟着她每天跑东跑西，已经快没法穿了。她还想换一个更大更好用的手提包。

秀明马上就要发奖金了，但奖金的一半会用来支付公寓的贷款。要不让他用剩下的钱给我买套装、鞋子和手提包吧？

一想起秀明的脸，真弓就郁闷。

秀明最近总是闷闷不乐，问题就出在他深夜不归那天。真弓连续给他打了好几个电话，把他气坏了。

真弓不懂，丈夫为什么要发这么大的火？他说那天晚上在陪客户喝酒，喝醉了，就在人家家里过了夜。那就奇怪了——如果秀明说的是真话，他何必因为真弓打了几个电话就发那么大的脾气？

秀明不会出轨了吧？一想到这儿，真弓紧咬下唇。

她压根儿没有想象过丈夫出轨的情况，也不觉得秀明有那个本事，再者，他也没有花天酒地的资金。

最近秀明很少跟她说话。他总是默默吃完真弓做的早饭，默默出门，回来了也是默默泡澡，默默上床睡觉。

家里的气氛实在是太阴沉，害得真弓都不好意思跟他抱怨："我也在外面工作，你就不能帮我做点家务吗？"她只能主动跟秀明搭话，聊他喜欢的棒球，谈他喜欢的电影，告诉他丽奈在托儿所不怎么哭了，还聊起他们都认识的朋友的八卦。

然而，无论她抛出怎样的话题，丈夫都心不在焉。真弓觉得自己像个傻子，渐渐地，她也懒得再跟秀明搭话了。

她曾在杂志上看到过，男人一出轨就会因为负罪感对妻子格外好，那要是成天给人脸色看呢？

真弓想破了脑袋，还是想不通秀明为什么突然情绪低落。她也直接问过，但秀明只是回答"没什么"。她决定再观望一下，要是过一阵子还这样，再找人咨询咨询吧。

一想到秀明，真弓心里更多的是气愤，而非悲伤。

开始工作后，真弓忙得连看电视的时间都没有。秀明什么忙都不帮。她不得不提早两个小时起床，喂女儿吃早饭，在出门前把脏衣服洗了。把女儿送去托儿所后再去公司。回家前去一趟超市买点东西，一手提着手提包和超市的购物袋，一手抱着女儿，拼着老命往家挪。先给女儿洗澡，再喂饭，之后一边陪女儿玩一边吃超市买的东西。秀明一般要到这个时候才回家。以前他们还能聊上几句，可现在夫妻之间几乎没有任何交流。

真弓很是纳闷：这都是因为我出去工作吗？如果她的就业给秀明增加了负担，那他不高兴也情有可原。然而，秀明回家后做的事跟原来并没有区别，他的负担完全没有加重。

秀明到底有什么不满意的？真弓边想边走。忽然，一张熟悉的面孔映入眼帘。

和她同时入职的保坂弥生正撑着脑袋，坐在面朝马路的甜甜圈店的吧台边。真弓走到她面前，用手指轻轻敲了敲玻璃。弥生见来人是真弓，便露出了哭笑不得的表情。

"怎么啦？在休息呢？"

真弓买了一杯饮料，坐在弥生旁边，问道。

"真弓，我已经受不了了……"弥生垂头丧气地答道，"我去跑支部长介绍的公司，可人家说，我们很忙，跟保险员没什么好说的，你赶紧走吧。他们连名片都不肯收。我快撑不住了……"

真弓苦笑着听弥生抱怨，却没有放在心上。

"真弓啊，听说你已经拿到好几份合同了？"

"都是亲戚朋友捧场啦，正儿八经自己争取到的就一份。"

"你是怎么推销的？是不是用培训时教的法子？"

弥生的表情十分认真，真弓颇感惊讶。她本以为弥生一定会说"我不想干了"。弥生似乎看出了真弓的心思，苦笑着说道：

"你是不是在想，不想干就辞职呗？"

"没有啦。"

"没关系，我入职的时候的确是这么想的。"

弥生拿起玻璃杯，用吸管喝了一口被融化的冰块冲淡的果汁。她样貌平平，发型平平，不胖不瘦，穿着普通的上衣和裙子。两三年不见，真弓绝对会忘记她的模样。

"你老公支不支持你工作？"

"啊？"

弥生突然来了这么一句，惹得真弓不禁反问。

"我老公只把我当没智商的宠物狗看。他让我培训完就走。我也知道他没有恶意，可就是觉得他没把我放在眼里。"

"嗯，我明白。"真弓用力地点头。

"真的吗？你真能理解我？"

"我家也是这样。老公、父母和朋友一听说我要去卖保险，都说我根本干不了。说不定他们还在赌我什么时候辞职呢。"

"真是气死人啦。"

"就是，气死人了。"

真弓和弥生喝着剩下的饮料,一起点头,就像两个凑在一起说父母坏话的高中生,十分好笑。

"我以前觉得只要凑合着过就行了。随便读个文凭,工作几年,然后结婚生子。我也知道自己已经很幸福了,不能奢望太多,可是……"弥生狠狠皱起平淡无奇的眉毛,啧啧有声,"我也说不清楚……我从小就不喜欢想那些复杂的事情。"

真弓忍俊不禁。

"你是不是觉得,要是现在照老公说的,辞了这份工作,就得一辈子唯他马首是瞻,放弃当家做主的权利,承认自己是个傻瓜?"

"对对对,我就是这个意思,你果然很聪明。"

真弓耸了耸肩。

"弥生,你会给客户占卜吗?"

所谓"占卜",就是请潜在客户写下自己的生日,然后用电脑算出他的恋爱运、健康运之类,没什么技术含量。

其实"占卜"是为了得到潜在客户的出生年月日。把这个日子输入支部的电脑,如果这个人买过绿叶人寿的保险,就能看到他的签约时间和合同内容,并根据这些信息提议他修改保险条款,或是向他推销其他种类的产品。

"有是有……可是很多人连生日都不肯透露……"

"那怎么行,你至少努力打探到人家的生日,然后再去查查他的负责人是谁。"

听到这话,弥生有点憷。

"如果他的负责人是我们支部已经辞职的人,那你就可以告诉他,我是新来的负责人,把他变成你的客户。"

"啊?还可以这样吗?"

"有什么不可以的,那样的客户就是别人撂着不管的。如果你是这位客户，你会怎么想？推销的时候热情得不得了，一签完就不管了，谁受得了这种待遇。你完全可以趁机向他提供周到的服务，这样人家就会觉得'这次来的新人还挺可靠的'，说不定看在你的面子上换投金额更大的产品，或是介绍亲戚朋友给你。"

弥生半张着嘴，木木地说：

"培训的时候没人教过这些吧？"

"你也得动动脑子呀。"

"也是……还是你厉害。"

听到弥生发自肺腑的感叹，真弓再次露出苦笑。

秀明把车停在茄子田家旁边的小巷。

他好久没来过这里了。那晚过后，他迟迟无法鼓起勇气上门。这也难怪。他冒犯了客户的夫人，就算人家投诉到公司，他也无话可说。

但秀明很清楚，绫子不会做这种事。他能肯定，他们是两情相悦。

但他也有些犹豫，不知是应该踩下感情的油门，还是立刻刹车。毕竟他们都是有家室的人，不能轻易纵情。

瞒着家人，每月见一次……不，两个月见一次也成。单独吃个饭，约个会，那该有多好啊。秀明不是没想过如此向绫子提议。但绫子是个正派女人，不会接受这种任性的要求。

现在回头还来得及。

秀明决定咬紧牙关，踩下刹车。再也不见面当然是最理想的，但人家毕竟是客户的太太，不可能不见。

茄子田家的合同，秀明是丢不起的。住宅建筑公司的销售员要是能保证每月都拿下一份合同，就相当优秀了。秀明在五月签下了科长介绍的客户。三月份时，有一家人问他要过资料，他上门拜访了几次，也争取到了合同。要是最近签不下新客户，他在公司里就会很难做，人事考评的成绩也会受到影响。而且在秀明手头所有的潜在客户中，最有希望的就是茄子田家。

快点搞定这件事吧。秀明下定决心，画了一张茄子田应该会比较满意的图纸。要是他还不满意，那就干脆放弃，另找别家。他怀着这样的念头，来到茄子田家。

他怕和绫子单独相处会有些难堪，就挑了她可能不在家的时间。走到茄子田家门口，站在院子里的奶奶的背影映入眼帘。她并没有在忙碌，只是呆呆站着，望着院子里的紫阳花。

"您好。"

秀明开口说道。奶奶缓缓回头，见来人是秀明，显得有些尴尬。

"好漂亮的紫阳花呀。"

秀明奉承道，可奶奶全无反应。他懒得再和奶奶搭话，就自顾自去了玄关，按下了门铃。

"家里没人。"

身后的奶奶说道。秀明回过头。

"爷爷带孙子出去玩了，我儿子一大早就出门了，说是学校有事。绫子买东西去了。"

"哦，这样啊。"

那就没办法了，只能麻烦她转交图纸。就在秀明翻公文包的时候，奶奶指着套廊说道："坐那儿吧，我给你泡杯茶。"

"啊，不用了，我这就走……"

"你觉得跟我这个老太婆没法谈，是吧？"

奶奶狠狠瞪了秀明一眼。

"不、不不，瞧您这话说的……"

"给我等着。"

奶奶撂下这句话，走进屋里。无奈之下，秀明只得坐在套廊上等着。这还是他第一次正儿八经和奶奶说上话。奶奶的口气和茄子田颇有几分相似。

片刻后，他身后的门开了。奶奶端着托盘现身，一屁股坐在套廊尽头，抬手示意秀明用茶。

"不好意思……那我就不客气了。"

浓浓的绿茶十分解渴，比果汁之类的饮料好喝多了。

"真好喝。"

"拍马屁就不必了。"

"这真不是拍马屁，我平时在办公室喝的茶都是用泡过好几次的茶叶泡的，没什么味道，我好久没喝过这么香的茶了。"

秀明这话的确出自肺腑。奶奶好像笑了笑。

"我今天是来送新图纸的……"

秀明放下茶杯，从包里掏出图纸，递了过去。奶奶接过图纸，从胸前的口袋里掏出一副老花眼镜，把图纸摊开。

秀明趁机观察了一下。奶奶穿着麻布做的白上衣，配了一条比米色更深的褐色裙子，裙子外面围了一条白围裙，虽然有些旧，但洗得很干净。他顿时觉得正坐在去年去世的祖母旁边。祖母比母亲更严厉，所以秀明每次去祖母家都分外紧张。稍有不合适的举动，祖母便会打他的头，训斥道："不许这样！"

奶奶目不转睛地看着图纸。这个老婆婆看得懂图纸吗？秀明正胡思乱想，奶奶抬起头来说道：

"这样不行啊。"

"啊？"

"不是要造二世代住宅吗？可这张图跟我们现在住的房子没什么区别。至少要把厨房跟浴室分开吧。"

秀明无言以对。见状，奶奶冷笑道：

"你的表情好像在说，'这可怎么办啊'。"

"对不起……"

"我劝你还是放弃我们家的房子吧。"

听到这句话，秀明呆若木鸡。

"您的意思是……"

"一家人的意见根本不统一，也统一不了。"

"可是，大家可以商量商量……"

"没用的。"

奶奶说得斩钉截铁，秀明不知道该怎么办。她拿起一旁的烟盒，抽出一根七星烟，叼在嘴里点了火，又把烟盒扔给秀明。秀明在结婚时戒了烟，他起初有点犹豫，但想了想，还是拿了一根，用打火机点着后，轻轻吸了一口。跟刚才的绿茶一样，这烟也美味得让人吃惊。

"听说你已经有孩子了？"

奶奶的口气就跟电视剧里的刑警一样，秀明差点笑出来。

"嗯，有个小女儿。"

"孩子总是可爱的。"

"嗯，是啊。"

"孩子永远是父母的心头肉，即便他已经三十三岁了。"

秀明这才意识到，奶奶说的是茄子田太郎。他还以为"可爱"的是两个小孙子呢。

"爷爷对太郎说不了一个'不'字。"奶奶缓缓吐出一口烟，"这个任性妄为、无药可救的人，就是我跟爷爷一手培养出来的，所以我们无话可说。也只有他能给我们送终了。"

"这……"

"绫子也挺不容易的。"奶奶不顾秀明的困惑,继续平静地说道,"她跟了太郎这么多年,任劳任怨地照顾我们两个老人,干活也麻利,又喜欢孩子,人也好。"

秀明连连点头。

"所以我才讨厌她。"

"啊?"

"我讨厌她。看到她这种人,我就心烦。"

"为、为什么?她哪里做得不好了?"

"你知道太郎喜欢在外面找女人吗?"

奶奶问道。秀明犹豫片刻后点了点头。

"他只要兜里有点钱,就会去那种店找女人。绫子不是不知道。"

"……"

"那你知道她为什么装傻吗?因为她讨厌太郎。打扫卫生、洗衣服、带孩子、做针线活,只要是家庭主妇干的,她都喜欢。可她偏偏讨厌做一件事。你知道是什么事吗?"

"不知道……"

"和老公上床。"

秀明没想到一个老婆婆会说出这种话来,不禁心中一凛。

"她就是虚伪。离了太郎,她就过不下去,所以只能留在这个家里。她抢走了我干家务的权利,装出一副自己很辛苦的样子。我的腿脚是不能跟以前比了,但普通的家务活还是能干的,可她偏偏当我是身患重病,占据了家里的厨房。别看她长得文文弱弱,心里可毒辣呢。这个家是太郎的,哪能让她这个媳妇为所欲为!"

奶奶突然滔滔不绝起来。秀明望向她的侧脸,瞠目结舌。他完全想象不到,这个老人已经萎缩的肌肉中竟隐藏着如此激烈的憎恶。

"你知道绫子的梦想是什么吗?"不等秀明回答,她便扬起嘴角说道,"我听见她在电话里跟人说,'我的梦想就是变成一个可爱的老太太'。傻不傻,她就那么想一辈子讨好别人吗?"

秀明不敢继续看她,把烟扔在脚下踩灭了。

奶奶大概是说痛快了,心满意足地抽起了第二根。秀明默默起身,鞠了一躬,离开了茄子田家。他义愤填膺。

发动车子之后,他把手肘撑在方向盘上,咬起了指甲。

奶奶的一番话在脑中不住地打转。秀明想,她说了一通绫子的坏话,可她自己呢?不也是盼着儿子给自己送终,才离不开他吗?那跟别人不是半斤八两?

好想抽烟啊。刚才那根七星烟的味道在嘴里复苏。真弓说,抽烟对孩子不好,买烟也要花不少钱,所以他下定决心戒了烟。可奶奶轻而易举地让他回忆起了烟的味道,这也让他气得要命。

他扭了扭脖子,换挡踩油门,沿着住宅区的小路缓缓前行。这一带和秀明的公寓所在的区域不太一样,有很多老房子,刚建起来的二世代住宅星星点点。秀明看着街景,满脑子都是想抽烟的念头。

这时,人行道上的自动售烟机映入眼帘。秀明下意识地踩下刹车。用零钱买完烟后,他才意识到自己没有打火机,也没有火柴。他环视四周,想找个卖打火机的地方。

他很快发现不远处的十字路口有一块酒铺招牌,便迈开步子,往那边走去。谁知酒铺门口竟站着一个长发女子——她正是绫子。

秀明不禁停下脚步。绫子没有发现他,正专注地看着放在酒铺门口的打折的瓶装乌龙茶。秀明从未见过她脸上出现如此严肃的表情。此时绫子一手提着一个超市购物袋。白色的塑料袋里分明装着一整颗卷心菜,可见袋子很重。她大概是在犹豫要不要买乌龙茶吧。

这时,绫子似乎下定了决心,把购物袋放在地上,对店里喊了一声。酒铺的老板走出来。绫子指着乌龙茶,竖起两根手指。她居然打算买两瓶？秀明有点吃惊。绫子笑着付了钱。她的表情越是明朗，秀明就越能看清她心中的哀伤。

"绫子姐……"

秀明开口唤道。她回过头来，表情顿时僵住了。不过，她马上戴上了微笑的面具。

"真是多谢啦。我看到乌龙茶在打折，一时冲动就多买了……"
绫子尽力用爽朗的口气说道。驾驶座上的佐藤秀明并没有看她，只是嘴角挂着一抹微笑。

"其实明天再买也不是不行，但我突然想起家里一瓶都没有了。我们家个个都爱喝乌龙茶，只有老二不喝，喝起来可快了。我本来想买一瓶，可明天就没有折扣了，一咬牙就买了两瓶，正愁要怎么拿回去呢。"

秀明轻轻点头，却不吭声。绫子觉得有些难为情，没有接着往下说。

那晚过后，她一直没见过秀明。秀明没有联系她，就说明他也在为那晚发生的事情后悔——这就是绫子得出的结论。所以她决定，下次再见，要装出什么事都没有发生过的样子，继续扮演"茄子田太太"的角色。

可是当秀明真的出现在眼前的时候，绫子慌了。要是他能提前打个电话，说"我明天会上门拜访"，她还能有些思想准备。她今天穿的是很旧的裙子和上衣，脚上还是一双凉拖，几乎素面朝天。早上起床后，她就梳过一次头。

绫子很是难堪，深深低下了头。秀明原本在绫子面前总是表现得很热情，话也不少，可今天他几乎没开过口，只是默默开车。

好想挖个洞钻下去啊……绫子闭上眼睛想。秀明撞见她买便宜货，心里肯定瞧不起她。但人家毕竟是销售员，不能冒犯客户，只能开车把她送回去。

快放我下车吧！绫子攥紧拳头，默默祈祷。

"绫子姐。"

这时，秀明突然开口了。

"啊？"

"你接下来有什么安排吗？"

绫子没听懂秀明的问题，瞪大眼睛。她这才意识到，这辆车分明在朝反方向开。高速公路的入口出现在眼前。

"呃……"

"绫子姐，"秀明转向她，面带愠色，"要是你方便的话，能不能陪我兜兜风？"

佐藤真弓在绿叶学园的入口换上客用拖鞋。墙上的圆形时钟指向三点五十分。

她哼着小曲，沿着走廊往前走。她在刚才去的公司发掘到了一个潜在客户，心情正好。学校就在公司附近，于是想顺便来老师的办公室露个脸。

透过走廊的窗户，能看到剃了板寸的初中生在社团活动中挥洒汗水。耳畔传来远处的欢呼声，映入眼帘的是贴在墙上的图书馆通知、擦得闪闪发光的漆布地板……

真弓心想，学校真是个好地方。她从小到大成绩还不错，老师们都很喜欢她。学校留给她的都是美好的回忆，踏上社会后，才开始处处碰壁。

桦木说，她一点都不喜欢来学校。她笑着说，我可不想一把年纪了还去老师办公室报到。这也是她愿意把这所学校让给真弓的主要原因。

真弓轻轻敲了敲办公室的门。不等里面有人回话,她就把门往旁边一拉。和桦木一起来那次正值午休时间,办公室里有很多老师在。可今天偌大的办公室空荡荡,没几个人。

"打扰了,我是绿叶人寿的……"

话音刚落,一个男人便从成堆的文件后面抬起头来。这人好眼熟。真弓想起来了。桦木特地提醒过她——"那家伙可讨厌了,你以后可得小心点儿"。

"什么事呀?"

矮胖男人站起来,对真弓微微一笑。管他讨不讨厌,是不是宅男,能好好跟保险销售员说话的客人都是难能可贵的。真弓连忙挂上笑脸,凑上去说道:

"我是绿叶人寿的佐藤。"

她递上自己的名片。男人接过名片,看了看上面的字,又抬头看了看真弓的脸。

"我们之前是不是在员工入口见过?"

"啊,对,是的。"

真弓心想,那时我的确对他点了头。

"这片区域现在由我负责,有什么想了解的,欢迎您随时咨询。"

"唔……"男人喃喃道,点了点头,"啊,请坐吧。"

他指着自己旁边的椅子说道。真弓有点纳闷,这人怎么对我这么好?她把那张系着坐垫的钢管椅搬到男人旁边,坐了下来。

男人拉开抽屉,寻找自己的名片。真弓趁机观察他满是赘肉的后背。他跟上次一样,穿着很没品味的POLO衫,看上去就像在超市买的。但她转念一想,要是他平时只穿这种衣服,就不会在衣服上花太多钱。秀明赚得不多,却喜欢买很贵的西装。虽说对销售员来说好行头是必需的，但他连平时在家穿的便装都要买拉尔夫·劳伦的。看来男人太赶时髦也不好。

"我姓茄子田。"

真弓接过他递来的名片。

茄子田太郎。好奇怪的名字。真弓强忍着没笑出来。

"茄子田老师……您是教哪门课的？"

"社会课。我的专业是日本史。"

"哦，好厉害！"

真弓不过是随口奉承了一句，茄子田竟显得分外欣喜。他把头凑了过来，压低嗓门问道："小真弓啊，你是新入职的吗？"

"嗯，四月刚进的公司……"

强烈的口臭扑鼻而来，真弓下意识地连人带椅子往后缩了一下。"小真弓"——真没想到他一开口就喊得这么亲切。

"呵，你多大啦？"

"……二十八岁。"

"单身？"

真弓无言以对。难怪桦木说这家伙很讨厌。

"呃、呃……我还想跟其他老师打个招呼……"

她找了个借口，正要起身，谁知茄子田竟用力抓住了她的手腕。

"大家都回去啦，只有我还在加班耶。"

又是"啦"，又是"耶"的，简直恶心极了。真弓连连往后缩，盯着茄子田的脸看。

他的眼睛还挺大，是非常明显的双眼皮，皮肤油光锃亮，鼻子下面有些零零星星的胡楂。小宝宝变成了大叔，脸却没有长开。茄子田给她留下的就是这样的印象，怪吓人的。

茄子田的视线跟纳豆一样黏糊糊的。真弓好容易才移开目光，环视四周，这才发现其他老师都不见了。她刚进办公室的时候明明还有两三个人在。

就在真弓差点发出惨叫时，茄子田松手了。因为办公室的门开了，一位上年纪的校工模样的男人走进来。

真弓连忙从包里掏出宣传册，塞到茄子田手里。

"我、我今天就先告辞了，下次再见。"

茄子田接过宣传册，笑嘻嘻地翻了几页。

"再见……"

"我啊……"就在真弓转身的那个瞬间，茄子田开口说道，"还没买保险呢，我家里人也都没买。是不是买一下比较放心？"

真弓战战兢兢地回头望去。

茄子田的笑脸像哆啦A梦一样天真无邪。

"要不咱们去喝个茶？"

真弓被茄子田带到学校后面的咖啡厅。店里亮堂堂的，外墙是玻璃落地窗。真弓松了口气，他总不敢在这种地方放肆吧。明明已经放学了，可店里一个学生都没有。真弓心想，也许是学校不许学生进这家店。

"唉，要是能和你一起吃个饭就好了，可我有些工作一定要今天做完，时间比较紧张，不好意思。"

茄子田一边用小毛巾擦脸，一边说道。真弓暗想，既然没时间，那还喝什么茶。

"没关系，没关系，老师的工作是很忙的。"

"就是，大家都羡慕我们能休长假，可我们平时特别忙，这么一比，还是当普通的上班族轻松。"

说着，他一口气喝光了一杯水。这人真是一刻都停不下来。照理说，真弓应该先和他拉拉家常，不要一下子就切入正题，等时机差不多再提保险的事。问题是，她实在不想和这位五短身材的老师聊太多闲话。

"您之前没有买过人寿保险吗？"

真弓开门见山。她本以为对方会露出不悦的表情，谁知他并不介意，回答道："嗯，我也考虑过几次，但最后还是没有买。"

"为什么呀？"

"唔……卖保险的大妈……怎么说呢，给人的印象都不太好。要是有你这样的人负责，我倒是愿意考虑考虑。"

茄子田天真烂漫地说道。真弓立刻推测出他之前没买保险的原因。不，也许他买过。他肯定是那种故意找销售员的茬，提各种无理要求的人。他还会威胁销售员，要是不听话，就跟你们公司解约。绝对没错。

"小真弓啊，你说你今年二十八，是吧？你之前是做什么工作的呀？"

茄子田在服务生送来的咖啡里加了整整三大勺糖。

"小真弓"——真弓瞬间觉得自己成了夜店的女公关。

她忽然想起，商社里也有这样的大叔。他们坚信女人都得靠讨好男人过活，好像还觉得女人是没有姓氏的，无论是不是自己的部下，一律都喊"小××"。只有年纪比他们大很多的女人才能享受"××女士"的称呼，因为她们不是大叔们意淫的对象。

真弓思索了片刻。该怎么回答才好呢？要是我假意讨好他，他也许就会跟我签合同。他刚才还说自己全家都没买过保险。要是能一次性争取到这么多份合同，就算他立刻解约也没关系。

"你长得这么漂亮，居然还单身呀？"

茄子田又把话题扯了回来。真弓低下头，装出很难过的样子。

"我结过一次婚……"

"啊?"

"但去年离婚了,现在只能跟孩子相依为命。"

真弓迅速抬起头,用明朗的口气说道。上高中的时候,她参加过戏剧社,学过要如何塑造一个"坚强"的形象。真没想到自己的演技会在这个时候发挥作用。真弓差点就笑出来了。

茄子田缓缓眨了眨眼,长长的睫毛跟着眼皮一上一下。片刻后,他的脸上写满了显而易见的"同情"。他的变化如此之大,连在演戏的真弓都吃了一惊。

"这样啊……是我多嘴了。"

"没、没关系,我早就走出阴影啦。我很享受这份工作,也想快点找到更适合自己的人。"

"赚的钱够花吗?好好吃饭了吗?孩子是送到托儿所去了?"

茄子田一脸认真地问道。真弓不禁语塞。

她感觉茄子田那汹涌的同情并不是装出来的。也许他真的有纯真的一面。

"我现在住在娘家,生活上没有任何问题,多谢您关心。"

"哦,那就好。女人啊,还是得有个家。家庭生活不幸福,就是大大的不幸。再有钱,住的房子再好,没有亲情都是白搭。你前夫是个什么样的人?是不是很冷血?"

"呃,差、差不多吧……"

"哦,那真是委屈你了。男人长得再好看也没用,不顾家就不行。你觉得我说得对不对?平时就知道加班,好几天都见不着人,好容易休息一天,就知道躺在家里发呆,也不帮着带带孩子。这年头的男人啊,都是这副腔调。你下次可得找个更贴心的男人。"

真弓无言以对。她虽然嫌茄子田多管闲事,但他说的话仿佛久旱甘霖一般沁人心脾。说不定他的家庭生活还挺幸福的。不，至少要比自己家幸福多了。

"咦，这不是茄子田老师嘛，在约会呢？"

就在这时，一个稚嫩的声音从天而降。茄子田吓了一跳，抬头一看，只见窗边站着一个身穿格纹衬衫，下面配一条牛仔裤的男孩。他长得眉清目秀，发色比较浅，很是俊朗。他身后还站着三个身穿校服的孩子。大伙儿都在朝真弓这边张望。

"哦，是叶山啊……你不知道放学路上不能进咖啡厅吗？"

茄子田像在尽力保持自己的威严。莫非来人是他的学生？

"只要回过一次家不就行了嘛。"

"可你后面的人还穿着校服呢。"

茄子田的语气很强势，但那个男生面不改色，一脸微笑。

"有什么关系嘛，老师，您就睁只眼闭只眼呗。"

男孩耸了耸肩，笑着说道。真不知道他是天真无邪，还是目中无人。突然，他把手伸向餐桌，拿起真弓放在桌上的资料袋，看了看上面的公司名，又看了看真弓。他没有说话，只是微微一笑。

他的笑让真弓心如鹿撞。她想，如果我还是个初中生，肯定会被他的笑容俘虏。直觉告诉她，这个男孩一定是班上最受女生欢迎的人。

"拜拜啦，老师，我们都要保密哦。"

"还保密呢……"

男孩没有理睬茄子田，带着小跟班走向店面最靠里的座位。

茄子田"啧"了一声，拿着账单站起身来，快步朝门口走去。真弓连忙跟上。

"那是绿山铁道会长的孙子。"

"啊？"

一出咖啡厅，茄子田便说道。

"你们绿叶人寿也是绿山集团下面的吧？那我们就真的拿他没办法了。"

真弓没听明白，半张着嘴。

"我们学校的理事长也是那个叫叶山的老头子。真是的，那个臭小子真叫人来气……"

"原来是这样……"

不等真弓反应过来，茄子田就把手掌一摊。真弓惊愕地望着他的手心——莫非他是要跟我牵手吗？

"咖啡钱，五百块。消费税就算了，我请客。"

真弓看着茄子田的脸，愣了足足十多秒，这才慌慌张张地掏出钱包，拿出一枚五百日元的硬币。

秀明想起自己第一次和女生接吻时的画面。

那是高二的暑假。他和那个女生一起去了游泳池，然后又去了她家。在开着空调的房间里，他第一次用双手抱住了女生。

凉风吹在被太阳灼烤过的皮肤上，好舒服。她的头发有一股池水的味道。就在这时，他们的唇轻轻碰在一起，一股电流游走于全身。

秀明摸索着绫子的身体，回忆着那个吻。和绫子接吻的时候，他也有触电的感觉，一如初吻。

在昏暗的酒店房间，一丝不挂的绫子就躺在他身边。秀明忘我地和她融为一体。她的肌肤和他想象中的一样，皮肤的触感仿佛要将他吞噬一般，甘甜的汗味扑鼻而来……

绫子紧紧抓着秀明，不住地喘息。她的眼角渗出了泪水。秀明用双唇帮她拭去。

我可以为了她抛弃一切。秀明心想。

只要能和她合为一体,只要能给她幸福,让我做什么,我都心甘情愿。

在高潮的那一瞬间,这个念头分外强烈。

妻子真弓从来没有让他产生过这样的念头。

5

绿丘站周边最高的大楼,是总共二十五层的格林景观酒店。真弓和爱川支部长面对面坐在酒店顶层的酒吧里。

她们的位置在窗边的角落。硕大的单片玻璃窗外是开阔的街景。上了年纪的服务生一见到支部长,立刻把她们带到这个位置。真弓上一次来这里,是刚参加完朋友的婚礼。当时这个位置也是空的,但服务生想也没想,就把真弓和她朋友带去了靠墙的位置。

"还有过这种事?"

真弓不禁道出了当年的遭遇。支部长显得有点难堪。

"嗯,不过我倒是不生气。人家不带我过来,说明我当时看上去就是个乳臭未干的小丫头。"

"怎么会……"

"不,就是这么回事。如果我也跟您一样,是个落落大方的成熟女人,服务生肯定会立刻把我带到这个特等席。"

"我哪有这么伟大呀,只是来的次数多而已。服务生也知道我是个常来的大妈,才好心把我带过来。"

说着,支部长喝了一口鸡尾酒。

她今天穿了一身胭脂色的西装,显得非常优雅。身材微胖,但衣服很贴身。可见这衣服不是现成的，而是定做的。款式虽是基本款，但用料一看就是高级货。

她的披肩长发烫着大卷，显得分外柔和，没有一根白头发。白皙的耳垂上点缀着大颗珍珠做的精致耳钉。真弓真担心珍珠会不会在她转头的时候被甩出去。

"怎么啦，老盯着我看。"

支部长一问，真弓红了脸。

"对不起，因为……您太漂亮了……"

"瞧你说的，我儿子都上大学啦。"

"我说真的，您真的很美。"

真弓认真地说道。支部长温柔地眯起眼睛回答："谢谢你。"真弓不知道她的年纪，但她既然有一个在上大学的儿子，说明至少四十多岁了，真是一点都看不出来。

"也只有你会这么夸我。今天你想点什么就点什么，鱼子酱也行。"

说着，支部长把菜单递给真弓。

"那怎么行……"

"别客气，你是我们支部的希望之星啊。你入职后的表现这么抢眼，我还觉得这点奖励不够呢。我是真的很感谢你。"

听支部长这么一说，真弓的脸就更红了。她低头望向菜单，心中暗暗吃惊。上次来的时候，她并没有注意到，这里的酒水和小配菜都和东京市中心一流酒店的酒吧一样贵。

真弓加入绿叶人寿已经半年。她虽是新人，却创下了傲人的业绩。刚开始，谁都能靠亲戚朋友的捧场拿到几份合同。但真弓还会主动跑客户，一有时间就去住宅区敲门，销售业绩和老资格的销售员旗鼓相当。

支部长带她来这儿，就是为了奖励她。

她们聊了聊工作,又聊了聊家常。聊着聊着,真弓觉得酒劲儿上来了。支部长是个优秀的倾听者,总能在最恰当的时机附和几句。她就像真弓面前甜甜的鸡尾酒一样,能让人卸下心防,回过神来才发现已经被她带跑了。这也许是支部长的营业技巧之一。

"支部长,我想咨询您一件事……"

"什么事啊?你的烦恼,我岂有不听之理。"

"不是工作上的事,是跟私生活有关的……"

"跟你老公有关是吧?"

支部长轻而易举地猜中了真弓的心事,搞得真弓一头雾水。支部长微笑着说:

"跟私生活有关的烦恼嘛,翻来覆去就这么几样,多好猜啊。"

"……也是。"

"夫妻关系出问题了?"

真弓点了点头。

从六月中旬开始,丈夫秀明的态度变得分外冷淡。真弓百思不得其解。一眨眼的工夫,四个月过去了。

秀明不是完全不跟她说话,回家时间也不是特别晚。只要真弓开口,他也会带带女儿,放假的时候还帮着洗洗衣服什么的。从表面上看,他们的生活没有任何变化。

但秀明的确是变了。无论真弓跟他说什么,他都听不进去。虽然他原来就有这种毛病,可现在是完完全全的心不在焉。而且他在家都不笑了。以前,电视节目和女儿的小动作都让他放声大笑,但现在只会挤出一个无力的微笑。

更关键的是,他跟真弓几乎没有了身体接触。原本近乎习惯的亲吻也消失了。他们明明睡在同一张床上,却已经好几个月没有夫妻生活。

"您说他是不是出轨了？"

真弓把丈夫的情形描述给支部长听。她思考片刻后，问道："还有什么可疑的地方吗？"

"这个……"

最让真弓想不通的是，秀明竟然没有把夏季奖金交给她。换成以前，他会把其中的一半用来还房贷，然后跟真弓讨论一下剩下的钱用来干什么，要把多少钱存起来。

可这一次，秀明连奖金明细单都没有给她看，美其名曰："你也在外面工作，也有工资拿，就用不着我的奖金了吧。"在奖金打入银行账户的当天，秀明就把所有钱都取出来，只给了真弓用来还房贷的钱。

变化还表现在享受假期的方式上。之前他是个喜欢在家消磨时间的人，但最近一放假就往外面跑。他说是一个人开车兜风去了，但真弓在半夜拿着车钥匙去检查过，发现行车距离并没有增加多少，可见他没有出远门。

"是不是因为我开始工作了呀……"

真弓幽幽地说道。一听到这句话，支部长的口气立刻变了。

"这年头双职工家庭比男主外女主内的还多，不能把责任推卸在工作上。就算你刚开始工作没多久，也应该为这份工作自豪。"

支部长的口吻如此严厉，真弓顿时变成了挨老师训的学生。

"对不起……"

"哎呀，你道什么歉，我刚才的口气有点凶，该道歉的是我。"

"不不，您说得一点都没错。"

这肯定不是辞职能解决的问题。如果是，秀明必然会嚷嚷："你就不能辞职吗！"

"你干脆直接问他好了，就问'你到底有什么不满意的'。"

"我问过……"

"他不吭声?"

"嗯……"

"那就没办法了。"支部长晃了晃酒杯,冰块发出清脆的响声,"如果你老公真的有外遇,你打算怎么办?"

支部长的问题让真弓沉默了。

如果秀明是一时糊涂,那说不定还能因祸得福。最要命的是他不是玩玩,而是动了真情。

"别怪我说话难听,"见真弓不吭声,支部长说道,"你要做好一定的思想准备。婚姻这个东西,只要一个简单的契机就会立刻破裂,到时候你就得一个人把女儿拉扯大。还是说,你愿意把孩子让给老公?"

真弓赶忙摇头。她也知道自己是个意志力薄弱的人,但无论如何都不想放弃女儿。

"我毕竟是个婚姻的失败者,可能没什么说服力。"支部长淡淡地笑着,"但是这年头啊,夫妻关系好的反而是少数。除非两个人的段位都很高,否则根本撑不下去。"

"是吗……"

"我觉得无论是男人还是女人,都要有提升自己的欲望。这应该是我们的本能吧。但我们很难通过兴趣爱好实现自己的价值,就算你再投入爱好都没用。要实现自我,品尝到成长的乐趣,还是得靠工作。"

实现自我。支部长说出了一个真弓从来没用过的词。她在浑浑噩噩的脑海中把这几个字重复了一遍——实现自我。

"曾几何时,家庭主妇的确是一种'职业'。当年家家户户都有很多孩子,也没有那么多家电可用。可现在不一样了,主妇的工作变得越来越简单,谁都能胜任。"

"嗯……"

"当然,也不是没人把家庭主妇看成一项正儿八经的事业,但在现在这个社会,想提高自己的水平,就不能老闷在家里。况且你想想,如果家庭主妇真的那么有价值、那么伟大,男人们肯定会争着抢着当家庭煮夫。"支部长轻轻耸肩,"可要是两个人都在外面工作,谁来做家务,谁带孩子呢?还是女人。大家都说现在男人会主动做家务,可到头来,他们不过是在'帮忙'而已。他们对自己的工作是有责任感的,可家务就享受不到这种待遇了。"

真弓使劲点头。支部长说得太对了。

"想工作"——这是多么单纯、多么理所当然的欲望。然而,为了实现这个目标,已婚女性不得不背上沉重的负担。在这种状态下,夫妻关系怎么可能好得了?出生率怎么可能上得去?

真弓对秀明生出一股新的愤怒。

虽说保险公司的销售员不是全职工作,但真弓拼尽了全力。她要接送女儿去托儿所,还得操心丈夫的一日三餐,连打扫卫生之类的家务也几乎是她一人承担。可秀明连一句"辛苦你了"都没有,真不知道他到底有什么不满意的。要是他真的有外遇,那也太过分了吧!

要不干脆离婚算了?

谁知她一想到这儿,眼角便不由自主地热了起来。

真弓是真的喜欢秀明。她喜欢刚认识那会儿、刚结婚那会儿那个"温柔体贴"的秀明。她并不想离婚。她还喜欢着秀明,为什么非要跟他分手不可呢?短短几个月前,她还庆幸自己嫁了个好男人。

事情怎么会变成这样?他到底有什么不满意?她凭什么要受这样的冷遇?

真弓低头不语。一块粉红色的手帕忽然出现在眼前。抬头一看，只见支部长正眯着眼睛看她。

"我没想把你惹哭的，对不起……"

"没关系，不是您的错。"

真弓接过手帕，擦了擦眼泪。

"真弓啊，"支部长温柔地唤着她的名字，"我懂你心里的苦。我也有过因为夫妻关系不好以泪洗面的日子，虽然那是很久以前的事情了……"

她简单讲了讲离婚的始末。都是些老掉牙的套路：老公出轨，婆媳矛盾，带着年幼的孩子走投无路，每天都过得跟死人一样……正因为这样的故事太"现实"，才显得"老套"吧。

"作为过来人，我并不想劝你离婚，不过……"

支部长摊开手，低头盯着自己的手指看，仿佛在检查指尖一般。垂下的睫毛似乎在微微颤动。片刻后，她转向真弓，脸上的暗影已烟消云散，只剩下熟悉的温柔笑容。真弓忽然想起，自己之前就是这么演绎"坚强"的。

"真弓，如果你觉得这段婚姻真的不行了，那么鼓起勇气，恢复单身也不错。又不是说你们离婚了就不能再见面。即便解除了婚姻关系，也能恢复到恋人的状态嘛。"

支部长的话仿佛咒语一般从天而降。恢复恋人状态？也许离婚后，秀明会像谈恋爱时那样对我温柔体贴？

真弓看着支部长的鹅蛋脸，眼中写满了依赖。

"你不是还有工作嘛，怕什么。"

支部长露出了圣母般的微笑。

秀明躺在床上，看着绫子穿衣服。

她身上只穿着内裤，正拿起叠好的长衬裙往身上套。起初她只穿棉质内衣，最近倒是开始穿蕾丝内衣了。

穿着蕾丝内衣的绫子真的很美，细腻的乌发披在雪白的背上，膝盖内侧和上臂比秀明见过的所有女人都要性感。

然而，再好的女人一旦到手，就不如之前那么诱人了。秀明点了根烟。

他忽然抬眼一看，只见绫子正站在他的床前，眼泪汪汪。

"绫子？"

秀明一惊，连忙把烟摁在烟灰缸里。她用双手捂住脸，像小女孩一般抽泣起来。

"绫子，你怎么了？为什么哭啊？"

他握住她的手，让她坐在床上，又抓住她的手腕，把她的手掌掰开。一张哭泣的脸呈现在面前。

"秀明，你是不是不喜欢我了？"

"啊？"

"你今天好像特别冷淡……"

"怎么会，跟平时一样啊。"

秀明莫名其妙。他并不觉得自己今天有多冷淡。他搂住绫子的肩膀，轻抚她的秀发。

"要是我不喜欢你，怎么会约你到这种地方来。"

"也是，对不起，我不该胡言乱语……"

她吸了吸鼻涕。

"时间不多了吧？快收拾东西吧。"

"没事，可以再待一会儿……"

秀明把绫子推倒在床上，封住她的双唇。他已经没有触电的感觉了，但是和绫子亲吻时，觉得特别放松。

和绫子的酒店幽会已经持续了快四个月。秀明心想,我和她有过多少次了?

秀明一般在周三休假,他们每周三基本都要见一次,所以至少有个十多次吧。

初夏那会儿,秀明一时冲动,和绫子发生了关系。当时他本以为他们不会再有第二次了,因为他觉得绫子不是那种搞婚外情的女人。

谁知事后绫子主动提出想继续偷偷见面。她说,我不想破坏你的家庭,也不想抛弃我的家人,只要能和你偶尔见个面,就心满意足了。

秀明也知道,她的理智是装出来的,但他的感情也发展到了无法回头的地步。

绫子闭上双眼,显得分外陶醉。乍一看,她就像把一切都抛在脑后一样,但绝不会忘记孩子到家的时间。

再过不到五分钟,她就会猛地睁开眼睛,望向秀明身后的挂钟,然后坐起来。

果不其然,绫子在片刻后睁开了眼睛。

秀明不能把绫子送到她家附近。

他开车把她送到绿山铁道的终点杉林站。从终点站到绿丘站大概是二十多分钟的车程。绫子对家人谎称报了个花艺班,所以必须自己坐车回家。

杉林站周边虽然不如绿丘站,但开发得也不错。去年还建成了一栋很大的车站大楼。

秀明把车停在车站后面的冷清小巷。绫子带着悲伤的表情望向秀明,问道:"下周还能见面吗?"

"嗯，应该没问题。"

秀明微笑着说道。绫子松了口气，但她的笑容立刻蒙上了阴霾。她坐在副驾驶座上，握住秀明的手，问道：

"秀明，你喜欢我吗？"

绫子问得如此迫切。秀明有些不知所措。

"快回答我呀，你爱不爱我？"

为什么女人这么喜欢让男人把话说出来？一遍遍说这种话多麻烦，多难为情。不过秀明还是握住了绫子的手，回答：

"我当然喜欢你啊。我爱你。"

这是一场婚外情，气氛很重要。

"你没骗我吧？"

绫子追问道。秀明点了点头。

今天绫子的情绪不太稳定。为了不刺激她，秀明尽可能用温柔的声音说道：

"你不是要坐十四分的快车吗，再不走就来不及了。"

"没关系，我坐下一趟。"

说着，绫子倒向了驾驶座上的秀明。秀明搂住她的肩膀。距离下一趟快车的发车时间还有十分钟。聊点什么呢？这时他忽然意识到自己正处于没话找话的状态。

"绫子。"

秀明扭了扭脖子，逼自己忘掉刚才的念头，用明朗的声音唤道。

"嗯？"

"你老公提过房子的事情吗？"

"啊？"

"呃……他好像对我上次给的图纸还挺满意的，所以我就想问问，他跟其他公司的人是怎么说的？他准备跟我们公司签约吗？"

起初,绫子呆然若失地听着秀明发问。可渐渐地,她的眉头皱了起来。

"你问这个干什么?"

"啊?"

"我不管什么房子,也不知道我老公是怎么想的。我又不是间谍……你不会是为了合同才跟我在一起吧?"

绫子责问道。她的眼中又渗出了泪花。秀明连忙摇头。

"才不是呢,我不是这个意思……"

"那你是什么意思?"

"什么什么意思……"

秀明语塞了。他总不能说"因为找不到其他话题了"。

绫子抽泣起来。秀明看着她,又扭了扭脖子。突然,绫子抬起头,如洪水决堤般喊道:

"我才不想建什么新房子!"

她连眼泪都顾不得擦。

"就算建成二世代住宅,也跟现在的生活没什么区别!等新房子造起来了,我就真的离不开那个家了!"

秀明顿感背脊发凉。"离不开那个家"——这说明她是想离开。

"你到底想把我怎么样?你不是爱我吗,那你为什么要说这种话?你就没打算和老婆离婚!你就没打算跟我长相厮守!"

绫子撑不下去了,哭成了泪人。秀明坐在原地,感觉全身正在慢慢僵硬。

当初是绫子说"我不想破坏两个家庭"的,他做梦也没有想到绫子会这么钻牛角尖。也怪他当时太轻信那番话了。

也许到了该结束的时候。

秀明看着哭个不停的绫子,如此想道。然而一想到分手,他的胸口就隐隐作痛。

秀明是真的喜欢绫子。他对绫子的爱远胜于对妻子真弓的。

那就遂了绫子的愿,两人分别离婚,再重新组成一个家庭。反正他们都烦透了自己的配偶,这么做也许最顺理成章。

他本以为绫子会一路哭到明天早上。突然,绫子抬起头,看了看手表。要是错过下一班快车,她就不能赶在孩子前面到家了。

"你要是这么回去,大家会起疑的。"

秀明对正在擤鼻涕的绫子轻声说道。绫子没有回答,默默打开车门。秀明也开门下车。

绫子以可能被人撞见为由,始终拒绝秀明送她到进站口。但是今天,她握住了秀明伸出的手,和他一起走向了车站。

她买好票,走到闸机前,虽然脸上无精打采的,但总算破涕为笑了。

"不好意思,我太歇斯底里了。"

"没关系,是我不好。"

秀明这么一说,绫子耸了耸肩。

"秀明,你知道吗?"

"知道什么?"

"你不是经常这样扭脖子吗?"

见绫子在学自己的样子,秀明笑了。

"嗯,都成习惯了。"

"那你知不知道,你总会在不爽或生气的时候做这个动作?"

秀明不禁语塞。不等他开口,绫子就转身进站了。目送她远去后,秀明双手插兜,缓缓迈开步子。

还不到下午三点。他很是郁闷,漫无目的地走向与车站相连的大楼。要不买本杂志回去吧。

他在车站大楼入口看到一台自动售烟机，就买了一包"云雀"。掏钱包时，他顺便看了看里面还有多少钱。离下一个发薪日还有好久，但他已是囊中羞涩。

秀明原本不是一个花钱如流水的人。衣服都是发奖金的时候才买，平时的钱都花在吃饭上了。

但是开始和绫子幽会后，他的开销便水涨船高。钟点房虽然比过夜便宜，可多多少少还是要花钱的。进酒店前总得一起吃顿饭。最近他又开始抽烟了，这方面的开销也不是小数目。

他靠夏季的奖金撑了很久，但这笔钱眼看就要见底了。发奖金后，他都没有给真弓买过东西，她一定起了疑心。

秀明在车站大楼中漫步，边走边想。

这样的关系一定持续不了太久。是绫子，还是真弓？他难以抉择，不知道应该把钱花在哪个女人身上。

突然，秀明在橱窗前停下脚步。秋天的新款西装吸引了他的视线。

"好想买新西装啊……"

玻璃中的人影缓缓扭了扭脖子。

茄子田太郎一边泡澡，一边哼唱米米俱乐部的《只要有你》。

他去卡拉OK时一般都唱演歌，但是在最近常去的"丽奈"，唱演歌的客人已经很少了。

他听说那边的女公关小爱很喜欢这首歌，就偷偷练了起来。小爱下个月要过生日了。太郎心想，到时候在她面前一展歌喉，她一定很高兴。

太郎爬出浴缸，开始清洗身子。他家的浴缸是现在已经很少见的木桶。原来一直是烧柴的，几年前才换成煤气。

要造新房子，就得跟这个木桶说再见了。它又破又旧，一坐进去就嘎吱作响，边缘处已经快烂了。可是一想到以后再也见不到这个木桶，他还颇有些伤感。

建新房的计划进展得并不顺利。他本想趁暑假把合同签了，但上门的推销员他一个都不满意。

无论太郎说什么，销售员们都大加反对。还有人用鄙夷的眼神看他，那表情仿佛在说，这种事你都不懂？

"要不还是找佐藤吧……"太郎自言自语。

上门的几个销售员里，最年轻的是格林建设的佐藤秀明。起初，太郎并没有把他放在眼里，觉得年轻人靠不住。可渐渐地，他意识到年轻人反而更容易对客人言听计从。

房子毕竟是大件，太郎也想造一栋让自己心满意足的好房子。只要选佐藤，他的各种要求应该都能得到满足。有什么问题，佐藤也会帮忙解决的。

"要是能中个彩票就好了……"太郎在水气中喃喃。

他不喜欢"奢侈"，但要是手头再宽裕些，就能多为家人做些事，也能毫不犹豫地买寿险了。

太郎想起前些天来学校的保险销售员。

其实太郎年轻时为家人买过一次保险。但负责他的销售员态度实在恶劣，气得他很快就解约了。保险公司就是这样，签合同之前对你热情得不得了，一签合同，连一根圆珠笔都不肯给，稍微抱怨两句就给你脸色看。真是的，把客户当成什么了……

太郎心想，绿叶人寿的真弓说她离婚了，还带着个孩子。虽然她不如格林建设的森永祐子那么年轻，腰部也的确有些赘肉，一看就是生过孩子的，但长得还不错。那个祐子只把我当中年人看。要不还是调转枪头，去找真弓吧？

他轻轻咬了咬牙。她前夫到底有多狠心，居然让这么漂亮的女人受委屈。

如果真弓的态度够好,就给一家人都买份保险。到时候,她一定会对我感恩戴德,说不定还会陪我吃个饭什么的。

太郎边想边用热水冲身上的肥皂泡。他的视线无意中落在了自己的胯下。

他忽然想起,自己最近光顾着念叨其他女人,都好几个星期没跟老婆绫子同房了。

太郎走出浴室一看,电视机前只有父亲一个人在。

"爸,绫子呢?"

他把瓶装啤酒和酒杯放在桌上,盘腿坐在地上,问道。

"她说她头疼,已经睡了。"

"头疼?"

"嗯。"

"妈和孩子们呢?"

"在屋里。"

父亲没有看太郎一眼,脸始终对着电视机。

今天绫子好像不太精神,眼圈似乎也有点肿,说起话来也没什么力气。

太郎自己倒了一杯啤酒,一口饮尽。就在他打了个嗝的时候,父亲说道:"你就不能对绫子好一点吗?"

太郎停下了倒酒的动作。父亲的脸依然对着电视机。

"这话什么意思?"

"就是让你少在外面花天酒地。要是你把喝花酒的钱全部存起来,造房子的预算就充裕多了。"

"你有什么资格说我啊。"

太郎含着笑反驳道。父亲这才把头转过来。

"听说你经常带慎吾他们去动物园、游乐园之类的地方,可你去的动物园是只有马的动物园吧?游乐场也只有赛艇和自行车的比赛。"

父亲看着太郎,一句话也说不出来。

"还说我呢,要是把你退休之前乱花的钱存起来,我们全家人早就能住上气派的大房子了。"

太郎拿起桌上的指甲钳,把脚往榻榻米上一摊。

"我倒是无所谓,你挣的钱是你的,你爱怎么花就怎么花。但千万不要碰那笔退休金。我要用那笔钱当新房子的首付。"

咔嚓!太郎剪断了大脚趾的指甲。碎指甲弹到了父亲脸上。

"太郎!"

"你没有反对的权利,"太郎抬手制止了父亲的怒吼,"我不会把你赶出去,我也希望全家人都能过得开开心心。爸,我这话没说错吧?你自己的钱可以随便花,我不会提任何意见,只请你不要碰家里的钱。"

"你这话是什么意思?"

"我让你不要以带孩子出去玩为借口,从绫子那儿要走两三万。动物园的门票有那么贵吗?"太郎望着父亲太阳穴暴起的青筋,"我不想让孩子们学坏,你以后不要再带他们去那种地方了。"

父亲浑身颤抖着站起来。电视机里传来竞猜节目的笑声。

"无论父母在孩子身上倾注多少爱,"父亲一字一句地说道,"孩子还是会自己学坏的,做父母的就不该对孩子有奢望。"

父亲撂下这句话,走出了房间。

"又和爷爷吵架了啊?"

太郎一拉开二楼卧室的纸门，被窝里的绫子便发问了。太郎没有作答，而是钻进了绫子旁边的被窝。

"你头疼？"

"……嗯。"

被窝里传出绫子闷闷的声音。

"吃药了吗？"

"我不爱吃药。"

"也是。"太郎望着昏暗的天花板说道。

绫子总是这样。很多毛病吃个药就好了，可她偏偏觉得化学合成的东西对身体不好，除非万不得已，否则绝对不吃药。

蔬菜只买无农药的，果汁和点心都是自己做，咖啡和酒更是一滴不沾。她在这方面有种洁癖，也特别顽固。

但太郎深知绫子虽然顽固，却也软弱。公公一开口，她就会老老实实地给他零花钱。跟婆婆生活在同一屋檐下快十年了，可婆婆稍微看她一眼，她还是战战兢兢。她不敢狠下心来教训儿子，也从没抱怨过太郎在外面花天酒地。

太郎不禁感叹，和绫子相比，世上的其他女人真是坚强得要命。

好比"丽奈"的小爱，就算有客人摸她的屁股，说难听的话，她还是能开开心心地当女公关。祐子年纪轻轻，却在房产公司做销售。绿叶人寿的真弓就更厉害了，离了婚，还要独自抚养一个孩子。绫子哪有这么大的本事。

软弱的绫子心中撑着一根顽固的木棒。这根棒子没有丝毫弹性，所以她的顽固随时都有可能突然崩塌。

太郎爱着这样的绫子。

没有他的保护，这个女人一定会突然垮掉。

"是不是妈又说你了？"太郎在黑暗中轻声问道。

"……不是。"

"那是因为慎吾吗?"

"……不是。我就是有点头痛。"

太郎缓缓起身,把手搭在鼓起的被褥上。绫子纹丝不动。

"爸让我对你好一点。"

绫子并不作答。

"我觉得我对你不错呀。"

太郎隔着被子,缓缓摩挲她的后背。然后,他把脚伸进了她的被窝。

绫子从来没有拒绝过太郎。那天也是。太郎钻了进去,脱下了绫子的睡裤。

绫子没有出声。

秀明是周三休息。真弓也在这天休了假。

前一天,真弓说:"明天我也不上班,不如一起出去玩玩吧?"听到这话,秀明有些措手不及。

真弓故意没有挑明。他原本肯定打算出门,如果他没有做亏心事,肯定会说"我明天有事"。正因为他要做的事见不得光,他才不敢说。

其实真弓也不想和秀明待在一起。什么都不想,继续过互不相干的生活也可以,但她快忍不下去了。

她下定决心,如果秀明一整天都闷闷不乐,就一定要问个清楚。

而且她心中也有一缕希望。也许秀明并没有出轨,是她误会了。只要一起玩上一天,说不定就能恢复以前的状态。

周三早上,真弓是被门铃吵醒的。门铃连着响了三次。

一看枕边的钟,她才意识到快到中午了。她本想早点起来做便当，不禁啧了一声。转头一看，秀明睡得正香。女儿也还在梦乡中。

真弓穿着睡衣走到玄关，把门拉开一条缝。站在门外的人是隔壁家的太太。

"啊，对不起……是不是打扰你休息了？"

"没关系……因为今天刚好不用上班。"

真弓咕哝着搪塞过去。

"呃，你要是方便的话，能不能来趟一楼的管理员办公室？"

邻家太太用没有起伏的声音说道。她的年纪应该和真弓差不多，但和活泼外向的真弓相比，她总显得十分疲惫。

"大家在讨论要不要把楼下的花坛改造成自行车棚。"

"哦……"

"你觉得呢？"邻家太太用毫无干劲的口气问道。

"我们家无所谓。"

"现在大家正在管理员办公室讨论呢，你要是有空的话就来一趟吧。"

她抬眼看着真弓说道。真弓本想推掉，可想了半天也没有想到合适的借口。

"呃……你别嫌我多管闲事，"见真弓不吭声，邻家太太战战兢兢地说道，"你平时老不在家，有空的时候还是露个脸比较好。"

她这话说得倒是诚恳。真弓心想，大概是其他居民对她有意见。上个月本该由她当公寓自治会的轮值会长，但她推托说没时间，也许这件事惹恼了街坊们。

"好吧，我这就去。"说完，真弓关上了门。

她脱下睡衣，用最快的动作换上出门的衣服，随便梳了梳头。她探头看了看卧室，只见秀明也起来了，正在吞云吐雾。

"阿秀，我不是让你不要在孩子旁边抽吗，要抽就去阳台抽。"

真弓一抱怨,秀明面无表情地把烟摁在了烟灰缸里。女儿也醒了,可能是被烟熏的。

"有人叫我去管理员办公室讨论要不要建自行车棚的事,我去去就来。"

"早饭呢?"

秀明随口问道。真弓怒上心头。

"这么大的人了,自己吃饭都不会吗!别忘了喂丽奈。我又不是去玩……"

真弓一提高嗓门,秀明就把头一歪,扭了扭脖子。真弓只得把愤怒的话语生生咽回去,朝玄关走去。

狠狠关上门一看,只见邻家太太正靠在走廊的墙上。两人的视线正好相交。

"啊,你在等我吗?"

"嗯,其实我也不太想去……"

长着一张娃娃脸的邻家太太笑着说。真弓也被她逗得露出了微笑。两人并肩朝电梯走去。

"大家的意见那么不统一吗?"

真弓问道。她歪着脑袋,不置可否。

"反对拆掉花坛的人其实只有两三个……"

"嗯。"

"但真要建自行车棚,似乎需要花一大笔钱。到时候肯定要大家一起凑,但很多人说,向没有自行车的人收这钱有些不妥……"

这倒是。真弓点了点头。

她家也没有自行车。要建自行车棚,她是无所谓,但让她为了根本不会用的设施掏钱,那就很气人了。要是手头比较宽裕,倒不是不能痛痛快快给钱,可这年头谁家的日子不紧巴巴的。

一想到要去一个争论不休的地方，真弓就觉得心情沉重。

刚搬来这栋公寓的时候，真弓加入了公寓楼住户共同组织的消费合作社。虽然不远处就有超市，但合作社的东西更便宜，大米、牛奶这种重物还能送货上门，比较方便。而且真弓也想借机和街坊邻居搞好关系。

可不到半年，真弓就退出了。

原因有很多。合作社更适合大家庭，无论是肉还是蔬菜，一份的分量都特别大，还没吃完就坏了是常有的事。再便宜，买吃不了的东西回家也是浪费钱。那还不如直接去超市，一根胡萝卜、一个洋葱这样买，算下来还更便宜。

而且合作社的成员也需要承担各种各样的工作。真弓当时还是家庭主妇，但肚子里的孩子毕竟是头胎，实在没有心思忙别的事。

还有一个原因：真弓无法融入楼里的太太团。年龄明明差不多，可那些主妇已经变成了典型的大妈。

她们对合作社的配送员吹毛求疵，还把下午的点心称作"三点"，感觉特别老气。还有人突然找上门来，把家里的茶水点心全部扫荡干净，自说自话打开电视，看起八卦节目，愣是赖着不走。

"我可不想变成那样"——真弓之所以产生想出去工作的念头，就是受了这群大妈的刺激。我无论如何都不能沦落成安于现状、失去自制力的大妈！

"啊，手冢太太……"

邻家太太姓手冢。

"……嗯？"

"你是不是开始养猫了？"

真弓突然想起了这件事，随口问道。谁知人家顿时慌了，停下来支支吾吾地说：

"呃……呃……"

"啊？怎么啦？"

"它跑到你家去了吗？"

"没有啦，有一次我走到阳台，正巧看见它趴在你家窗口。"

"你没把这件事情告诉别人吧？"

"没有呀。"

"哦……"手冢太太好像松了口气。

"这栋公寓不许养宠物吗？"

"嗯……能不能帮我保密？"

"那是当然。这年头，在公寓养猫应该不是什么大问题吧。养宠物的肯定不止你一家。"

见手冢太太慌成那样，真弓鼓励道。对方无力地笑了笑。

上电梯后，真弓不动声色地观察着手冢太太的侧脸。

她们虽然是隔壁邻居，却几乎没怎么说过话。两人年纪相仿，但手冢太太总有一股"大妈味"。她穿着土气的毛衣，配一条褶裙（腰上用的八成是松紧带），穿了双白色的袜子，踩着凉拖。一头长发也显得土里土气的。

她好像没有孩子，但也没有在外面工作的迹象。她丈夫的工作时间似乎不太规律，常在半夜三点回来。有一次，秀明在电梯口碰到了他，据说他提着行囊，一身要出远门的打扮。而且隔壁总是静悄悄的，估计男人很少在家。

没孩子，也没工作。虽然加入了合作社，和街坊邻居们也有些来往，但这些事应该占用不了她全部的时间。

老公不在家的时候，她都在干什么呢？真弓突然起意，在电梯门打开的同时问道：

"手冢太太，你没在外面工作吗？"

她回头望向真弓的脸。真弓快步走出电梯,她赶忙跟上。

"我今年春天进了一家保险公司,开始做销售员了。"

"我知道。"

听到这话,真弓惊得瞪大双眼。

"我跟你说过吗?"

"没有,是……听别人说的。"

她支支吾吾。真弓意识到,原来消息早就在街坊中传开了。

"如果你闲得无聊,要不要跟我一起干?"

真弓带着和善的笑容问。保险销售员的工作不仅限于"拉客户"。由于公司的人员流动很大,"确保人才"也是他们的重要业务。

"你是不是觉得卖保险会很辛苦?其实我一开始也觉得肯定撑不下来,可做到现在倒没有什么问题。我通过这份工作认识了各种各样的人,也学到了很多东西。关键是我觉得这份工作真的很有意思。你要是感兴趣,要不要来我们公司瞧瞧?"

手冢太太茫然地看着真弓。见她没什么反应,真弓有点烦躁。

"你应该也有要实现的梦想吧?"

她回忆起培训时学习过的"拉人技巧"。女人对"梦想"这个词特别没有抵抗力。

"梦想?"

果不其然,手冢太太有了反应。

"要实现梦想,就不能干等着。资金和人生经验都是必不可少的。总得先找点事情做做嘛。"

真弓笑着说道。忽然,手冢太太移开了视线,喃喃道:

"我没有要工作的打算。"

她说完便背过身去。这样的态度让真弓十分窝火。她觉得自己被人鄙视了。

关于自行车棚的讨论一直持续到将近下午三点。真弓起床后连口茶都没喝过，自然想尽快走人，可她始终没找到合适的机会起身。

一群女人聚在一起，感情用事，讨论了半天也没有得出一个结论。真弓疲惫不堪地回到家中。

"你怎么才回来。"

秀明坐在沙发上，抬起头说道。丽奈坐在他膝头。

"有人想把楼下的花坛改成自行车棚，但反对的人还不少，讨论了半天也没个结果。"

秀明竟然在陪丽奈玩。不过真弓说话的时候，他都懒得哼一声。真弓抱着胳膊，打量着眼前的父女俩。

这个当爸爸的很少和孩子在一起，平时也不怎么照顾孩子，可丽奈还是笑了。这让真弓很不爽快。秀明根本就不是一个好爸爸，为什么天真无邪的丽奈还跟他那么亲近？她带孩子的时候，丽奈一点都不听话，动不动就闹脾气。她真是气死了。

真弓摇了摇头，走向厨房。桌上当然没有为她准备的饭菜。水池里放着几个脏盘子。

"阿秀，你过来一下。"

真弓强压着随时都可能爆发的情绪说道。可秀明没吭声。

"你能过来一下吗？"

她声音更响了。丈夫抬起了头。

"坐这儿来。"

"干吗啊……"

"坐这儿来，好不好？"

秀明慵懒地起身走向厨房，一屁股坐在椅子上，一脸的不乐意。

"你吃饭了吗？"

"嗯,也给丽奈喂了。"

"我的饭呢?"

秀明面无表情地盯着真弓看。

"我也不是去玩。你就不知道我会饿着肚子回来吗?如果是你去,我肯定会把你的那份做好。你为什么不做?这几个盘子就不能自己洗掉?"

真弓反复暗示自己要冷静。但她一开口,情绪就刹不住了。

"街坊们讨论的事情可无聊了,我也不想去。为什么非要我去,你去不就行了?如果去的是你,我一定会提前帮你烤块面包。等你回来,我还会说一句'辛苦啦',把热腾腾的面包端到你面前。可你呢?你对我这么不理不睬的是什么意思?我知道你累,可我也累啊。你就不能多体贴我一点,对我好一点?"

秀明一言不发,听着真弓滔滔不绝。他捧起胳膊,大声叹了口气。真弓顿时火冒三丈。

"你叹什么气啊!我说错了吗?你连一句'对不起'都不会说?你总是这样,无论我说什么,你都是一副不耐烦的样子。无论是工作还是别的事,都是一脸的不情愿。你明明比我小,却总是一副看破红尘的面孔。在公园打门球的老爷爷都比你有活力!你这人怎么一点都不上进,一点干劲都没有。你是什么时候变成这样的?因为我爸逼你辞掉了电影公司的工作,所以你不开心了?可决定辞职的是你啊。是你自己决定要换工作的,不是吗?"

秀明瞥了真弓一眼,又把视线转向别处。

"你今天为什么要休假?"

"啊?"

秀明突然问了个完全无关的问题,真弓眨了眨眼,一时没反应过来。

"什么为什么……我就不能休假吗？"

"那倒不是。"

"别故意扯开话题。搞什么啊，说不过我，就知道敷衍……你就不能老老实实道个歉？你这人啊，就是自私！我休假的时候，都会把攒着的脏衣服洗了，再打扫打扫卫生。去超市买东西的永远是我！好容易休息一天，做做家务，陪陪丽奈，时间一下子就没了。我忙得连看电视和报纸的时间都没有。可你呢？你放假的时候都在干什么？以前是窝在家里，现在倒好，开始成天往外跑了！你有没有想过，你放假时穿的袜子和内裤是谁给你洗的！"

真弓已经不知道自己在说什么了。情绪跑在前面，话都慢了一拍。真弓一停，秀明就站了起来。

"你干吗，想逃吗？要是你觉得自己没做错，就来反驳我！"

"我出去一趟。"

秀明说得清清楚楚，真弓一时语塞。

"为什么……你为什么能说得出这种话！"

"你是为了跟我吵架才休假的吗？求你了，稍微冷静冷静吧。"

"你说什么！"

就在这时，客厅突然传来女儿的哭喊。

真弓和秀明对视了一眼，连忙跑过去。只见丽奈坐在桌边，边呛边哭。她的脚边，有一个打翻的烟灰缸。

真弓连喊都喊不出来，连滚带爬地冲过去，把手指塞进正在哭喊的女儿嘴里。

"哇！"女儿吐出了一个烟蒂。真弓继续用手指掏。女儿难受得很，不停地挣扎。

"叫救护车！"真弓对傻站在身后的秀明怒吼道，"快喊救护车！你这窝囊废！"

6

夕阳透过窗户照进屋里,将真弓的侧脸染成了红色。她哭得疲惫不堪,眼皮和脸颊都肿了。

秀明坐在地板上,真弓坐在沙发上,垂头丧气。

真弓回家后已经沉默了将近一个小时,齐肩的头发一团乱,嘴唇也起皮了。

秀明心想,这个女人是什么时候变得这么丑的?初见她时,他还默默感叹,"世上怎么会有这么漂亮的女人"。那时的她是那样光彩照人,秀明甚至觉得自己配不上她。

莫非那都是我的错觉?秀明打量着妻子的侧脸。没错,她的五官其实不算美。绫子比她美多了。那当年为什么觉得真弓漂亮得不得了呢?他很是疑惑。

"孩子才刚出事,你还要抽吗?"

真弓的声音让秀明的手停在半空中。他下意识地把手伸向了桌上的烟。片刻后,他拿起烟盒,扔到了手边的垃圾桶里。

小婴儿误食一个烟头也会有生命危险。好在丽奈只吃了一点点,而且真弓及时把烟头抠出来了。从结果看,叫救护车可能有些夸张,可要是孩子的运气不好,后果不堪设想。

真弓慌得不成样子，不等救护车来就给娘家打了电话，哭喊"丽奈要死了"。

真弓的母亲立刻赶到了医院。她毕竟当过护士，比较冷静，但听过事情的来龙去脉后，她的眉毛都吊起来了。"你们两个给我好好讨论一下为人父母的职责！"撂下这句话后，她就带着丽奈回家去了。

"你就不能道个歉吗？"

真弓喃喃道。秀明看着掉在地板上的长头发，缓缓抬起头来。

"你之前不是为孩子戒烟了吗？怎么现在突然又抽起来了？"

"唔……因为工作的时候会碰到很多烦心事……"

"我也在工作，我也会觉得烦，这算哪门子借口！你知不知道你差点害死自己的亲骨肉！"

一双噙着泪水的眸子瞪着秀明。他叹道："对不起……"

"跟我道歉有什么用，有本事你去跟丽奈道歉！"

毫不留情的口气让秀明紧咬下唇。

抽烟的事，他已经在打心底反省了。就算要抽，也不应该在女儿身边抽，更不应该把烟蒂放在孩子能碰到的地方。不用别人提醒，他也在反省，也觉得很对不起女儿。即便如此，听到那么伤人的话，他还是火冒三丈。

"阿秀，你到底有什么不满意的？"见秀明沉默不语，真弓继续说道，"你为什么不能多为家人想一想？你总是这样，两手一摊，什么都不管，无论我说什么，都要给我脸色看。在外面工作的人不光你一个。很多事情不是每个月给钱就行了！你有没有动过为家里人做点什么的念头？肯定没有吧！你就这么不满意我出去工作吗？那你一开始为什么不直接反对？当初是你同意我出去工作的呀。既然同意了，那就说明你会配合我，不是吗？可你真的配合我了吗？托儿所的钱为什么都是我在付？为什么接送丽奈永远是我的工作？你的奖金不是全家人的钱吗，那你为什么不给丽奈和我买点东西？这些钱又不是你一个人赚来的！"

秀明木然地望着滔滔不绝的真弓。话题从烟蒂开始，随即迅速转移。刚才也是，她一激动，论点就越说越偏，想到什么说什么。

"你干吗不说话？你倒是说两句啊！"

真弓的喊声在家中回响，但秀明还是不吭声。真弓抓起放在沙发上的玩具砸了过去。塑料米老鼠砸到了他的肩膀，发出响声。真弓忽然放声大哭。

秀明捡起脚边的米老鼠，放在桌上。米老鼠的一只耳朵断了，不知道飞到哪儿去了。

"你到底有什么不满意的？"

秀明对呜咽的妻子问道。

"我还想问你呢！"

真弓抬起头来。她的脸上满是泪水和鼻涕。

"是我在问你。你到底有什么不满意的，以至于非要出去工作不可？"

真弓用孩子睡午觉时盖的毛巾被擦眼泪。听到这话，她愣住了。

"因为你怀孕，所以我跟你结婚了。我还换了工作。虽然这是你父亲给的建议，但最后决定换工作的人的确是我。事到如今，我可不想再听你数落这些。我们刚搬进这栋公寓的时候，你不是很幸福吗？你不是想当个普通的家庭主妇吗？不是已经实现了自己的愿望？你到底有什么不满意的？！"

秀明的口气分外凶狠，真弓不由得露出害怕的表情。秀明心想，我以前的确没有这么冲她吼过。

"我告诉你，你有一个刚出生没多久的孩子，不能出去工作。所以我要出去工作,赚钱养家。这就是我的职责。那你的职责是什么?你一天到晚都在家里,为什么连一顿像样的饭都做不出来?"

真弓似乎想反驳,秀明却抬手制止了她。

"你先听我说完。你提出想工作的时候,我是没有反对,那是因为我想让你去体验一下。体验过了,你应该就知道工作有多辛苦吧?家里乱七八糟的,两个人的心情也一塌糊涂,没心思看孩子,所以孩子才会出事……"

就在这时,真弓悄然起身。不等秀明反应过来,他的左脸就被狠狠扇了一耳光。真弓本想再来一下。秀明连忙抓住她已经抬起的手臂。

"你知道自己在说什么吗?"不等秀明开口,真弓便喊道,"两个人的心情一塌糊涂?你觉得这是谁的错?亏你还有脸说这种话!你的意思是这都是我的错?"

秀明抓着真弓的手,心跳瞬间加速。他心想,莫非妻子察觉到自己有外遇了?

"'职责'算什么?"真弓甩掉了秀明的手,"我们什么时候明确过各自的职责了?你的意思,既然你在赚钱养家,那我就应该老老实实在家里做家务?这是谁定的,什么时候定的?"

见真弓没有提"出轨",秀明暗暗松了口气。

"我也想工作。我出去工作就是十恶不赦吗?生了孩子的女人就不能工作了吗?"

"家庭主妇也是正儿八经的工作……"

"那都是狡辩,你心里根本就不是这么想的!"

秀明勃然大怒。

"这怎么是狡辩了?家庭主妇就是正儿八经的工作!无论是做饭还是打扫卫生,你都是想方设法地偷懒,不是吗?有职业意识的家庭主妇才不会像你这样满口怨言，还会想办法换花样呢。"

"那你来做家务好了！"

真弓和秀明对视着。沉默笼罩了房间。不知不觉中，天已经快黑了，屋里愈发昏暗，连地毯的花纹都快看不清了。

秀明扭了扭脖子，去打开房间的灯。荧光灯照亮了妻子满是泪痕的脸。

"真弓，你听我说，你的论点总是在不停地转移。我们在讨论的是……"

"我们在讨论的是什么？不是我们这个家吗？我说的有什么不对？"真弓捡起掉在地上的围裙，扔到秀明身上，"你要是真觉得家庭主妇这么伟大，那你来做家庭煮夫好了！"

真弓嗤之以鼻。秀明也不甘示弱，冷笑着说：

"你在胡说什么，我要是当了家庭煮夫，谁来赚生活费！"

"我来赚。"

秀明扭了扭头，把妻子扔给他的围裙丢在沙发上。

"我们就不能谈点更现实的东西？我求你了，真弓，你冷静一点好不好？坐这儿来。"

真弓犹豫片刻后坐在了沙发上，目不转睛地盯着秀明的脸看。被她这么一看，秀明反而不知道该说什么才好。

"我们要分工。"他想起了科长的那番话，"我在外面工作，你在家里工作，这样才能把日子过起来，不是吗？可你不想履行自己的职责，想把责任推给我，才开始在外面工作。"

秀明本以为真弓会反驳，但她一言不发，就这么盯着他看。这反常的平静令秀明有些坐立不安。

"你给我听着，真弓。你之前说的那些话我都听进去了。事到如今，我也不想跟你翻旧账，可我当初之所以不避孕，都是因为你告诉我那天是安全期。好，你怀孕了，所以我跟你结婚。你说要办婚礼，我也让你办了。为了把孩子养大，我还换了工作。孩子的名字也是你取的——我父母想的名字也只换来你的嘲笑。"

说到这儿，秀明深吸一口气。这些话他原本是想带进棺材的，耐不住情绪喷涌而出，无从抵挡。

"丽奈这个名字我很不喜欢。连你父母也不喜欢，不是吗？什么'丽奈'啊……为什么你就不能取个更普通的名字？我们都是日本人，孩子也是日本人，慧子、幸子这种普通的名字不是很好吗？前一阵子我跟客户去的小酒馆还叫'丽奈'呢，笑死人了。"

秀明一口气说完这段话，便咬住了下嘴唇。连他自己都没想到，孩子的名字竟让他如此耿耿于怀。

"你想说的就这些？"真弓的声音瑟瑟发抖，"既然你不喜欢，那你为什么不说？"

真弓带着哭腔，但她低沉的声音清晰地在房间里回荡。

"跟我结婚也好，换工作也好，孩子的名字也好，你都是那么不情愿吗？可你从来都没说过不愿意！你就没有一点主见？"

"我不是不愿意……"

"那你现在为什么还要说这种话？"

这回砸来的是靠垫。秀明下意识地抬起胳膊，挡下了靠垫。

"真没想到你这么懦弱。太过分了！我就不该跟你结婚！"

"哦，是吗，我也觉得跟你结婚是个天大的错误！"

狠话脱口而出。眼看着真弓的表情一刻比一刻僵硬。

她瞠目结舌，泪水又喷涌而出。秀明顿时慌了，不敢再看妻子的脸。房间里弥漫着可怕的沉默。

秀明捡起刚扔进垃圾桶里的香烟，抽出一根点着。他一边抽烟，一边想象沉默后会发生的事。

真弓肯定会歇斯底里地哭闹，冲回娘家去，无论他上门几次，都不会原谅他。

要是不上门道歉呢？秀明闭上眼睛，想象了一下。真弓的父亲或母亲肯定会找上门来，煞有介事地仲裁一番。要是到了这个分上，秀明还不让步，真弓必然会提出离婚。

如果事情真发展到这个地步怎么办？秀明琢磨起来。

他一旦恢复单身，绫子兴许会带着儿子们来投靠他。到时候，他又该怎么办呢？

"对不起，"就在这时，真弓喃喃道，"我刚才说得太过分了，对不起。"

见真弓没精打采的样子，秀明很是困惑。在这个节骨眼上道歉未免太厚脸皮了，但他的确松了口气。

他的确有离婚的念头，但也想多考虑一段时间。其实他也不清楚自己到底是怎么想的。

"但我要借这个机会问你一个问题。"

听到这话，秀明心里又是"咯噔"一下。

"什么问题？"

"你其实很不喜欢工作吧？"

"啊？"

"我刚才说的不是玩笑话。我出去工作，你在家里做家务不好吗？就这么办吧。"

真弓脸上竟然挂着一抹浅笑。秀明不知道该如何反应才好，只得半张着嘴。

"你在胡说什么……"

"我都说了，我不是在开玩笑。真不是自卖自夸，我好像还挺有销售天赋的，一定能养活你和丽奈。"

秀明手上的烟变成了灰烬。他把没吸几口的烟按在烟灰缸里，说道："我说你啊……别怪我说话难听，可你这种一点社会常识都没有的人怎么可能卖得了保险！"

"你这话是什么意思？"真弓噘起了嘴。

"还能有什么意思？你自己仔细想想，卖保险又不是全职工作，你一个月能赚多少？也就十多万吧？这么点钱，一家人要怎么过日子？"

"我现在赚得是不多，但工资马上就能涨上去。我们支部长也是从推销员做起的，现在年收入有一千多万！"

见真弓说得胸有成竹，秀明毫不留情地摇了摇头。

他倒不是觉得真弓在骗他。那个支部长应该真的是从推销员做起的，现在也的确有一千多万的收入。

可这并不意味着真弓也能做到她那个程度。为什么女人就这么不知天高地厚？秀明十分烦躁。

"你觉得自己能做到支部长？"

秀明这么一问，真弓缓缓眨了眨眼。

"能。"

"你肯定不行。"

"你凭什么这么说我！"

"不凭什么，就凭你，怎么可能。"

"为什么不可能？你都没见过我工作的样子！"

秀明吸了口气，想继续反驳，却说不出一句话来。

"我受够了！"真弓咬牙切齿地说道，"别瞧不起我，只要愿意努力，我就能行！你能做的事情，我一定也能做到！"

真弓站起身，走到秀明面前，俯视着他继续说道：

"女人就该一辈子闷在家里做家务吗？让那些适合做家庭主妇

的人做家庭主妇好了,反正我是不适合当主妇的。我想出去工作。我会赚钱养家的,你就在家里做饭、带孩子、打扫卫生吧!"

真弓扬起下巴。秀明无奈地抬头看着她,问道:

"你没开玩笑吧?"

"你长耳朵了吗?我都说了,我没开玩笑!"

秀明长叹一声。

"你不行的。"

"我可以的!"

"别扯了。"

"那要怎么样,你才能认可我?"真弓捡起挂在沙发上的围裙,再次扔向秀明,"你倒是说啊!我要怎么样,你才能认可我是这个家的顶梁柱?要怎么样,你才能认可我也能独当一面?"

真弓一脸认真,秀明看得有些背脊发凉。

妻子没有一点自知之明。她不知道自己有多大的能耐,不知道自己有多天真。

秀明不由得想,从某种角度看,没有自知之明的人也许会更幸福。不知道自己的极限在哪里,再荒唐的梦都能做。而且这种人也能轻易想象出自己实现美梦的模样。

"你真要我说,我就说给你听听,"秀明低声说道,"在接下来的半年时间里……不,三个月就够了。只要你在这三个月里赚的钱比我多,我就辞掉工作,当家庭煮夫。"

"你说真的?"

"嗯。"

"直接比数字,我肯定要吃亏啊。你的工龄跟我不一样,基本工资就差很多。"

秀明想了想,说:"那我让你一点好了。你的基本工资是多少?"

听到真弓报出的数字，秀明点了点头。她只有这点工资，亏她好意思说什么"我来赚钱养家"。

"每个月让你十万。这样总行了吧？"

真弓缓缓地，却用力地点了点头。

"好，看一月到三月的工资，行吗？"

"随便你用哪三个月。"

秀明不以为然地答道。她根本不懂自己说的话有多傻。要不了多久，她就能切身体会到自己说的都是天方夜谭。

秀明将真弓扔过两次的印花围裙扔回她的膝头。

"那就这么定了。要是你输了，就要辞掉工作，专心做你的家庭主妇。"

真弓抬头看着他，回答："好。"

她的眼中已经没有泪水。"如果你输了，你就得辞职做家庭煮夫。"

我怎么可能输？这个女人天真任性，以为全世界都在围着她转，不知人间疾苦。我怎么可能输给她？

我一定要让她亲口对我说"我错了"——秀明也用力地点了点头。

森永祐子心不在焉地听着男友说话。

她的男友是周末双休的工薪族，休息时间正好和祐子岔开。而且他的工作非常忙碌，两人一个月只能见一两次。

今天是星期三，祐子不用上班。她白天无所事事，在家消磨时间，可到了晚上，她接到了男友的电话。

男友刚下班，身上还穿着西装，和她并排坐在居酒屋的吧台。从刚才开始，他一直在抱怨工作的事情。

"喂，你有没有在听我说话？"

这时，祐子才回过神来，抬起头说道："对不起，说到哪儿了？"

"算了,这么复杂的事,说了你也不懂。"

说着,他一口饮尽了杯子里的酸味鸡尾酒。他们进店还不到一个小时,男友已经喝光了三杯酒,连话都说不清楚了。

岂有此理,祐子心想。

见一面比登天还难,好容易见到了,他就不停地发牢骚,自顾自喝酒,喝一小时就带她去开房。每次都是这样。这种模式已经持续一年多了。

男友是同一所大学的学长。他们已经交往三年多,可事到如今,祐子都不知道自己是不是真的喜欢这个人了。

她不是没考虑过结婚。即便是现在,她还是想结婚的。她觉得两人的关系出问题,就是因为他们的工作都太忙了,没有时间见面。结婚后,祐子可以辞职,到时候两个人的关系也许会朝好的方向发展。

但与此同时,祐子也对坐在身边的男友产生了某种近似厌恶的情绪。

她并不讨厌酒,但讨厌喝醉酒的人。男友以前喝得再多,总归还是清醒。可现在他一喝醉,整个人都会变得瘫软无力。

以前,男友会对祐子嘘寒问暖,也会在见面时问,工作还顺利吗,身体还好吗,最近有没有遇上什么有趣的事情?可现在呢,他只会抱怨自己的工作。牢骚实在没什么好听的,祐子总会不由自主地走神。而男友竟说"这么复杂的事,说了你也不懂",祐子当然来气。

等他抱怨够了,就会搂住祐子的肩膀说,"去酒店吧。"一点情调都没有。祐子愤愤然地想:他是不是只把我当发泄欲望的工具,觉得不用关怀体贴,也能拉着我去开房?

与他相比,佐藤秀明真是强多了。他看上去优柔寡断,却有阳刚的一面。

最近，茄子田不太打电话来，星期天早上也不会在车站埋伏了。祐子觉得这都是秀明的功劳。那一次，茄子田拽着她和秀明一起去酒馆，是秀明找了个机会让她先回去。那天他肯定跟茄子田说了些什么，茄子田才不来烦她了。

要是此时此刻，有人从天而降，问她喜欢的人究竟是谁，无论那个人是神仙还是恶魔，她都会不假思索地回答："是佐藤秀明。"

没错，比起眼前这个男人，我更喜欢秀明。祐子瞥了眼男友，心想。

男友却误会了祐子的视线，搂住她说："差不多该走了吧？"

他的口气是如此轻描淡写，就好像他们要去买东西似的。祐子并没有点头。

"去哪儿？"

"还能去哪儿……"

男友没有料到祐子会这么回答，一脸疑惑。

"我先回去了。"

祐子忍无可忍，起身离开。

一出店门，祐子就抬手打了一辆车。回头一看，刚结完账的男友正匆匆忙忙往外走。她独自一人上了车，报出自家的地址。

之后，祐子往车座上一瘫，长叹一口气。酒劲有些上来，脑子昏昏沉沉的。秀明的面容浮现在她眼前。

"好想见他啊……"她不禁喃喃道。

只要明天去样板房上班，她就能见到秀明。不光是明天，只要没有人事调动，她每天上班都能和秀明见面。

然而，她只能和秀明说说话罢了。他是有家室的人。她的感情还没有炙热到要从一个妻子手中夺走丈夫、从孩子手中夺走父亲的地步。这份责任对祐子来说也太沉重。

再喜欢这个人也没用。这终究是一段没有出路的感情。

祐子越想越心酸。她好想牵秀明的手,好想投入秀明的怀中。她想要秀明的吻,想和他在同一张床上入睡。

心头的情感不断膨胀,祐子望向车窗中的影子。

秀明又是怎么看我的呢?祐子不由得琢磨起来。他是个对谁都很和善的人,所以对我一直都很好。我被科长批评的那一次,他还特意留下来安慰了我半天。被茄子田纠缠不清的时候,他也向我伸出了援手。说不定,他对我也是有意思的。

然而,他是个很有责任感的人,一定也很顾家,不会做出让家人伤心的事。

祐子把额头贴在车窗玻璃上。她忽然羡慕起茄子田。要是她能像茄子田那样,不顾面子,不怕丢人,不考虑对方的想法,想做什么就做什么,那该有多痛快。

就在这时,行驶在右侧车道的一辆白色轻型车闯入了她的视野。车门上分明写着"格林建设"这几个字。副驾驶座上坐着一个长发女人。祐子惊愕地望去,坐在驾驶座上的人正是秀明。

"啊!"祐子喊出声来,却不知所措。片刻后,小排量汽车打了转向灯,插到祐子搭乘的出租车前面。

她伸长脖子,观察前面那辆车。秀明的确是开公车上下班的,休息日还会开着这辆车去买东西。他之前也嘟囔过,车上印着公司的名字,开出去还挺难为情。莫非坐在他旁边的人就是佐藤太太?

就在祐子忙着思索的时候,前车又打了左侧的转向灯,然后放慢了车速。前方有一座有霓虹灯招牌的酒店。一眨眼的工夫,车就开了进去。

"停、停车！快停车！"

司机一个急刹车，把车停在左侧的路肩上。祐子塞了张一千块纸钞给他，跳下车环视四周，确认四下无人，才蹑手蹑脚地走进装有橡胶门帘的酒店停车场。

这时，她刚好看见正往酒店走的秀明，连忙躲到一旁的轿车后面，悄悄探出头来。

秀明和他的女伴从三米开外的地方经过。祐子的心都快跳出来了。

女人身材苗条，有一头长发，穿着碎花图案的花边裙。秀明则穿着休闲外套。他们没有牵手，也没有搂搂抱抱，走路时却微妙地依偎在一起。

两人走到了能被外面的灯光照到的地方。祐子看到了女人的长相。她的第一反应是好眼熟，是不是长得像某个明星？

他们走进酒店后，祐子一屁股坐在了沥青路面上。

真弓在格林景观酒店的餐厅等待支部长的到来。今天早上，她对支部长说"我有些事想咨询咨询您"，而支部长回答，"我正好也有事要跟你谈"。于是两人就约在了餐厅。

傍晚五点多，餐厅从下午茶时间切换到了晚餐时间。身着白制服的服务生点燃餐桌上的蜡烛。

真弓撑着脑袋，打量白色的茶杯——支部长已经迟到十分钟了。真弓没心情看书，只能看着动作优雅的服务生给隔壁桌的客人倒酒。

她满脑子想的都是秀明。"我也觉得跟你结婚是个天大的错误"，这句话在她耳边挥之不去。

前些天的大吵，让真弓相信秀明的确有了外遇。其实她没有任何证据,但就是知道,秀明喜欢上了别的女人。

当时她都激动成那样了,却始终没有提到秀明出轨的事。她觉得自己很了不起。"你是不是在外面有人了",这句话几次到了嘴边,都愣是被她咽了回去。

但与此同时,她也确信秀明没有"动真格",而是单纯的"出轨"。否则他不会说出输了就辞职当家庭煮夫这种话。

真弓双手撑在桌上,攥紧拳头抵着额头。她最近情绪一直很低落,不过吵过后,感觉浑身上下都充满了力量。

我不会输的,绝对不会输。

真弓心想,只要能赢过秀明,就能改写自己的人生,他就会把我当独当一面的人看。

这场比试,我绝对不能输。这样的机会大概不会有第二次了。我要战胜"女人就得当家庭主妇"的观念。

她不知道秀明的外遇对象是谁,但不想输给那个女人。秀明是属于她的,她绝不会随随便便让给来路不明的小姑娘。

如果她赢了,秀明真的成了家庭煮夫,他就能切身体会到不适合当主妇的人被迫关在家里是多么痛苦。

"……说不定他还挺适合当煮夫的呢。"

真弓自言自语,咯咯地笑。

"哟,怎么自己笑起来啦?"

抬眼一看,支部长就站在跟前。

"不好意思,我被客户耽误了一些时间,来晚了。你今天好像还挺精神的嘛?"支部长脱下花呢外套,坐到真弓对面,"我总觉得你最近脸色不好,但今天简直是红光满面呀。碰上什么喜事了?"

"呃,也不是喜事……"

"就是你要咨询我的事?"

"嗯。"

"是不是跟你老公有关呀？"

支部长向走来的服务生点了饮料。点单的时候，她看着服务生的脸，面带微笑。真弓觉得支部长在这方面做得真到位。她在店里点饮料的时候，都不会这样看着人家说话，说起话来都冷冰冰的。

"您先说您的事吧，反正我这边是私事。"

"没关系，我先听你说吧。"

说着，支部长把手掌一摊。这个动作真是可爱极了。

于是真弓把和秀明大吵一架的事情告诉了支部长。女儿不小心吃下了烟蒂，引发了一场夫妻大战，最后丈夫提出，要是真弓能在接下来的三个月里挣到比他更多的钱，他就辞职。

支部长的表情愈发严肃起来。等真弓说完的时候，她脸上的微笑就不见了踪影。

爱川由纪捧着胳膊，打量眼前的佐藤真弓。见支部长一言不发，真弓大概也觉得有些尴尬，挪了挪屁股。

这丫头到底是绝顶聪明呢，还是蠢得要命？由纪一边思索，一边凝视真弓的脸。

真弓正用那双像小狗眼睛一样水灵灵的大眼睛战战兢兢地看着她，看上去实在不像已经当妈的人。倒不是因为她看起来年轻，而是因为她自己都还像个孩子。

真弓毕竟是主动应聘进来的，打一开始就干劲十足。但爱川由纪总觉得她的脑袋不太好使。

谁知真弓正式开工后，销售业绩竟然好得出奇。由纪甚至有些怀疑，她那副天真无邪的傻样子是不是故意装出来的。

"那可真是不得了……"

由纪说完这句话，便观察真弓的神色。真弓一脸凝重，点了点头。真要命啊,由纪暗地里狠狠咂舌。

她可不希望真弓在这个时候辞职。只要继续栽培,真弓就能成为支部的得力干将和她的左膀右臂。正因如此,她才百般关照真弓。

要是真弓因为这种愚蠢的比试辞职,那她就要头疼了。真弓简直是把工作当儿戏,而她可是拼了命的。

由纪心想,看来这丫头是真的蠢到家了。

对付男人还不容易吗?只要哄一哄,捧一捧就行了。女人和男人正面冲突是占不到任何便宜的。真弓也老大不小了,这么简单的道理都不懂?

说什么想赢过丈夫,当家里的顶梁柱。如果真弓是由纪的朋友,她肯定会毫不留情地说:"你怎么这么蠢。"无奈人家是部下,只要她能认认真真、脚踏实地干下去,由纪就别无所求了。

"你要是走了,我可怎么办……"

由纪尽量用温柔的声音说道。真弓露出了半喜半悲的表情。由纪心想,这丫头的反应倒是挺快。

"我以后还得靠你帮忙呢,你一定要赢啊!"

爱川支部长探出身子,认真地说道。真弓不禁有点惊讶。

"你老公是不知道你有多大的能耐。男人都是这样,装出一副慧眼识英才的样子,其实他们都觉得女人比自己蠢,干不了什么正儿八经的工作。"

真弓瞪大眼睛,看着支部长的鹅蛋脸。

"你一定能行的,你要赢下这场比赛,给你老公一点颜色瞧瞧!他是不知道你有多辛苦,你一定要让他尝尝那种滋味。我也会帮忙的,只看接下来三个月的工资是吧?你放心,有我呢。我怎么能让你辞职!"

真弓感动得说不出话来。她做梦也没有想到,支部长会如此热心地伸出援手。她不由得感叹,独自把孩子拉扯大的人就是不一样。

"谢谢您!我会加油的!"

"嗯,加油啊。你放心吧,他不是让你十万吗?那肯定没问题。"

话虽如此,真弓还是很担心。要赢,就得拿下两倍于现在的合同。

"不过这也许是个好机会……"支部长突然说道。

"啊?"

"我想找你谈,是有一件事需要你帮忙。"

支部长抿了一口咖啡,慢慢放下杯子,无奈地耸了耸肩。

"上个月我们支部不是连着走了两个人嘛,所以我得尽快把这个空缺补上。"

"嗯……"

"一个支部要配二十个销售员。销售业绩再好,人手不够,总公司还是会啰唆。这不,他们要求我在年底前把这问题解决掉。"

"这样啊……"

"所以我正在为怎么凑人发愁呢,你能不能帮帮忙?"

"没问题!"

真弓一口答应。支部长露出宽慰的微笑。

"太好了,有你帮忙,我们一定能办成。"

"瞧您说的,我也帮不上太大的忙……"

"怎么会呢,你绝对不会辜负我的期望。"支部长一边用力地点头,一边说道,"至于具体的拉人方法嘛……我希望你能上街。"

顾名思义,"上街"就是去跟路人搭话,邀请他们来卖保险。可以挑工作日的白天去百货店之类的地方,专挑看上去很闲的女人做思想工作。

"好。呃……可是……"

真弓前脚刚答应完,后脚就开始支支吾吾了。拉人的确是销售员的职责之一，但拉人的成果不比争取来的合同，不会立刻反映在下个月的工资上。而真弓的当务之急是尽可能争取到更多的合同。

支部长好像猜中了真弓的心事，连忙说：

"在招满人前，我会把自己的一部分固定客户和新开拓的客户转给你。反正我无论如何都不会拉低你的工资，这个你尽管放心。"

支部长拍着胸脯说道。这下，真弓就彻底放心了。有支部长撑腰，她感觉自己一定能赢。

"一放心就觉得肚子饿了。真弓啊，我们吃点东西吧？"

隔壁桌飘来牛排的香味。支部长调皮地瞥了身旁的客人一眼。

"呃，可是……"

在这里吃一顿晚饭，天知道要花多少钱。真弓在心中掂量了一下自己的钱包，有些犹豫。

"没关系，可以报销的。"

"可……您总是请我吃饭，我都不好意思了……"

支部长的确请真弓吃过好几顿晚饭。好在她不是自掏腰包，每次都开公司名字的发票。但总让支部长付钱，真弓还是觉得不太妥当。

"没关系，这点小事你不用放在心上，我也是这么过来的。"

支部长的表情是如此天真烂漫，隔壁桌那盘厚厚的牛排又如此诱人，真弓便诚惶诚恐地点了点头。

秀明翻遍了全家的橱柜，都没有找到洗衣粉。

在三月底决出胜负前，秀明要在休假时留在家里带丽奈，而不是把她送去托儿所。家务也得由他一人完成。

真弓出门前把他今天要完成的任务写成便笺，贴在墙上。待办事项有洗衣服、吸尘和做晚饭。

秀明本不想在休息日做这种事，可要是不做，等待着他的就是真弓的唠叨。无奈之下,他只能去开洗衣机,谁知洗衣粉的盒子空空如也。家里应该有囤货,可他找了半天都没找到。

"就不能提前把洗衣粉买好吗……你说是不是啊?"

秀明对在身边跑来跑去的女儿说道。女儿并没有赞同他的迹象。她把备用厕纸和脏衣篮打翻了,玩得正起劲。

"没办法……只能去买了。"

秀明喃喃着穿上外套,抓住到处撒欢的女儿,给她穿上小袜子和小衣服。就在拿上钱包准备出门时,他转念一想,反正要去超市,不如把晚饭的材料也买好。

他回厨房打开冰箱一看,里头空荡荡的,跟他单身时没什么区别。他就这么开着冰箱的门,陷入沉思。晚上做点什么呢?他毫无思路。

"丽奈,你想吃什么呀?"他姑且问了问在脚边撒娇的女儿。

"香蕉。香——蕉。"

"哦,你想吃香蕉啊。"秀明在便笺纸上写下"香蕉"。

"还有呢?"

"喜欢,香蕉。"

"你还喜欢什么呀?"

"歪婆。"

"歪婆?"

"喜欢,歪婆。歪婆、歪公。"

"哦,喜欢外公外婆啊……"

孩子喜欢的不是爸爸妈妈,而是外公外婆。听到这句话,秀明心里酸酸的。

他又在便笺纸上写了牛奶、果汁和酸奶。犹豫片刻后,他把便笺纸塞进了口袋。到了超市再想吧。

要不要推婴儿车呢？秀明有些犹豫。超市离家很近，而且丽奈最近走得越来越稳了。最终，他决定牵着女儿的手出门。可他刚走出电梯，踏上通往超市的路，就开始后悔了。一岁半的孩子走得特别慢，而且丽奈这孩子不太喜欢牵大人的手，动不动就往乱七八糟的地方跑。

秀明生怕女儿摔倒，只能一直盯着。没多久，他就没了耐心，干脆把女儿抱起来。他感觉每抱一次女儿，女儿都变得更重一点。

到超市后，他把女儿放进手推车。然而看着货架上的蔬菜和肉，他还是想不出晚饭要做什么，最后决定买现成的熟食。

工作日上午的超市空荡荡。反正丽奈心情不错，他仔细研究起和真弓一起来超市时绝不会看的货架。

洗衣粉种类繁多，价格也参差不齐。他在货架前站了一会儿，看着好几个家庭主妇拿了东西就走。四个人里有三个拿了同一款。那一款的价格比最便宜的品种稍贵一点点。秀明决定也买那种。

逛着逛着，他突然发现很享受购物的过程。他本来就喜欢买东西。后来，他还在店里发现了一位年近四十岁的性感主妇，干脆跟在人家后面，人家买什么，他也买什么。

白肉鱼、一加热就化的奶酪、意面酱、海带佃煮[①]……别人买的东西真是不可思议。

当家庭煮夫也不错嘛，秀明推着坐着女儿的购物车想。

"每天都过这样的日子，多轻松啊。"

秀明站在超市的通道上自言自语，还耸了耸肩。他今天一直在自说自话。

他并不喜欢做家务，结婚前都很少打扫自己的房间，只干不干

[①]指将小鱼、贝类、海藻等用酱油、糖等炖煮而成的下酒小菜，多为甜辣味。

不行的家务,连鞋子都没擦过,对做菜也全无兴趣。女儿虽然可爱,但他也不是那种特别喜欢孩子的人。

可要是有人赚钱养他呢?如果把"琐碎的家务"和"外面的工作"放在天平的两端权衡一番,还是做家务更轻松些吧。

他是个男人,接受的也是针对男人的教育,所以总觉得要工作一辈子。可仔细想一想,他就有些困惑了。为什么要工作的一定是我?真弓是个女人,接受的是针对女人的教育,结婚后也自动变成了"佐藤太太",可她却想挣脱成为家庭主妇的命运。

当主妇多轻松啊,为什么她就不愿意呢?

秀明站在结账的队伍里,想着这个问题。在收银台扫码的收银员都是兼职的家庭主妇。秀明呆呆地望着她们熟练地操作机器、摆放货品。

多轻松啊!做这种工作不是更轻松吗?不用为完成指标操心,不用担心公司扣工资,也不用担心上司的冷嘲热讽。

为什么?

做女人多好。不用担心房贷,不用承担工作的责任,不用应付上司和讨厌的客人……这样过日子该有多幸福。不舒服的时候,还能在家里歇个痛快。

秀明把女儿抱出购物车,把买好的东西装进塑料袋里。眼前的墙上贴着一张海报,上面写着"自带购物袋的顾客可盖章集点"。集满一定的点数就能抵扣购物款了。

秀明心想,下次带个购物篮来吧。

超市门口就是这一带最大的公园。平缓的斜坡上是一片草坪,还有木头做的秋千和各种玩具。带孩子来公园的家庭主妇聚在沙坑周围聊天。

丽奈大喊着冲向公园，秀明连忙跟上。不过他转念一想，先让孩子玩一玩，这样她也许就能老老实实睡午觉了。

丽奈径直冲向沙坑。比她年长的孩子们正在用塑料玩具玩沙子，看得丽奈很是羡慕。

"把这个借给你家的宝宝吧？"

一位站在沙坑边的主妇把一只塑料铲子递给秀明，说道。

"啊……这太不好意思了。"

"没关系，给她玩吧。"

那位主妇应该比真弓更年轻些。她把铲子递给丽奈。丽奈兴高采烈地挖起了沙子。

"这么早就去超市买东西啊，这么勤快的男人可不多见。"

主妇带着爽朗的笑容说道。

"没有，我今天碰巧休息。"

秀明挠挠头，对她笑了笑。主妇点了点头，就去找她的朋友了。

秀明坐在一旁的长椅上，从衬衫口袋里掏出香烟，用嘴叼住，点上了火。

他看了看在沙坑玩得正高兴的丽奈，又看了看刚才那位主妇的背影。她跟绫子有点像，也是瘦瘦的，有一头长发。

秀明就喜欢这种类型的女人。他的口味一直没变过——比自己稍微大一点、瘦瘦的、有一双大眼睛的娴静美女。

妻子真弓的确比他大，但其他方面就不是很符合了。初次见面的时候，他误以为真弓是一位沉稳的成熟女子，但开始交往后，他立刻发现真弓其实很感情用事，性格也比较幼稚。可他为什么会跟这样一个女人结婚呢？

还有什么为什么，因为她怀孕了啊。

想到这儿，秀明不禁露出苦笑。

不考虑其他条件，只看男女之情的话，秀明更喜欢绫子，而不是真弓。

"唉……"他朝天吐出一口烟。

上周三晚上，绫子一个电话打到了佐藤家。很久之前，秀明用自家的座机打过绫子的手机，所以她才会有这个号码。电话那头的绫子显得分外慌乱，搞得秀明都有些害怕。

周三是样板房展示中心固定的休息日，所以他们每周三基本上都要见一次。可那天秀明正好要去办事处办点事，就没有休假。

秀明和绫子都是有家室的人，直接用手机邮箱发短信未免有些危险，所以最近他们开始用其他网站的邮箱了。两人还约好，除非有十万火急的事，否则绝不用手机联系对方。

突然得知要去办事处后，秀明就通过那个秘密邮箱给绫子发了封邮件，还诚挚地道了歉。

谁知当天晚上七点多，秀明一到家，电话就响了。真弓一般都是直接打手机，谁会打座机呢？接起来一听，竟然是绫子打来的。打手机也就算了，她居然打座机，把秀明吓得不轻。绫子在电话里哭着喊道："你快来！"

莫非是出事了？秀明连忙开车去接。穿着上衣和短裙的绫子站在住宅区的角落。见她神色有异，秀明还以为是茄子田发现了这段婚外恋。

绫子两眼通红。她上车后，秀明忙问"出什么事了"，可绫子就是不说话。他不知道该怎么办才好，只能带绫子去了酒店。云雨一番后，她才稍微放松了一点。

这么晚出门真的不要紧吗？是被茄子田知道了，还是跟婆婆闹了矛盾？秀明接连问道。绫子陶醉地靠在他的胸口，默默摇头。她幽幽地说，我原本很期待今天能见到你，可你突然说来不了，我就慌了。

绫子此刻已经冷静下来。她特别激动的时候,只要秀明赶到她身边抱一抱她,她就能平静下来。然而,这种状态肯定维持不了太久。

"你跟老婆离婚,跟我结婚好不好?"绫子已经不说这种话了。但她只是不说出口而已。她的眼神、她的一举一动,都表达出这个念头。

绫子一旦爆发,他就完蛋了。茄子田和真弓都会知道他们的秘密关系。

秀明望着公园的恬静景色,扭了扭脖子。

好麻烦啊。真弓的事,绫子的事,还有工作和孩子的事……都好麻烦。

事情怎么会变成这样?秀明纳闷了。为什么呢?我到底哪里做错了?

他连想都懒得想,随手把烟丢在脚下。

有人在绿丘站的公交总站叫住了真弓。

"小真弓!"

是男人的声音。真弓回头一看——傍晚的公交总站人头攒动,但她没有看到一张熟悉的面孔。和她同音的名字很常见,她以为叫的不是她,就继续往前走。

"你是绿叶人寿的小真弓吧?是我啊!"

那人用更大的声音喊了一句。真弓再次回头望去,只见一个眼熟的胖子拨开人流,笑着向她走来。真弓暗想,糟了。

"啊,是茄子田老师呀,您好。"

她被逼无奈,只能笑脸相迎。

"真巧啊,正要回去吗?"

"嗯。"

"怎么老也不见你来，我一直在等你呀。"

"不好意思，最近比较忙……"

由于他们正站在人流之中，免不了有路人推推搡搡。眼看着对面的茄子田越走越近，真弓连忙往后缩。就在这时，一个行人撞到了她的肩膀。

"混账东西，你干吗！"

茄子田对撞到真弓的工薪族吼道。对方回头瞥了一眼，就快步走开了。

"这人真没礼貌。小真弓，你没事吧？"

"嗯、嗯，没事……"

她本来就不觉得茄子田是什么好人，没想到他说起话来竟如此粗鲁。也许他是个很可怕的家伙。

"站在这儿说话也不是事儿，要不我们找个地方吃饭吧？"

"不好意思，我还得去接孩子……"

"啊，对了，你把孩子送去托儿所了？那聊半小时没问题吧？去喝个茶呗，我还想咨询一下保险的问题呢。"

一听到"保险"二字，真弓就咬住了下唇。她并不想和这个只肯出消费税的男人喝茶，但"保险"是她的软肋。如果他们全家都在真弓这儿买保险，那下个月的工资就相当可观了。她想咬紧牙关，好好拼上三个月。毕竟这三个月的工资直接左右了她今后的人生。这点小委屈，还是咬牙忍忍吧。

真弓只得答应下来。两人走进车站门口的茶室。毕竟是高峰时段，店里挤满了客人。"不远处的格林景观酒店也有茶室，还挺安静的"，这句话险些脱口而出。她何必跟这种男人去安静的茶室聊天，这不是自己找罪受吗？

茄子田并不介意学生的说话声和刚买完东西的主妇的欢笑声。他笑嘻嘻地向女服务员点了一份鲜奶油布丁。

"布丁?"

真弓下意识地反问道。茄子田挠了挠头说:

"我算是两面通吃,能吃甜品,也能喝酒。不过我在'那方面'是很专一的,只喜欢女人。"

好一个低俗又无聊至极的玩笑。真弓不知道该说什么才好,干脆破罐子破摔,也点了一份布丁。

"您和家人讨论过买保险的事情吗?"

真弓只有三十分钟,所以她开门见山,谈起了工作,免得对方开始跟她拉家常。

"嗯,说过。"

"您太太是怎么说的呀?"她尽可能用柔和的口气问道。

"嗯……她说随便我。"

真弓不禁暗暗咂舌。他绝对没跟家人讨论过。听说老公要买寿险,主妇必然会评论一番,无论是赞成还是反对。

"那您就为家人买一份保险吧。"真弓挤出一个笑脸,说道,"您家有几个孩子呀?"

"两个儿子,大的四年级,小的二年级。"茄子田喜滋滋地从口袋里掏出月票夹,"这就是我的儿子们,这是我老婆,这是我父母。"

他从月票夹里掏出好几张照片,有全家福,也有妻子和孩子们一起拍的,还有一张是妻子的特写。

此举虽然让真弓无言以对,但她还是拿起照片看了看。一看到茄子田太太的照片,她就傻了眼。

照片上的人长得很漂亮。似乎是在海边拍的,她正用手按着随风飘舞的头发,笑容满面。苗条的上半身,一头飘逸的长发,五官也很精致，楚楚可人，还有一双温柔的眼睛。这简直和女明星的剧照差不多。

"您太太好漂亮呀。"

真弓这话并非奉承，而是发自肺腑。

"是吧，她长得漂亮吧。刚结婚时，比现在更漂亮呢。"

茄子田夸起自己的老婆倒是一点都不害臊。真弓不禁苦笑。不过有这样一个漂亮的老婆，他会骄傲也是在所难免。

真弓又看了看那三张照片。两个儿子长得像妈妈，一看就是聪明伶俐的孩子，不过小儿子的面部轮廓更像茄子田。

她抬眼一看，只见对面的包子脸都笑开了花。可话说回来，这样一个大美女怎么偏偏和这么个男人结婚？

"您跟太太是自由恋爱吗？"

真弓也觉得这个问题不太礼貌，但还是想问问。

"不，我们是相亲认识的，相亲。但我们一见面就互相来电啦。缘分这个东西，真是说不清楚。"

真弓心想，"互相来电"大概是茄子田自作多情。可就算他们是相亲认识的，大美女也没必要非得嫁给茄子田这样的人啊。她就不想找个更好的归宿吗？

她本想追问，无奈时间宝贵，她又怕茄子田误以为自己对他感兴趣，就把话题扯了回去。

"您可真幸福呀。不过您这个顶梁柱万一生了病，或是受伤住院，那一家人不是要愁死啦？"

"不会的，我身体好着呢。"

"大家都是这么说，可说句不怕冒犯的话，万一您生了重病，或是出车祸突然走了，那一家人的日子不就过不下去了？"

茄子田一边吃服务员送来的布丁，一边抬眼看真弓。

"可是……一想到每个月要扣这么多钱,我就……"

真弓气得不行。当初是茄子田暗示"我想买保险"。既然要买,每个月扣点款不是再正常不过的吗,还有什么好纠结的。

他压根儿就没打算买保险,只是想调戏我,说不定还有别的不良企图。

"我有两个儿子,而且父母也跟我们住在一起。再说,我决定近期把房子推倒重新建一下,实在没有闲钱买保险。"

茄子田开始找借口了。真弓死死盯着他看,惹得他战战兢兢地低下了头。见状,真弓忽然觉得有些奇怪。她本以为茄子田是个厚脸皮的老色鬼,没想到他还有如此懦弱的一面。

"我理解您的想法。"

真弓微笑着说道。茄子田大概以为真弓让步了,顿时松了口气。

"可是茄子田老师,这年头,闲钱这个东西是不会从天上掉下来的。我们得靠自己的双手去创造更美好的生活。"

"唔……"茄子田哼了一声。

"身为一家之主,您的职责就是让家人过上幸福的生活,对不对?如果您有个闪失,您的家人要怎么办?谁来给两个孩子付学费?您说父母也跟您住在一起,万一让他们白发人送黑发人,他们该有多伤心啊!您至少要给他们留点养老的钱呀。再说了,坏事这个东西是说来就来的,才不会挑人呢。"

茄子田拿着勺子,张着嘴看着真弓。真弓皱起眉头想,这人有没有在听我说话?

"茄子田老师,您决定要跟太太结婚的时候,是怎么跟岳父岳母说的?"

这句话是真弓的杀手锏。她就是靠着这句话,拿下了好几份合同。

"您是不是说,'我一定会让她幸福'?"

眼前的胖子倒吸一口气。好极了,有戏!真弓盯着茄子田的眼睛。就在这时,他狠狠叹了口气。

"可不是嘛,我当初的确是这么说的……"他用双手挠了挠所剩无几的头发,很不甘心地说道,"我一直在为家人的幸福着想,可新房还没建呢,我上哪儿去凑保费啊……"

见茄子田眼泪汪汪,真弓心中一惊。这人是不是不正常?

"您说要建新房是吧……"

丈夫秀明就在住宅建设公司工作。真弓在好奇心的驱使下问:

"那您准备什么时候动工?"

"大概明年春天吧。"

"哦,那应该已经看到报价了吧?"

"还没呢,还在讨论图纸的阶段。"

茄子田显得有些烦躁。真弓看着他,心想,房产公司的销售员肯定在他那儿吃了不少苦头。

"容我冒昧打听一下,请问您签的是哪家房产公司?"

"还没签呢,不过我基本决定要找格林建设了。"

真弓下意识地捂住了嘴,好容易把惊呼咽了回去。

丈夫秀明的工作单位"格林建设"虽然是绿山集团出资的,但规模不大。真弓去过一次他工作的样板房,格林的样板房似乎比其他公司的稍差一点。房子偏小,价格可能比较实惠,但设计普普通通,没什么独到之处。

"负责您家的销售员叫什么?"她提心吊胆地问。

"是个姓佐藤的家伙,年纪不大,但很老实,我还挺喜欢他的。"

果然……这回,真弓就没有那么吃惊了。不祥的预感还真是一来一个准。

"你问这个干什么?你在格林建设有熟人吗?"

"哦，不……因为格林建设跟我们绿叶人寿是兄弟公司嘛。"

其实两家公司只是出资方一样，平时并没有交流。真弓也是进了公司后才知道，绿叶人寿跟丈夫的公司同属绿山集团。

茄子田好像没有意识到，格林建设的"佐藤"和绿叶人寿的"佐藤"是一家人。而且真弓之前骗他说已经离婚，独自抚养着一个孩子。茄子田对此深信不疑。

也许茄子田是个很单纯的人。真弓顿时产生了一丝愧疚。

"所以小真弓啊，保险的事情能不能过一阵子再说……"

就在茄子田开始推脱时，有人拍了拍真弓的肩膀。她吓了一跳，回头一看，原来是绿叶人寿的会计。

"咦？"

"不好意思，打扰你们谈话了。真弓，你最好回一趟支部。"

会计的口气跟平时一样冷淡。她好像还不到三十五岁，但穿得总是很朴素，从来不多说废话。一看就知道她不想被牵扯进销售员的矛盾里。

"啊？"

"我也不知道是怎么回事，反正桦木把保坂打趴下了。保坂哭着说都是你的错。"

"啊？怎么会这样？"

"我也不知道，所以才建议你回去一趟。"

说完，她就走开了。真弓连忙起身。

都是我的错？我到底干什么了？

7

森永祐子决定在年底辞职。上司竹田科长听完后,却没有表现出太多的惊讶。

"啊,你已经打定主意要走了?"

科长抬头看着祐子问道。他在样板房的办公室闲着无聊,正在剪指甲。

今天一大早就下起了冰凉的雨。眼看就快到傍晚五点了,可样板房还是无人问津。佐藤秀明今天休息,其他员工又出去跑客户了,办公室里只剩祐子和科长两个人。

"嗯,差不多吧。"

"什么叫'差不多'……你的意思是,只要我劝你一下,你就不走了?"

科长的发际线都快退到头顶了,宽阔的额头上挤满了皱纹。祐子真是欲哭无泪。

"呃,不,我……"

"算了算了,你好歹还跟我打了个招呼,不是说走就走。"

祐子还以为科长生气了,谁知他突然咧嘴笑了,还抬头看了看墙上的钟,伸了个大懒腰。

"时间不早了,干脆关门去吃个饭吧。"

"这才五点呀。"

"反正今天不会有人来了,去吃饭吧。"

说着,科长就开始收拾东西。祐子当然不想和他共进晚餐,但又不好拒绝。身为科长,他大概有义务请祐子吃个饭,象征性地挽留一下。

祐子迅速关好样板房的门窗,上了科长的车。秀明上下班都用公车,但科长开的是自己的车,后排座位上放着大大的毛绒玩具和靠垫,靠垫像是手工制作的。

"你有什么想吃的吗?"

"没有,您定吧。"

"那偶尔去吃顿好的,去格林景观酒店行吗?"

祐子点点头,但她一听到"酒店"二字,就开始怀疑科长是不是另有企图。不过格林景观酒店是这一带最贵的酒店。听说那里的一间大床房要三万多。前阵子,科长才抱怨过孩子的补习班太贵,害得他以后只能吃冷面当午饭。他如此拮据,应该不会带祐子去开房。

来到酒店,科长径直走向了寿司店,都没有征求祐子的意见。不过去寿司店反而好。要是去吃法餐,她就得跟科长面对面坐,她不想和不喜欢的男人去那种地方吃饭。寿司店可以坐吧台,不用正对着对方,聊起来自然轻松些。

"你为什么想辞职?因为工作太辛苦,还是因为我欺负你?"

科长用小毛巾擦了擦手和脸,末了还掏了掏耳朵。

祐子当下认定,科长并没有色心,因为他一坐下来就开始谈工作了,而且想讨好女人的男人怎么会用小毛巾掏耳朵。

"说实话,我觉得自己还是不适合干销售。我实在干不了……"

祐子刚开始说,科长就向寿司师傅点了刺身和日本酒,还问今天的推荐菜是什么,有说有笑。提问的明明是他,可他完全没有听祐子说话,祐子有点无所适从。不过他不挽留也好。看这架势,她应该可以顺利走人。

她早就有辞职的念头。之所以拖到现在才走,是因为她喜欢上了佐藤秀明。

前些天,她亲眼目睹秀明带着一个女人走进情人酒店。这是让她打定主意辞职的导火线。她倒不是不喜欢秀明了,只是得出了"还是放手为好"的结论。

她觉得那个女人一定是佐藤太太。她有个很早就结婚生子的朋友炫耀过,说偶尔会托人带一下孩子,跟老公去那种地方放松放松。

虽然祐子只瞥见那个女人一眼,但能看出对方长得很漂亮,跟秀明站在一起也特别般配。难怪秀明会这么爱她、这么呵护她。

就算祐子再喜欢他,使出浑身解数,他也不会破坏自己的家庭。所以她准备放弃。既然要放弃,就不能留在这家公司了。

然而,祐子再幼稚,也不会单单因为失恋就选择离职。她从来没有如此认真地思考过自己的人生。

她稀里糊涂地毕业,稀里糊涂地找了份工作,周围的人说什么,她就做什么,总是随波逐流。此时,她这辈子第一次对自己产生了疑问。

稀里糊涂交的男朋友,稀里糊涂找的工作,稀里糊涂过的假期。

祐子觉得,自己绝对称不上不幸。她有闺中密友,还有男友和深爱自己的父母。她本以为自己会结婚生子,过上和母亲一模一样的生活。

可这样真的好吗?她想认认真真考虑一下。这真的是她想要的人生吗?

"唉,头疼死了……"科长吃着刺身说道,"一个个都只顾自己。"

"对不起……"

"你真觉得对不起我吗？"科长给自己倒了一杯酒,"新工作已经找好了？"

"还没有。"

"那你有想去的地方吗？有希望进去？"

"没有,什么都没定呢……"

"不是吧,老天……"

从刚才开始,科长就一个人吃吃喝喝。祐子浑身僵硬,毫无食欲。

"那你先干着,找到新工作再走,求你了。你虽然是个半吊子,可突然走人,我也不好办。佐藤这家伙最近也没什么干劲……"

一听到秀明的名字,祐子心中一惊。

"他状态不好吗？"

"天知道……那人叫什么来着,就是之前对你纠缠不清的矮胖老师……"

"茄子田先生吗？"

"对对,臭茄子。他成天围着那户人家转……没希望就赶紧找下一家呗,真是的……"

科长一提起"茄子田",祐子觉得记忆中有什么东西在蠢蠢欲动。怎么都想不起外国演员的名字时,也是这种感觉。

"佐藤不像话,你也好不到哪儿去。你就不能多替周围的人想想吗？别光顾自己。"

科长说个不停。祐子心不在焉地随声附和。

"哦……"

"唉,我可真羡慕你。没找到下家就敢随随便便辞职,而且谁都不会怪你。你是不是觉得工作只要随便做做就行了,到时候找个合适的人嫁了就成？可真的结婚生子了,你又要嚷嚷想回归社会,不想一辈子伺候秃顶的老公……"

祐子暗想,那是你老婆说的话,好吗?

"你被分配来我们这边后,签了几个客户?"

科长喝个不停。寿司师傅询问要不要再点些东西。

"嗯,随便做,我没有不爱吃的东西。你呢?不吃鱼皮发亮的鱼?你们女人怎么都这样……我问你呢,你签了几个客户?"

科长的舌头开始打结了。祐子苦着脸,瞥了他一眼,答道:

"两个,而且都是您让给我的。"

"是吧,我没记错吧。"科长用夸张的语气说道,"而且其中一位客户的房子还没建好吧?人家的售后服务你打算怎么办?你是不是觉得工作只要交接一下就行了?人家原来的确是我的客户,我重新接手也行,可你怎么不想想,你要是走了,我的面子往哪儿搁?我当初是这么鞠着躬跟人家说的,'您的房子由我们的新人负责,她还有很多不足之处,请您多多指教。'你不是也说你会好好干吗?可你要是房子还没建好就走人,人家肯定会说,格林建设就是靠不住,女人就是靠不住,做生意还是得找男人。瞧瞧,你这一走,就给其他女人拖了后腿。"

祐子不是不能反驳滔滔不绝的科长。但她盯着眼前的金枪鱼寿司,强忍着不让眼泪掉出来。

她觉得自己已经很努力了,上司还是不满意。是她太天真了吗?到底要努力到什么地步才行?

"咦?"

就在这时,科长看向餐厅门口。两个身着套装的女人走了进来。一个是中年人,另一个是二十五六岁的年轻人。两人都拿着大号皮包,一看就是职业女性。

"那个年轻的,你觉不觉得眼熟?"

科长问道。但祐子对那人没什么印象。

"唔……"

"我想起来了,我在婚礼上见过她,她不是清田的老婆,就是佐藤的老婆。"

那两个女人没有坐吧台,而是找了张桌子,正要坐下。年轻的那个似乎感觉到了科长专注的视线,回过头来。

她起初没有反应过来,但片刻后,便露出了笑容。

"是竹田先生吧?"

说着,她朝祐子这边走来。科长看似有些为难,大概是还没想起她到底是谁。

"多谢您平时照顾我家秀明,婚礼时也麻烦您帮了很多忙。"

"啊,不客气……那都是很久以前的事啦。"

"您这是在约会吗?"

她微笑着问道。祐子顾不上点头,直愣愣地看着那人的脸。一旁的科长色眯眯地笑着说:

"才不是呢,她是我们部门的新人,我正在教育她。"

"哎哟,是吗?"

"她说工作太辛苦了,想辞职。最近的年轻人就是没毅力……"

科长和佐藤太太有说有笑。祐子却拿着筷子,瞠目结舌。

跟秀明走进酒店的人不是她,不是她!

祐子张皇失措,只能低下头。

那……那个女人到底是谁?她闭上眼睛,在记忆中翻箱倒柜。

"啊!"

她的脑海中闪过一道电光。秀明身边的那个女人,和另一段记忆联系在一起。

她……她是……

"怎么啦?"

科长盯着祐子的脸问道。佐藤太太已经回到了自己的座位。

"不舒服吗?"

"不,就是……好像有点醉了……"

听到这句话,科长竟有些高兴,微微一笑。

"你行不行啊?要不走吧?"

"好……"

她真想尽快甩掉科长,好好琢磨琢磨刚才想起来的事。她心跳加速,慌乱至极。

这时,有人把手放在了她的肩上。

"嗯?"祐子惊讶地抬起头。

"我们找个地方休息一下吧。"

"啊?"

"这里开房太贵了,打个车去别的酒店吧。"

祐子这才听明白科长的弦外之音。她顾不上生气,哑口无言。

男人真是莫名其妙。

祐子双手捂脸,险些喊出声来。

这丫头真没礼貌,佐藤真弓心想。

跟秀明上司坐在一起的小姑娘连笑都不笑一下。真弓好歹是她上司的太太,她怎么连个样子都不装一装?

真弓十分不快地回到座位。坐在对面的是比她心情更糟糕的支部长。只见她抱着胳膊,眉头紧锁,仿佛在想心事。

"支部长,您要点什么?"

真弓轻声问道。支部长抬眼看着真弓,说道:"啤酒。你呢?"

"那我也要啤酒吧。"

真弓还是第一次看到支部长露出那么不高兴的表情。虽然她反复强调"这事不怪你",但真弓还是觉得,支部长其实很生气。

"真头疼啊……"支部长喃喃道。

"对不起……"

"没关系,我都说过好几次了,这事真的不怪你。"

前些天,真弓在会计的建议下赶回支部一看,办公室里已然打作一团。

原来,和真弓同时进公司的保坂弥生抢了其他推销员的客户。

真弓的确给她提过一个建议:你可以在电脑上查查客户的保险信息,如果客户的负责人已经辞职,那就可以趁虚而入。

保坂弥生真的听进去了。刚开始,这一招的确好用——被冷落了很长时间的客户见新来的负责人热心负责,就在她那儿重新签了合同。

然而,这样的方法用不了太久。找不到合适的客户,她就完成不了指标。于是,她开始接触负责人还没辞职的那些客户。她上门访问这些客户,询问"销售员最近有没有来拜访过您"。一旦有人抱怨"那人好久没来了",她就会递上名片说,那您今后就由我负责了,然后再想方设法做工作,说服人家在她那里买新的保险。

如此明目张胆地抢客户,东窗事发不过是时间问题。就连真弓说的"找已经辞职的销售员的客户做工作",其实也不是什么好法子。

某天,桦木上门拜访了一位久疏问候的客户。谁知人家反问:"负责人不是已经换了吗?"桦木大吃一惊。

得知保坂弥生抢了好几个前辈的客户,桦木和另外两个销售员对她发起了围攻。三个大妈将她团团围住,推推搡搡。她哭着喊道:这个方法是真弓教我的!是你们把客户撂着不管,被抢也是活该!

就在这时,真弓赶到了支部。自不用说,她也受到了桦木等人的责难。真弓百般劝说,可桦木她们正在气头上,就是不肯让步。真弓也差点哭出来。关键时刻,支部长回来了。

桦木冲向支部长质问,你是怎么教育新人的?只要能争取到客户,什么阴招都能使吗?积怨瞬间爆发。支部长面不改色地听她说了半天。

桦木说完后,支部长如此说道:

保坂的确做得不对,但你们也不该给人可乘之机。能争取到合同,就是优秀的销售员,无论她用的是什么手段。

听到这话,桦木一脚踹翻旁边的椅子,转身就走,还狠狠摔上了办公室的门。

打那天起,保坂弥生和桦木再也没来过支部。真弓给她们俩家里打过好几次电话,可她们一听是真弓,就直接挂电话。

"还差四个人,该怎么办呢……"

除了桦木,另外两个销售员在支部长的劝说下留下了,但保坂弥生和桦木都寄来了辞职信。

"确保足够的销售员"也是支部长的重要工作之一。无论是总公司还是分部,都特别看重人数。总也招不满人的支部可能会被其他支部兼并。对支部长而言,没有比这更糟糕的情况了,这意味着她会同时失去地位与收入。

"真弓,你那边有什么眉目吗?"

支部长垂头丧气地喝着服务员送来的啤酒,问道。

"还没有……"

"唉,这下可怎么办……"

"要不登个招聘广告吧?"

"广告一直打着呢,可像你这样主动找上门来的人特别少,打了也没用。"

支部长冷冷地说道。她的态度让真弓有些不高兴,但这件事真弓也得负一定的责任。

"支部长,您别灰心。我会努力拉人的。"

真弓都说到这个份上了,支部长脸上还是阴云密布。

"您放心,我明天就开始上门拉人,也会再找弥生做做工作。我住的公寓也有不少家庭主妇,我也去问问。"

真弓加重语气说道。支部长这才恢复平日的笑容。

"你就是靠得住。"

"瞧您说的……您帮了我这么多忙,我也想报答您呀。"

"我真是太欣慰了,多谢你啊。"

就在这时,主厨打扮的男人走到桌边,对支部长低下头,说:"多谢您经常惠顾本店。"

"您太客气了,谢谢您前些天的款待。"

"令尊身体还好吗?最近很少见他来。"

"嗯,他旅游去了。"

"哦?这回又去哪儿啦?"

"别提啦,他去夏威夷了。"

"哦,去打高尔夫吧?"

两人好像很熟。真弓傻眼了,看看这个,又看看那个。

"今天给您做些什么呢?"

"嗯……您定吧。"

支部长温柔地笑了笑。真弓再次环视四周——这家店墙上没有贴菜品价格,也看不到菜单。

每次和支部长一起吃饭,都由支部长埋单。可真弓忽然寻思起来,她有那么多报销额度吗?当然,她每次都会开公司名字的发票,应该不是自掏腰包。可绿叶人寿对员工特别抠门,连复印机和电话都不能随便用。莫非当上支部长就能随便报销了吗?

支部长似乎经常来这家酒店。难道她平时还会跟父母一起来?

真弓怀着复杂的思绪,吃起了桌上的豪华刺身拼盘。

茄子田朗放学回家一看,家里空荡荡的,一个人都没有。

"我回来了!"他大喊一声,却没人应答。破旧的房子里鸦雀无声。

他脱下运动鞋,走上玄关的台阶。这时,他瞥到了挂在鞋柜上的日历,才想起今天是星期三。妈妈每周三都会去上花艺班。

"奶奶,你在家吗?"

大门并没有上锁,说明奶奶应该在家。可他喊了半天,还是没人吭声。

"真是的……"

他噘起嘴,走上二楼。既然家里没人,那就打游戏好了。

妈妈规定他们一天只能玩一小时。但哥哥慎吾总是玩模拟类游戏和将棋游戏,不肯陪他玩所谓的"幼稚的游戏"。

小朗哼着歌,走到二楼,只见祖母正一动不动地站在走廊上。

"哇!"他吓得大喊一声。昏暗的走廊上突然冒出一个人,心脏病都要吓出来了。

"奶、奶奶,原来你在家啊?"

"回来啦。"奶奶冷冷地说道。

"你上楼干什么?"

"哦……想拿本菜谱看看。"

"那你跟我说嘛,我帮你拿下去不就好了。"

"没关系,我又不是完全动不了。"

说着,奶奶抓着扶手,一步一步下楼去了。小朗凝视着她蜷起的后背。就算他伸手去扶,奶奶也会拒绝。于是他回到了和哥哥共用的儿童房。

他把书包往地上一放,坐在书桌前,抬头望向天花板。椅背嘎吱作响。

新房子要什么时候才能建起来?他还以为暑假就能开工了,可左等右等,眼看就快过年了,还是没有要动工的迹象。

"唉,真能住上新房子吗……"

小朗认定,等家里建好新房,他就有属于自己的房间了——一个能看见天空的房间。房间里还装着电视。

这年头,全家上下只有一台电视的人家寥寥无几。他不禁琢磨起来:我们家是不是真的很穷?家里连空调都没有,也没有电热毯和 BS 数字电视调谐器。之前哥哥带他去过叶山同学家,人家可是样样都有,跟自己家有天壤之别。

"小朗,来吃点心吗?"

楼下传来奶奶的喊声。小朗只得"哦——"地答应一声。奶奶给的点心不是包子就是羊羹。小朗既不喜欢日式点心,也不喜欢奶奶。

下楼一看,桌上果然放着金锷饼[①]和日本茶。祖孙俩面对面坐在厨房的餐桌旁,喝起了茶。小朗一直跟奶奶住在一起,可他一见到奶奶就会莫名地紧张,不知该说什么才好。

"奶奶,新房子什么时候动工啊?"

两个人都不说话未免尴尬,小朗就问了个问题。

"天知道。要不要再吃一个?"

"不用了。"

"还有江米条哦。"

---

①在厚厚的红豆馅外裹上一层薄面浆,再煎熟表皮而成的日式点心。

"不用了，妈妈肯定会买东西回来的。"

听到这句话，奶奶脸上的笑容立刻不见了。

"你妈也真是的，就知道在外面瞎玩，她以为买个蛋糕回来就能糊弄过去啊……"

见小朗没有吭声，奶奶没好意思接着往下说。

"奶奶，我能打游戏吗？"

"不是让你做完作业再打吗。"

"就打到妈妈回来嘛，反正她还有不到三十分钟就到家了。"

"那就随你吧。"

说着，奶奶露出了微笑。小朗走到电视机前，握着遥控器。他能感觉到奶奶在背后看他。他多么希望奶奶能回房去，但总不能开口说"你给我到一边去"吧。

小朗很清楚，奶奶是疼他的。他也知道，奶奶希望由他这个小孙子来继承家业，而不是他的哥哥慎吾。但这份深沉的爱令他烦不胜烦。爸爸、妈妈和爷爷都很疼爱他，但奶奶的爱有一种黏人的成分在里头。

这时，他听见有人打开了玄关的大门，快步冲上楼去。全家人只有哥哥慎吾回家时不打招呼。

"那孩子可真是……"

祖母嘟囔道。小朗瞥了她一眼。

哥哥可真是……小朗在心中嘟囔了同样的一句话。

哥哥真是太不精明了。

大人心里在想什么，小朗总能猜个八九不离十。当然，他也不是什么事都懂，但深谙"随机应变"之道。他知道该在谁面前怎么表现，也知道怎么做才能避免被人唠叨。

哥哥都上四年级了，却连这么简单的道理都不懂。只要说一句

"我回来了"不就行了？出门的时候只要说"我去朋友家玩"，而不是"我去叶山同学家玩"，不就能省去很多麻烦？

还有将棋。去年，哥哥在棋盘上战胜了爸爸。爸爸也没想到才上小学三年级的儿子能下赢自己。他一言不发地起身出门去了。听说那天晚上，他喝了个酩酊大醉。

打那时起，爸爸一看到哥哥看将棋节目，或是玩将棋的游戏，就会很不高兴。小朗心想，爸爸的肚量真小，不过哥哥也好不到哪儿去。

一个个都太不精明了。

爷爷也是。想去看赛马赛艇，就自己偷偷去，干吗非要拿我们当挡箭牌。不过看马儿赛跑是挺有意思的。

妈妈也不精明。她明知道爷爷要赌马，还是给他钱。她明知道爷爷带我们去的是赛马场，还假惺惺地问"动物园好不好玩"。也许妈妈就是个性格刁钻的人。

不过小朗也意识到，最近妈妈好像有点奇怪。

她不像以前那么爱笑了，还经常坐在三面镜前发呆。但有时候，她又突然变得兴高采烈，或是突然含着泪水，紧紧搂住自己。

小朗很清楚腿脚不便的奶奶为什么跑到二楼去——奶奶也觉得妈妈最近不太对劲。她大概是去父母卧室找日记之类的东西了。

他很爱妈妈。见妈妈不对劲，他实在担心。他希望妈妈变回那个傻傻的却很开朗的妈妈。

妈妈的"反常"似乎是从报名上花艺班开始的。刚开始上课的时候，妈妈肯定会赶在小朗放学回家前到家。可最近，她总是要到傍晚才回来。

前几天晚上，妈妈还突然失踪了一次——吃完晚饭后，她突然说"我出去买点东西"，一去就是好几个小时，很晚都没回来。好在那天爸爸也是半夜才回来，没有闹出什么事。全家人被妈妈吓得够呛，爷爷和哥哥在家附近找了好几圈，小朗则忙着宽慰火冒三丈的奶奶。

妈妈是不是和爸爸吵架了？

爸爸这个人太任性，无论做什么事，都觉得自己的决定才是对的，一碰到不顺心的事就发火。但是小朗从来没见过父母吵架，因为妈妈总会"赞成"爸爸的意见。

小朗并不讨厌爸爸。虽然他讨厌爸爸喝醉酒时的样子，也讨厌他的抠门，但平时爸爸对他还是很好的。黄金周时，他们一家四口去野营，度过了一段愉快的时光。爸爸用铁饭盒煮的饭好吃极了。他还手把手教小朗怎么钓鱼。妈妈和哥哥也很享受这个假期。

"小朗！"

是哥哥的声音。小朗回头一看，只见哥哥拿着去补习班用的包，站在他身后。

"妈妈呢？"

"还没回来。"

奶奶没有对哥哥说一句话，一门心思剥着橘子皮。

"那我出去玩一会儿。"

哥哥撂下这句话，便快步穿过走廊。一听到关门声，奶奶便重重叹了口气。

"真不知道这孩子到底像谁……"

"难道不是像他的亲爸爸吗？"

小朗看着游戏画面说道。奶奶缓缓抬起头。"……啊？"

"我都知道。"

小朗拿着遥控器，笑着回答。他用眼角的余光瞥见了奶奶惊愕的表情。

哦，原来真是这么回事。小朗想道。

婚礼真是烦人。秀明边想边看站在麦克风前讲话的妻子。

"我和一美是上中学时认识的，这么多年来，她一直是我的好朋友。其实，一美从小就是外貌协会的。她经常说，男人性格不好没关系，没钱也没关系，只要有张帅气的脸就行。"

真弓兴高采烈地说着，新娘也笑嘻嘻地听。

新娘穿着婚纱，新郎则穿着白色的燕尾服坐在旁边，一脸困窘的笑容。秀明不禁心想，真有适合穿白色燕尾服的日本男人吗？明星穿大概还凑合，普通人就完全不行了。一套上白色燕尾服，就有股乡下魔术师的味道。换上日式礼服，又像是说漫才的。

一想到自己在婚礼上也是这么穿的，秀明便悲从中来。

"一美第一次把男友介绍给我时，说句不怕冒犯的话，我真是吃了一惊。她还抬头挺胸地跟我说，男人不能看脸！"

她讲的内容很无聊，桌上的菜也不怎么好吃。最要命的是参加婚礼要花不少钱。今天早上，他们就因为要送多少礼金吵了一架。

秀明说，我们手头这么紧，给三万日元就行了。但真弓说，一美是我的好友，婚礼又是在一流酒店办的，不给五万像什么样子。秀明不懂，"格林景观酒店"算哪门子的一流酒店。只有价格能和东京市中心的高级酒店匹敌。他们好容易才商定，秀明出两万，真弓出三万。

"喝啤酒吗？"

坐在旁边的女宾拿着啤酒瓶问道。她似乎是新娘的朋友。

"不用了，谢谢。"

女宾立刻露出"好心当成驴肝肺"的表情。秀明赶忙补充道："我酒量不好。"

"啊,这样啊。真不好意思。那喝果汁吧?"

"谢谢……"

穿着振袖和服的年轻女宾给他倒了一杯果汁,可他一点都不开心,所以才讨厌婚礼。

"一美,健一,祝你们百年好合,早生贵子。"

真弓总算说完了。秀明无力地拍了拍手。她一回到座位,就一口气喝光了杯子里的啤酒。

"呼……紧张死我了。怎么样,我说得怎么样?"

"挺好的。"

"反正你肯定没仔细听。"

真弓笑着说。她今天心情很好。

秀明望着盛装打扮的真弓,发现她最近瘦了很多。盘起头发,化了妆,面带笑容的她真的很美。他好久没有产生过这样的念头了。

"你还是不想去喝第二场吗?"真弓一边用叉子吃菜,一边问道,"难得有人帮忙带孩子,就跟我一起去喝一杯嘛。"

"我又喝不了酒,也没有闲钱。"

"那我也不去了,我们去约会吧?"

"都结婚那么久了,还约什么会啊。"

听到这话,真弓面露不悦。秀明耸了耸肩。

"今天是你的朋友结婚,你去跟她们好好聊聊吧。我接了丽奈先回去。"

"你真不去啊?"

"你也很久没见到那些朋友了吧。去玩个痛快呗。"

真弓点了点头。秀明舒了口气。新郎新娘都不是他的朋友,来参加婚礼已经够痛苦了,还要去喝第二场,他哪儿受得了。

新人离场换衣服去了。主角都不在了,可台上的发言还是一个接一个。

秀明斜前方坐着一位母亲,带着一个六岁左右的男孩。婚宴好像有儿童餐,所以男孩吃的东西和大家不一样。母亲一直盯着孩子,生怕他把衣服弄脏。

他不禁想起了绫子,意识到自己又要扭脖子了,连忙刹车。他想改掉这个毛病。

该怎么办呢?秀明盯着盘中的龙虾想。

他跟绫子睡了多少次?已经数不清了。他们在那方面特别和谐。"身体合得来"说的就是这么回事吧。

第一次抱紧她,还是春末夏初的时候。当时他激动得心脏都快炸了。他是多么希望时间在那一刻永远凝固。

只要能与她鱼水交融,他宁可什么都不要,宁可抛弃一切。为了保护绫子,为了让她幸福,他什么都愿意做——他当时的确是这么想的。

这份感情中并没有虚假的成分,真真切切就是"爱情"。

秀明注视着自己握着刀叉的手。这双手究竟能让谁幸福?也许它只能把人推向不幸。

绫子最近的确不太对劲。她在拼命让自己保持平静。然而,她抱住秀明的时候分外用力,甚至在他背上抓出了血印。秀明和真弓已经半年没有夫妻生活了,真弓应该还没有发现他背后的伤,但他换衣服时还是十分小心,生怕被妻子看见。

她知道了又能怎么样?秀明呆呆地想。知道了就招供呗。到时候,真弓就会离他而去了。

这样,他就能和绫子在一起,就能将她从茄子田手中夺走。秀明可以当她的丈夫,还有她两个儿子的父亲。

秀明依然盯着盘子里的龙虾。

他震惊了。

他很清楚，自己脑子里这些念头绝不会超出想象的范畴，绝不会付诸实践。

为什么呢？他闷闷不乐地琢磨起来。

钱是一方面……不，也许这才是最主要的原因。

如果他和真弓离婚，再和绫子结婚，就要支付精神损失费和孩子的抚养费。

然后，他还要养活绫子和她的两个儿子。一个月要挣多少钱才够用呢？到时候，他还能有属于自己的人生吗？

不光是钱。真弓肯定会大哭大闹，天知道茄子田会做出什么事来。错的显然是秀明，会有谁替他说话？

我的人生究竟失落在了哪里？秀明很是困惑。

初一那年，他对电影产生了兴趣。他攒下寥寥无几的零花钱买电影杂志，还远赴东京，看那些只在一家影院放映的电影。那时候的他是多么快乐。那时，他的人生还在自己手中。他是什么时候把人生弄丢的呢？

他无法在下个星期三和绫子见面。为了参加在星期天举办的婚礼，他不得不调休。

连秀明也不知道自己到底想不想见绫子。见见她，抱抱她，亲亲她，看看她的笑容——他心里的确有这样的念头。然而，他也怕两人见面的次数越多，绫子的心理状态越糟。

就在这时，会场的灯突然关了。秀明抬起头来。

白色的大门开了。换好衣服的新人在聚光灯下登场，他们手里拿着鲜花与蜡烛。

两人微笑着点亮了一桌又一桌的蜡烛。秀明放下刀叉，打量着他们的身影。

不一会儿,新人来到秀明这桌。新娘和真弓愉快地交谈了几句。眼前的新娘真的很漂亮。这时,秀明突然想起——对了,穿上婚纱的真弓也跟她一样漂亮。绫子结婚时肯定也很美,真想看看她的婚纱照。

秀明抬头仰望笑容僵硬的新郎。他本想说"你的人生只属于你",可转念一想,冷不丁来这样一句,人家肯定会觉得莫名其妙。

突然,他的手机响了,收到一条短信。真弓和新人,还有同桌的宾客都齐刷刷地望向秀明。

他连忙把手机调成振动模式,心脏都快吓得停止跳动了。

婚宴结束后,秀明躲在大堂角落打了个电话。刚才的短信是绫子发来的:"求你了,打个电话给我!"

"秀明?"

绫子很快就接了。

"怎么了,吓死我了……"

"对不起,今天你去参加朋友的婚礼了吧?没给你惹麻烦吧?"

"嗯,没有。"

怎么没有,但秀明不能直说。

"我们今晚能不能见一面?那人像是要出去喝酒。"

绫子开始管茄子田叫"那人",而不是"我老公"了。

"对不起,我一会儿得去接女儿……"

"哦……"绫子的声音分外失落。

"这个星期三大概是不行了,但星期五前后应该能休假。"

"真的?"

"嗯,我回头再联系你。"

"说定了。"

绫子欣喜地说道。秀明挂了电话，回头一看，只见硕大的玻璃窗后有一座日式庭园，新娘和真弓正在那里拍照。

秀明再次低头望向手机屏幕。他犹豫了很久，还是拨通了老家的号码。

"妈，是我。"

"秀明啊，你都好久没打电话回来了！"电话那头的母亲显得很高兴。

"嗯，爸还好吗？嗯，我们都好。丽奈已经走得很稳了。啊？过年大概回不去，工作太忙了。嗯，不好意思啊……"秀明一边摩挲着下巴上的胡楂，一边说，"今年公司几乎没发什么奖金。你也知道，现在经济不景气，我都快还不起房贷了……嗯，是啊。夏季的奖金一下来就还你。啊？不用那么多，十万就够了。"

冬季的奖金全部上交给真弓了。有十万就能付一阵子的房费。

突然，秀明感觉到身后有人。他举着手机回头一看，来人竟是真弓。

"啊……那就这样，改天再说。"

他连忙把电话挂了。真弓抱着胳膊，面无表情地看着他。

"拍好了？"

秀明用问题掩饰自己的慌张。真弓是什么时候来的？她到底听到了多少？

"那我就去第二场了。不好意思，应该不会太晚回去的。"

"嗯，我跟丽奈在家等你。"

秀明提起放在脚边的回礼，转身要走。

"阿秀。"真弓叫住了他。

"干、干吗？"

"我是认真的。"

真弓说道。她化着妆的面容如同能乐面具一般,白得刺眼。

"什么认真的?"

"就是之前说的比试。看三个月的工资,谁赚的少,谁就在家做家务。"真弓的口气分外沉着,套着高跟鞋的脚用力踩着地面,"可别说话不算数,你应该不是那么卑鄙的人吧?"

秀明好容易才挤出一句"我知道"。他不敢再看妻子,快步走向出租车载客点。

8

午休时,茄子田太郎坐在办公桌前,打开了饭盒。

结婚十年来,妻子绫子每天都会为他准备便当。绫子做得一手好菜,还会动脑筋翻花样,饭盒里总有茄子田爱吃的东西。

但是那天中午,茄子田一打开盒盖,就抱起了胳膊,连筷子都没有动。

他心想,果然不太对头。

他早就起了疑心,但今天的便当才是致命一击。

绫子从来没有在他的饭菜上偷过懒。可现在呢?他低头看着铝制的大饭盒,陷入了沉思。

今天的配菜是他最讨厌的冷冻肉扒,还有些昨晚吃剩的炖菜。

变化是从几个月前开始的。当时他就发现,绫子开始连着好几天用同样的配菜,有时还用冷冻食品充数。不过他并没有多想。毕竟他们已经做了十年的夫妻,绫子再喜欢做菜,也差不多该腻了。然而,他无法从今天的便当中感受到丝毫爱意。

茄子田并不生气,只是困惑。

问题不仅出在便当上。绫子最近的确不太对劲。她好像不如原来那样开朗了。

前些天,他当面问过她,"你好像不太精神嘛?"绫子微笑着回答,"我有点感冒。"还真是,她近来经常吸鼻涕,眼睛也有点红。但茄子田再迟钝,也能看出那并不是感冒,而是偷偷摸摸流眼泪造成的。

是不是妈又说她了?茄子田皱起眉头,哼哼起来。

女人为什么总要对着干?既然大家生活在同一屋檐下,为什么不能搞好关系?成天针锋相对有什么意思。有什么不满就摊开来说,把问题解决掉不就好了吗?

莫非爸又跟她要钱了,还是慎吾惹她不高兴了?那她为什么不跟我商量呢?

"真是愁人……"他合上饭盒,自言自语。

结婚后,他让绫子吃过许许多多苦,但她都忍了。她也知道丈夫整天在外花天酒地,但大概觉得,有出息的男人都是这样。

绫子为什么要偷偷抹眼泪,她到底有什么烦恼?既然她有心事,为什么不跟我这个做丈夫的商量?

茄子田心想,也许是过年那阵子把她累坏了。过年期间,她也是任劳任怨,忙前忙后。仔细想来,对家庭主妇来说,"过年"绝不是休息。大扫除、大采购、做年菜……元旦一过,还要为家人和客人准备各种餐食。

也许得偶尔给她放个年假。

去年黄金周,他把两个老人留在家里,带着妻子和儿子们露营去了。那真是一次愉快的旅行。绫子好像也很高兴。要不明年过年的时候再出去玩玩吧。但过年期间是旅游旺季,去哪儿都很贵。四个人跑去住旅馆,天知道要花多少钱。

茄子田用红格餐巾包好纹丝未动的饭盒,叹了口气。

到处都要花钱。想让家人过得更好,就得花更多的钱。

话说回来，建新房的事还没敲定呢。格林建设的佐藤好久没上过门了。

要不干脆不建了。说句难听的，两个老人再怎么样都活不了二十年。等他们走了之后再建也行。慢着，如果真要这么办，那还是先给他们买个寿险为好。倒不是我冷血……

"茄子田老师，中午好。"

突然，有人在他身后说道。回头一看，原来是绿叶人寿的销售员。他笑着起身说："哟，这不是小真弓嘛。"

"您正要吃饭呀？"她看着桌上的饭盒说道。

"不，呃……你吃午饭了吗？"

"还没呢。"

"哦，那正好，陪我一起吃吧。"

茄子田心想，她来得正是时候。他今天下午第一节课没有课。没人陪，他就只能自己去吃荞麦面。但有真弓相陪，就能去餐厅吃个套餐了，反正她肯定能报销。

"可您下午不用上课吗？"

"没事、没事，我不用上下午第一节课。你知不知道公车道对面开了一家新的法餐？听说那边的午市套餐还挺不错。走吧走吧。"

茄子田把没动过的便当塞进包里，快步走向办公室门口。

真弓下定决心，一定要让茄子田从她手中买保险。

整个十二月，她每隔三天就去找他一次，一次又一次自掏腰包请他喝茶吃饭。她明知茄子田不会认真听，却还是一遍又一遍介绍公司的保险产品。

开始做这份工作后，真弓深刻意识到，越是费事的客人，她就越不甘心放弃。这顿三千块的午饭肯定是要她请的。既然这样，无论如何都要拿下这个客户。

"怎么啦,小真弓,表情好吓人。"

茄子田用叉子叉住一只虾,笑嘻嘻地问道。

"没、没什么……"

"我本来还不太喜欢来这种装模作样的餐厅,尝过才发现这儿的东西还挺好吃的。店里的装潢也……怎么说呢,挺时髦的。下次我们一起来这儿吃晚饭吧,晚饭。"

真弓闭上眼睛,自我暗示:别生气,别生气,一发火就输了。其实这也是个好机会。

"茄子田老师,您家的新房子有着落了吗?"

她不动声色地问道。茄子田用刀叉的手势很僵硬。听到这句话,他立刻停下手。

"唔……呃,就那样吧。"

"图纸都画好了吗?"

真弓装出一副天真无邪的样子。

"呃……嗯,就是……要考虑考虑预算……"

见茄子田想搪塞过去,真弓心想,丈夫秀明肯定也被这个客人要得团团转。茄子田似乎还没下定决心要建新房。

"也是,反正房子什么时候都能建,慢慢考虑好了。"

"嗯,是啊,慢慢考虑……"

"反正格林建设最近也有点……"

真弓故意没把话说完。

"有点什么?"

真弓尝了一口醋腌瑶柱,盯着茄子田的脸看。

"哎呀,您没听说吗?"

"听说什么?"

"哦……我听说了一个跟格林建设有关的小道消息。您也知道，绿叶人寿跟格林建设是同一个集团下面的，所以有些消息会传到我们这里。据说他们的经营状况有点……"

"不太好吗？"

"不好说……但绿山铁道最近的业绩也不太好，听说上头觉得集团的业务太多，想关掉一些业绩低迷的部门……"

茄子田放下刀叉，眨巴着眼睛，看着真弓问道："真有这回事？"

"哎呀，只是小道消息啦。不好意思啊，茄子田老师，是不是吓着您了？"

他顿时坐立不安，视线飘忽不定，还咕哝道："绿叶人寿呢，会不会被关掉？"

"您放心，别看我们是保险公司，其实已经连续盈利十多年啦。这也从侧面体现出，大家非常理解保险这个东西是必要的。"

"哦……"茄子田喃喃道，又吃起来。见他突然变得沉默寡言，真弓一边撕面包，一边仔细观察。

这招也许还挺有用。茄子田完全没想到，真弓扯了个弥天大谎。

"所以嘛……茄子田老师，您不妨把新房的事情放一放，先考虑考虑咱们的保险？"

真弓使出浑身解数，用谄媚到极点的口气说道。正在往面包上涂黄油的茄子田抬起头回答："是呀……"

他点点头，伸出舌头舔了舔沾在手指上的黄油，把真弓恶心得起了一身鸡皮疙瘩。

"你说得还挺有道理，呵呵。"

茄子田笑了笑。

"那您是答应我要好好考虑一下啦？"

"嗯，我会考虑的。我的确在考虑要不要买份保险。"

真弓心想，太好了，我的努力没有白费！一定要让他签一笔大单子！

"不过嘛……嗯，保险也不能白买啊。"

"啊？"

"在那之前，你要是能跟我约次会，就更好啦。嗯，一次。一次就行了。"

说着，茄子田慢慢啃了一口涂满黄油的面包卷。一看到他肥厚的嘴唇，拿着叉子的真弓就僵住了。

这才下午三点，但茄子田四郎已经窝在被炉里喝起了日本酒。

他今天有点感冒，没有去上班。反正他是返聘的，去了也是干点杂活。就算不去，也不会像原来那样备受负罪感和焦躁感的煎熬。

方才绫子给他做了些蛋酒①。喝完蛋酒后，他起了再喝点热热的日本酒的念头。

儿子和孙子们都在学校，奶奶窝在房间里没出来过。绫子去邻居家拿合作社送来的东西了。

他懒得开电视，就这么呆呆地仰望着天花板。

他发现，灯罩上盖着一层薄薄的灰，以前从没见过这样的景象。这八成是因为灰还没积起来，绫子就会把灯罩擦干净吧。

绫子近来着实不对劲。他一边小口小口地喝酒，一边思索。

最近，他就算搬出"带孙子们出去玩"的借口，绫子也不给他钱了。她原本是默许老人赌马的。莫非是太郎明令禁止她继续给钱不成？

无论是赌马还是赌赛艇，他都不是趟趟都输。赌赢的时候，他

---

①在酒中加入蛋黄和砂糖后加热而成的饮品。日本人认为它能治疗初期感冒。

也会多还绫子一些。

而且,她最近总是没什么精神。

以前,她会兴高采烈地做着各种家务,可最近无论做什么事,她都一脸倦怠。奶奶冷嘲热讽,她也就随口应付一句而已,动不动就坐着发呆。正月里最忙的时候,她倒是一直在笑,但四郎总觉得那是装出来的笑容。

到底是怎么了?他用醉醺醺的脑袋思考着。

他真的很喜欢绫子。如果她不是自己的儿媳妇,他再年轻个二十岁,早就穷追猛打了。

这么好的女人,太郎就不能对她更好一点吗?他就这么介意那件事吗?

"啊,爷爷在喝酒。"

背后传来孩子的声音。不等他回头,慎吾就钻进了暖桌。

"回家了怎么不打招呼啊。"

被爷爷这么一说,背着书包的慎吾尴尬地说道:"我回来了……"

"回来啦。"

"妈妈呢?"

"去合作社了。"

"哦……"慎吾噘起嘴,伸手去拿桌上的烟熏墨鱼,"爷爷,感冒好点了没有?"

"嗯,没事了。反正没发烧。"

慎吾咧嘴笑了。比起弟弟小朗,哥哥慎吾跟爷爷更亲。当然,小朗也是他的心头肉,无奈这孩子太精明了,他更喜欢迟钝又单纯的慎吾。而且慎吾特别聪明,棋艺已经和他不相上下了。

"今天要去补习班啊?"

"嗯,每天都要去。"

"真够呛的,当小孩也不容易。"

"还好啦,实在懒得去上课的时候,我会躲到朋友家去。这件事可别告诉太郎哦。"

"知道啦。"

"我们哪天再一起去赛马场吧,我再帮你下注。"

爷爷点了点头,喝光了杯子里的酒,把空杯子递给孙子,给他倒了小半杯。

"爷爷,你觉不觉得妈妈最近很奇怪?"

慎吾一口喝光,开口问道。

"你也发现了?"

"嗯,我的便当里装的都是冷冻食品。"

"哦……话说回来,她前一阵子煮饭的时候也没加对水,做了一锅特别硬的饭。"

"我泡澡的时候,她还会突然跑进来盯着我看。"

祖孙俩面面相觑。

"我也问过她到底出什么事了,可她就是不停地掉眼泪,什么都不说……我都不知道该怎么办了。"

孙子低下头来,一脸的担心。爷爷揉了揉他的小脑袋,说:

"我改天问问她吧,你别太担心了。"

"是不是因为太郎又惹她不高兴了,还是奶奶又说她了?"

慎吾私下对父亲直呼其名。四郎为此教育过他很多次。慎吾平时老实听话,唯独在这件事上不肯让步。四郎想了想,觉得也在所难免,他现在懒得劝了。

"不,肯定有别的原因。"

他温柔地说道。就在这时,门铃响了。

"是谁啊?"

"我去看看。"

家里人进屋时是不会按门铃的。慎吾爬出被炉,跑到玄关。爷爷想再热一瓶酒,便也站了起来。

"爷爷,家里来客人了!"

慎吾边说边往回走。

"谁啊?如果是推销员,你就直接打发走吧。"

"是房产公司的人。"

无奈,爷爷只能走到玄关。只见格林建设的销售员正毕恭毕敬地站在门口。

见绫子不在家,秀明有些失落,却也松了口气。

天还没黑,可出来应门的老爷子已经喝红了脸,身上一股酒味。这种状态下真能和他谈合同的事吗?不,兴许他会趁着酒劲一口答应。

"你要不要也来一杯?"

"不用了,我是开车来的。"

"哦……那我就再喝点儿吧,你别介意啊。嘿……"

老爷子坐进被炉。这时,慎吾用托盘端了一小壶酒过来。

"爷爷,喝完这些就差不多了。"

"好好好……"

"那我去补习班了,你帮我跟妈妈说一声,我大概九点多回来。"

"好,路上小心。"

慎吾看了秀明一眼,腼腆地笑了笑,然后快步走开了。

"好可爱的小伙子。"秀明有感而发。

"嗯,他是个好孩子。"

老爷子笑了,秀明也跟着笑了。

"我今天之所以上门拜访……"

秀明正要切入正题，只见老爷子缓缓摇头。

"你是要谈房子的事吧。"

"没错。"

秀明心想，我是房产公司的销售员，不谈房子还能谈什么？

"这种事你就不用问我了，我儿子会全权负责的。"

"嗯，可是……"

老爷子抬手打断了秀明。

"我知道你想说什么。太郎肯定让你吃了很多苦头吧？但这也是你工作的一部分。"

这话倒是没错。秀明只得闭嘴。

秀明本想借此机会说服老爷子，让他签下合同。毕竟新房的钱有一半是他出的。

然而，一看到老爷子那双毫无精神可言的眼睛，他便大失所望。他为什么要任由那个傻儿子摆布呢？讨儿子的欢心就那么重要？

"呃，您别怪我多嘴……"

秀明已经很久没有怒气上涌的感觉了。这家人为什么要这么捧着茄子田太郎？

"你想说什么？"

"茄子田老师真的有要建新房的打算吗？"

老爷子缓缓转向秀明，干巴巴的脸颊已经染上了浅浅的红色。

"为什么这么问？"

"说句不怕冒犯您的话……我觉得茄子田家的人都有些不对头。既然要建新房，为什么大家不能坐下来好好谈一谈？为什么所有事情都是茄子田老师说了算？他跟我说，他无时无刻不在为家人的幸福着想，可他真的是这么想的吗？大家真的幸福吗？大家为什么不直接告诉他自己有什么不满意的?"

老爷子愣愣地望着他。见状,他连忙打住。

只见老爷子抽了一张纸巾,擤了下鼻涕。把纸巾丢进垃圾桶后,他整了整身上的棉袍前襟,缩着头,好像很冷的样子。

"你误会我儿子了。"

"……啊?"

老爷子边倒酒边说:

"他的确是个任性妄为、无药可救的人。我这个当爹的也没什么好说的。那就是个人渣。"

秀明盯着老爷子的脸看。

"但他绝不会丢下我们不管。因为有他在,我们才能每天吃上饭,才能安安心心地过日子。"

"可那是……"

"全家上下正儿八经在工作的人只有他。我跟退休的人也没什么区别。"老爷子自嘲道,"你有个孩子是吧?"

秀明跪坐在被炉前,默默点头。

"是儿子吗?"

"不,是女儿。"

"哦……那你最好让老婆再生个儿子。"他醉醺醺地说道。

"呃……我家实在是养不起第二个了,"说完这句话后,秀明补充道,"不过看到慎吾这么可爱的孩子,我的确有想再要个儿子的念头。"

"是吧,是吧。"

"怎么说呢……他长得像妈妈,一看就是聪明的孩子。"

"不,他更像爸爸。"老爷子一边撕扯烟熏墨鱼,一边说道,"慎吾不是太郎的种。"

秀明一时间没反应过来。

"啊？"

"他不是太郎的孩子。跟太郎结婚的时候，绫子已经怀了其他男人的孩子。"

老爷子的口气是那么轻描淡写，那表情仿佛在说：你连这件事都不知道？秀明瞠目结舌，脑中响起刺耳的响声。

"……茄子田老师知不知道这件事？"

"当然知道。"

"那、那慎吾呢？"

"天晓得，那孩子聪明着呢。"

不知不觉中，老爷子把一瓶酒都喝完了。他伸了个大懒腰，趴在被炉上呼呼大睡起来。

从绿丘站出发，走上五分钟，就能看到一家职业介绍所。职介所门口有个小公园。真弓坐在公园的长椅上，喝着罐装咖啡。

北风掀起了衣角。真弓把脸埋在围巾里，瑟瑟发抖地喝咖啡。

她必须尽快拉四个人进公司。总部给的截止时间原本是去年年底。支部好说歹说，才争取到了更多的时间。支部长和真弓都使出了浑身解数，到处找人。

真弓给所有亲戚朋友打了电话，问遍了街坊邻居，还上街寻找看似悠闲的家庭主妇。然而，她还是找不到一个愿意去卖保险的人。

无奈之下，她只能来这儿碰运气。来职业介绍所的人肯定是想找工作的，但每家保险公司都是这么想的。保险公司潜伏在职介所里拉人曾一度成为严重的社会问题，所以真弓不能进去，只能等在门口，跟那些从里面出来的人搭话。

她今天一大早就过来了，接触了三个家庭主妇模样的女人。可真弓一提"卖保险"三个字,她们便绷着脸走开了。

这个小公园只有秋千和沙坑,但她还是看见公园里有个带着孩子的家庭主妇。今天的天气真不错,万里无云,但一刮风依然很冷。

喝完咖啡后,真弓起身把空罐子扔进垃圾桶,然后坐回长椅,蜷起身子,呆呆地看公园里的风景。

那你就跟他睡呗,多简单啊。

支部长的话在她耳边挥之不去。

前些天,茄子田表示"你要是跟我约会,我就在你这儿买保险"。真弓着实犯了愁。他所谓的"约会"必然不是看个电影、吃个饭那么简单。

换作半年前,她绝不会如此犹豫。要跟那种男人开房,她宁可不要什么合同。

但今时不同往日。要是能从茄子田和他的家人那儿拿到一笔大单子,下个月的工资就很可观了。和秀明的这场比试会直接决定她今后的人生走向。即便只输掉一块钱,她也会永远失去在外工作的机会。

然而,她实在无法鼓起勇气和那个茄子田上床。但转念一想,茄子田也是结了婚的人,既然他老婆忍得了,她或许也能忍得了。

可是……可是……

开始跟秀明交往后,真弓就没有和其他男人睡过。她对性爱本来就不太感兴趣。她虽然喜欢和爱人相拥而眠,但不会主动要求进一步的亲密举动,除非对方想要。她这辈子从来没有主动宽衣解带的念头。

一想到要在别的男人面前脱光衣服,真弓就毛骨悚然。她的熟人里的确有脚踏好几条船的女人,她也不歧视对方,只是纳闷:你们就不害怕吗?

真弓鼓起勇气，找支部长商量了一下。她也觉得这种事没什么好商量的，只是希望支部长能说一句，你没必要做到这个份上。

"那你就跟他睡呗，多简单啊。睡一觉就能拿到合同，不是很好吗？"

支部长说话的时候脸上竟然还带着笑。真弓惊得合不拢嘴。支部长继续说道：

"没结婚的年轻姑娘有顾虑也就罢了，可你都有孩子了。该做什么，不该做什么，你应该很清楚才对。"

真弓只能点头。她彻底懵了。结婚前，她在这方面也有不少经验，也不觉得自己多么冰清玉洁。可支部长也太看得开了吧。她真的不知道该怎么办好了。

也许是因为支部长没有亲眼见过茄子田，才说得出这种话——真弓起初是这么想的。后来她逐渐意识到，支部长以前肯定也经历过类似的事情。正因为跨过了这样的难关，她才能出人头地。

真弓捧着胳膊，拉紧大衣的衣领。套着薄丝袜的双腿冰凉冰凉的。她心想，明天开始一定要穿厚丝袜，不能再要风度不要温度了。

抱着宝宝的母亲坐在她眼前的秋千上，一脸百无聊赖。

这位母亲比真弓还要年轻，说她是还没结婚的白领估计也有人相信。她就这样抱着宝宝，轻轻荡着秋千。那落寞的侧脸看得真弓隐隐心痛。她仿佛看到了曾经的自己。

她并不认识那位母亲，自然不清楚她有什么心事。但她看上去真的一点都不幸福。

想当年，真弓常常故意带丽奈去离家比较远的公园，还专挑没有家庭主妇三五成群的那种冷清的小公园。待在家里固然郁闷，和街坊邻居聊些不痛不痒的话更让她难受。

丈夫休假在家，她也郁闷。丈夫回家晚了，她更郁闷。没有一分钟是开开心心的。

只有婚礼结束到女儿诞生的那几个月幸福得跟做梦一样。可女儿出生后，她就像被推进了地狱。

旁人肯定觉得她过得顺风顺水。她怀上了爱人的孩子，奉子成婚，自愿辞去了工作，还能有什么不满意的？

女儿是很可爱。她也觉得自己对女儿的爱无人能及。然而，带孩子意味着她不得不和一个根本无法用语言沟通的生物成天黏在一起。这种状态带来了超乎想象的痛苦。她简直成了孩子的奴隶。

丈夫秀明总是很晚才回家。真弓跟街坊邻居也聊不到一块儿。"你们自己想办法"是母亲的口头禅。偶尔给朋友打个电话，人家也很忙，不能老听她抱怨。

每天都过得郁闷极了。而这种郁闷也带来了沉重的负罪感。她应该很幸福才对，根本没有资格抱怨自己不幸福。

郁闷与愤怒日积月累，真弓忍无可忍，终于下定决心出门工作。而此时此刻，她正坐在隆冬季节的公园里瑟瑟发抖，苦苦等候走出职业介绍所的家庭主妇。

如果当初老老实实做她的家庭主妇，就不用在大冬天挨冻了。觉得冷，回家钻进被炉就是了。

然而，坐在秋千上的年轻妈妈并没有要回家的意思。她一手抱着宝宝，呆呆地仰望天空。

枫树的叶子早就掉光了。流浪汉模样的老人抱着膝盖，坐在树下。他对面的长椅上坐着一个弯腰驼背的老婆婆。他们都是无处可去的人。正因为无处可去，才会聚集在这座冷清的公园。

真弓感觉到了与社会脱节的危机，毅然决然地找了份工作。她不断告诉自己，我的选择没错。

应该没错。

至少,她现在能切实感觉到在用双手养活自己,不用看别人的脸色。如果她能战胜秀明,事情一定会有转机。

刚结婚的那几个月,她幸福极了。她感觉到自己被人爱着,被人保护着,什么都不用担心,等待她的是美好的未来。

事到如今,她逐渐意识到,正因为有过那段幸福的时光,现在才会如此痛苦。她做梦也没想到,自己竟会为幸福的过往而后悔。

突然,秋千上的母亲站了起来。她瞥了真弓一眼,就把宝宝放进婴儿车,朝公园门口走去。

真弓实在无法鼓起勇气问她,"你有没有兴趣来卖保险啊",也不好意思对人家说,"这份工作一定能带你走向幸福"。

她起身去买今天的第三罐咖啡。

森永祐子翻看着放在职业介绍所里的资料夹。

工作的种类多得数也数不清,架子上贴满了招聘启事。然而,祐子并不知道自己想做什么。

她在年底辞掉了格林建设的工作,奖金也到手了。存款虽然不多,但不至于立刻揭不开锅。听说她辞职后,父亲一脸凝重,母亲却说,休息半年也不错。

她本来没有必要急着找工作,但听说辞职后能拿到失业保险,就想过来看看情况。

要不去留学吧——她也有过这样的念头。她并不是特别想学外语,就是想做一件需要"狠下决心"的事。她总觉得这辈子从来没做过这样的决定。不对,也许对她来说,辞职就是一件需要狠下决心的事。

她再也不会去那栋样板房了。换言之,她再也不会见到佐藤秀明了。

一想到秀明，祐子的胸口就像灌了铅一样重。

他居然跟臭茄子的老婆有一腿……祐子紧咬下唇。

她还以为秀明是个为家人着想的老实人，以为他一定有个温柔可人的妻子，还有惹人怜爱的孩子，过着幸福快乐的生活。"不给孩子洗澡，我老婆会生气的"，在祐子听来，这句话就是在显示自己的夫妻关系是多么恩爱。

然而……

说实话，她的确是失望透顶。她也不知道秀明是怎么勾搭上茄子田太太的，反正他眼里从来就没有过祐子。她是个彻头彻尾的局外人。

祐子忽然想起在格林景观酒店见过的佐藤太太——我一点都不喜欢她。她的眼神特别高傲，满脸都写着"我是有工作的人"。娶了这么强势的女人回家，也难怪秀明要出轨。唉，为什么他的情人不是我呢？

想到这儿，祐子不禁苦笑起来。她意识到，自己的想法是自相矛盾的。

她合上资料夹，站起身来。她本以为失业保险很好办，谁知工作人员盘问了半天，搞得她很郁闷。

回去吧。回去吃点东西，睡一觉，干脆冬眠算了。一路睡到春暖花开，睡到心满意足，把不开心的事情都忘掉。

她边想边往外走。眼前的小公园里有通往车站的近路。

"啊……请问……"

走着走着，她忽然被一个女人叫住了。对方脖子上缠了好几圈围巾，像是非常冷。

好眼熟的脸……是不是原来的客户？祐子挤出一个微笑。就在这时，记忆浮现在脑海中——这不是佐藤太太吗？

"你是格林建设的吧?我们之前在酒店的寿司店见过一次。"

祐子一不小心笑了一下,对方立刻嬉皮笑脸起来。她连忙换回冷冰冰的表情。

"好巧呀,多谢你一直照顾我家秀明。"

"您客气了。"

"我上次都没问你叫什么名字呢,不好意思。"

佐藤太太的态度十分热情,搞得祐子有点恶心。

"……森永祐子。"

"哦,你叫祐子呀。之前你上司说你想辞职是不是?不会已经辞了吧?"

祐子很是窝火,真想扭头就走。

"你要是有时间,不如跟我一起喝杯茶聊聊天?能在这里碰到多不容易。"

什么叫"能在这里碰到多不容易"……我怎么偏偏在这种时候碰到了秀明的老婆?祐子诅咒着自己的霉运。

不过……见真弓面带微笑,祐子转念一想,喝个茶也行,反正有"话题"可聊。于是她点了点头。

"就这儿吧?"

森永祐子站在车站前的茶室门口问道。她和茄子田来过这里。不等真弓说"这间店太吵了,换一家吧",她就快步走进了店堂,真弓无奈只能跟上。

"我能点这个'热带特色芭菲'吗?"

祐子一坐下便问。

"可以啊……但这么冷的天,吃芭菲对身体不好吧?"

"我还年轻,不碍事。"

真弓心想，呵，那你就吃吧。为什么这个年纪的小姑娘总喜欢在年长的女人面前强调自己"年轻"？这不是在承认她们除了年轻一无是处吗？

真弓点了杯咖啡。芭菲的价格是咖啡的三倍。她不禁在心里啧了一声。这丫头真没常识。

"你已经辞职啦？"

"嗯，十二月底走的。"

"这样啊，我老公从来不跟我说公司的事，我都不知道。是因为工作太辛苦了，还是人际关系出了问题？"

"两方面的因素都有吧。"

"新工作有着落了吗？"

"还没呢。"

森永祐子冷冷地答着。真弓开始有些不快。

这时，服务员送来了芭菲和咖啡。祐子连一句"我开动了"都不说，拿起勺子就吃。真弓真不想拉这种人进公司，但还是强颜欢笑："那你对卖保险的工作感不感兴趣？"

"不感兴趣。"

"我一开始也是这么想的，但是做着做着，就觉得这份工作很有意思。"

"哦。"祐子大口大口吃着芭菲，没好气地答道。

"你就没有梦想吗？"

真弓思考片刻后，如此问道。听到"梦想"这个词，祐子停住了。

"梦想？"

"嗯，每个人心里肯定都有一个梦想。那你有没有为梦想做些什么呢？"

祐子凝视着吃到一半的芭菲。为什么大家对"梦想"这个词这么缺乏抵抗力？真弓觉得好笑。只要抛出这个词，听者就会动心。

"无论你有什么样的梦想，都需要金钱和时间来支持，对不对？与其干坐着，还不如跟我一起卖保险……"

"那你呢，你的梦想又是什么？"

祐子反问道。真弓不禁语塞。

"啊？"

"在问我之前，你先说说你有什么梦想呗。"

"我、我……"

"说呀。"

祐子问得这么起劲，搞得真弓一头雾水。她真不知道这个小姑娘在想什么。

"唔……我的梦想就是一家人开开心心地过日子。我希望女儿能健健康康长大成人，结婚生子，再给我生个外孙。做个可爱的老奶奶也挺好的。"

真弓随便敷衍道。话音刚落，祐子扑哧一声笑了。

"你傻啊。"

"啊？"

"我说，你是不是傻啊。"

祐子笑着说。真弓半张着嘴，愣住了。

"你这话是什么意思？"

"你知道你做这些美梦的时候，你老公在干什么吗？"

祐子话中有话。真弓顿时感到大脑中有一道电光闪过——她在暗示秀明有外遇！

"是你吗？"

"啊？"

"你不用跟我装傻，你就是那个外遇对象吗？我不生气，只是想知道真相而已。"

祐子甩了甩吃芭菲用的长勺子,咯咯地笑着说:

"看来你已经发现他出轨了呀。不过那个女人还真不是我。"

真弓心想,她应该没说谎。秀明一直不喜欢这种聒噪的姑娘,又怎么会勾搭她。

"是他客户的老婆,"祐子一字一句说道,"姓茄子田。你去查查呗,一查就知道了。"

真弓感到自己的指尖越来越凉。茄子田给她看过妻子的照片。她长得很漂亮,身材苗条,有一双温柔的眼睛。秀明很有可能跟那个人坠入了情网。一股悲伤汹涌而来。

强烈的妒意从脚底蹿上来。她头晕目眩,连气都喘不过来了。

"你不会认识那个臭茄子吧?"

祐子嘲弄道。真弓无言以对。

"是不是很受打击呀?"

祐子隔着桌子,盯着真弓的脸看。真弓真想抡起眼前的杯子泼她一脸。

"正好,我还有个问题想问你。"祐子的神情忽然严肃起来,"你究竟看上你老公哪一点?"

真弓抬眼望向祐子。

"你为什么要跟佐藤秀明结婚,跟他结婚有什么好处吗?"

真弓只觉得天旋地转,眼前这个比她年轻几岁的女人的脸仿佛在不停转圈。她连一个字都挤不出来。

"我也很喜欢他。"

"啊?"

"第一眼见到他的时候,我就喜欢上他了。他看上去很温柔,实际接触下来也的确是个很温柔的人。我知道他有家室,可还是忍不住。起初我可羡慕他老婆了。"祐子已经破罐子破摔,"我当时还想以后也要嫁个跟他一样又温柔又诚实,还处处替家人着想的人,建立一个和谐幸福的家庭。"

真弓总算调整好了自己的呼吸。她不断告诉自己,要冷静,要冷静。

"他一点也不诚实,也不是什么会为家人着想的人。"

真弓说道。祐子点了点头:"好像是。"

"可你有什么好失望的,你以后有的是机会找一个诚实的人。"

"世上真有这样的人吗?"

"肯定有。"

"就算有,人家也不一定会喜欢我啊。"

真弓忽然觉得,这个狂妄自大、不懂礼貌的女人简直跟小孩一样。不,她从一开始就是个幼稚的小孩。

"抱歉,我要回去了。"

祐子撂下吃到一半的芭菲,扬长而去,没有瞥一眼桌上的账单。

茄子田正忙着打扫浴室。佐藤秀明盯着他的后背直看。

茄子田把运动裤的裤脚卷到膝盖,专心致志地用刷子刷着澡盆。茄子田家的澡盆是传统的木桶,打理起来肯定很麻烦。秀明心想,他干吗不换成陶瓷浴缸或一体式卫浴?

今天的天气特别冷,下雪都不奇怪。他干吗偏偏选这种日子打扫浴室?秀明很是纳闷。

我就不懂了……

秀明杵在浴室门口心想。我的确是地位低微的销售员,可茄子田就不能先停一停吗?他怎么能傲慢成这样?

他为什么要撒谎,为什么要说自己跟绫子是奉子成婚的?他明知绫子肚子里的孩子不是他的,为什么还要娶她呢?

秀明真的不明白。茄子田家的所有人都让他摸不着头脑。

"你有什么事啊?"

茄子田突然问道。他还是背对着秀明。

"您考虑过合同的事情吗?"

秀明强忍着随时都可能爆发的情绪。无论如何,他一定要拿下这份合同。

近来他工作时总是心不在焉,几乎没开拓出什么新客户。和真弓的比试看的是一月到三月的工资。虽然他不觉得自己会输,可一份合同都没签下,总归还是有些不安。

"唔……"

"图纸给您画好了,报价也给您了,您和您的家人都没什么意见。据我所知,您在资金方面也不存在任何问题,那为何不趁早开工呢?现在签约,利息也比较低……"

这时,茄子田回过头来。他的鼻尖还沾着清洁剂的泡沫。

"不好意思……"

"啊?"

"建新房的事,我想搁置一段时间。"

茄子田飞快地说完这句话,又刷起了木桶。在尴尬的气氛中,秀明意识到他是想让这件事不了了之。

"为什么?您不是一直说想早点换个新房子住吗?不是一直说要为家里人建一栋新房子吗?"

秀明连珠炮似的问道。茄子田回头瞥了他一眼,又把手伸进运动服里挠了挠肚子。

"这到底是为什么?请您解释一下,我觉得我已经很有诚意了。您到底还有什么不满意的,是我做得还不够好吗?"

"不不，不是你的问题。"茄子田拿起一旁的毛巾擦了擦手，"实不相瞒，我想先买个保险……"

"保险？"

"嗯，寿险。全家一起买。"

秀明万万没想到事情会朝这个方向发展，惊得合不拢嘴。这个人怎么突然说起保险了？

"每个月的保费也是一笔不小的支出。要是又付保费，又付房贷，我们家就揭不开锅啦。"

"这、这也……"

"而且……说句大逆不道的话，我想了想，觉得等老人走了再建新房也不错。"

秀明惊愕不已，呆若木鸡。他实在没想到自己竟无法签下这个客户。

其他公司的销售员很早就放弃了茄子田家，因为大家都不喜欢难搞的客户。但格林建设不是什么大公司，造的房子也没什么特色。上司总是教导秀明要把握好这种客户，提供最周到的服务。他也不觉得公司的方针有什么问题。

所以秀明在茄子田身上花了很多心思——他从来没有在一个客户身上花过这么多心思。他虽然很讨厌茄子田这个人，可打了这么长时间的交道，他竟产生了一种奇妙的亲切感，铆足了劲要建一栋让茄子田心服口服的房子，在他面前争口气。

秀明感觉自己遭到了莫大的背叛。不，他跟茄子田自始至终就没有建立起什么"信赖关系"，即便如此，秀明还是觉得他背叛了自己。

"而且,那个卖保险的大妈……哦，现在都叫'销售员'是吧？"茄子田坐在浴室的小板凳上，掏出胸前口袋里的烟，点了一根，"那个销售员还挺有两把刷子的。不瞒你说，我原来从来没有过要买人寿保险的念头。"

他很享受地吐出一口烟。

"来我这儿推销的那个小姑娘……啊，这年头的保险推销员可不都是大妈，很年轻的人也在做，真是今时不同往日呀。那姑娘年纪轻轻，却已经离婚了，还带着个孩子。"

秀明注视着茄子田那乐呵呵的表情。

"她对我特别热情，大概是生活所迫吧。啊，我也不是说你不热情……"他自顾自笑了两声，"她经常到学校来找我，又是请我吃饭，又是对我抛媚眼，还会笑嘻嘻地说，'当茄子田老师的太太可真幸福呀'，太可爱了！当然啦，我不是为了她才想买保险，只是她有几句话说得特别到位，我就这么被她说动了。你猜她跟我说什么了？"

秀明默默摇头。看着茄子田动个不停的嘴唇，他都觉得有些反胃了。

"她问，'茄子田老师，您决定要跟太太结婚的时候，是怎么跟岳父岳母说的？'你当年是怎么说的呀？"

秀明虽然窝火，但还是回答：

"'我一定会让她幸福的'……"

茄子田猛拍膝盖。

"是吧，我也是这么说的。我也说了'我一定会让她幸福的'。这就是男人的千金一诺嘛。所以我想，还是得给她买份保险。"

茄子田越说越起劲，秀明却攥紧了拳头。

绫子哪里幸福了？

秀明真想高喊着这句话，狠狠揍他一拳，踹一脚那凸出来的大肚子，对准那长满肥肉的脸打上一巴掌，抡起快被水泡烂的木桶砸他的脑袋。

"所以嘛……不好意思,我也觉得挺对不起你。反正我爸妈也没几年可活了,到时候如果你还在格林建设,我一定找你签合同。"

说完,茄子田站起身来,拍了拍秀明的肩膀,快步从他身边走过,像是要开溜。

秀明总觉得哪里不对。他对茄子田的背影说道:"请问……"

"嗯?"

茄子田回过头来,那表情仿佛在说,你小子还有意见不成。

"来拜访您的保险销售员是……"

"嗯,是绿叶人寿的。啊,说起来绿叶人寿也是绿山集团下面的。那个销售员叫真弓,你认识吗?"

秀明倒吸一口气。他头晕目眩,直想吐。

见秀明一言不发,茄子田十分不悦地背过身去,出了浴室。

秀明缓缓瘫坐在浴室门口,浑身上下都没力气。他靠在一旁的洗衣机上。掌心渗出了冷汗。

他真的要吐了,抬手捂住了嘴。

"秀明?"背后传来了绫子的声音,"你怎么了?"

"……我不太舒服。"

"啊?"

"我要吐了,怎么办……"

"你、你等等。"

绫子冲进浴室,取来一个塑料脸盆。秀明一接过脸盆就吐了起来。

"没事吧?你没事吧?"绫子一边问,一边轻抚秀明的后背。她越是这样,秀明就越恶心,但他已经没有力气推开绫子的手。

吐完后,秀明拿起挂在洗衣机上的毛巾擦了擦嘴。他的胃像是被人用榔头砸了一下似的,疼痛难忍。

他闭上双眼,妻子真弓的面容浮现在眼前。刚认识时美丽动人的真弓,女儿出生时那张充满力量、无比骄傲的笑脸……可不是嘛,真弓看上去弱不禁风,其实很强大。她有本事把自己的任性坚持到底,想要什么都会开口说出来。

绫子收拾好脸盆,走回秀明身边,显得十分困惑。

"秀明,你没事吧?"

秀明一把抓住她的手腕,把她拉到自己跟前。她吃了一惊,扑到秀明怀中。

"别这样,这可是在我家啊!"

"是谁的孩子……"

秀明的问题让绫子瞠目结舌。

"慎吾是谁的孩子?到底是怎么回事?你为什么不告诉我?"

绫子用惊恐万分的眼神看着不停质问的秀明,颤抖的双手攥着围裙的衣角。

"还在家里呢,别这样……"

"告诉我,他到底是谁的孩子!"

"你知道了又能怎么样?这事跟你完全没关系。"

绫子挤出这句话来。秀明也不知道她的颤抖是来源于愤怒,还是恐惧。

"有关系。"秀明总算站起来了,"我有件事要你帮忙……"

绫子瞥了走廊一眼,像是在找机会溜走。

"我必须拿下这份合同……"

"秀明?"

"求你了,我一定要拿到你家的合同。你能不能帮帮我?!"

绫子看着秀明,面如菜色。秀明再次抓住她的手,将她紧紧拥入怀中。

"求你了，帮帮我好不好？"

绫子没有作答。她用尽全身的力气推开秀明的胸膛，头也不回地逃走了。

叶山夏彦正在绿丘站附近的茶室和朋友喝咖啡。

同学们热火朝天地聊着八卦，据说全年级最漂亮的女生开始跟棒球队的王牌投手交往了。夏彦坐在他们中间，一言不发。

茄子田是他的班主任。之前拜访过班主任的绿叶人寿销售员就坐在他背后的座位上。

同学们聊的东西肯定没营养，他无意中听起了销售员和她对面那个女人的谈话。

茄子田的老婆居然在跟销售员的老公搞婚外恋。

夏彦挠了挠人中，耸了耸肩。这事虽然跟他没关系，但用来威胁那个傻茄子田倒是正好。

想到这儿，夏彦忽然笑了。其实他根本没必要要挟茄子田。他的成绩是全校数一数二的，祖父又是学校的理事长。虽然他偶尔也会违反校规，但从来没有会被抓到的出格举动。

同学们聊的事情很无聊，大人们谈的东西也好不到哪儿去。

"就没点更有意思的事情吗……"

夏彦幽幽地说道。听到这话，同学们立刻不吱声了，纷纷露出一脸愁容。

"对了，谁带了这周的《JUMP》？我还没看呢。"

夏彦问道。一个同学起劲地举手回答："我有！"其他人像是都松了口气。

"能借我一下吗？"

"我已经看过了，送你好了。"

那个同学略显得意地说。夏彦接过杂志，微笑着说："谢啦。我还有点事，先走了，不好意思。"

他将自己那份钱放在桌上，甩掉同学们的视线，离席走人。

他在店门口的公交车站找到了一个垃圾桶，将漫画杂志往里一扔。其实他弟弟也买这本杂志。杂志上市那天他就看过了。

要不回家做补习班的习题集好了，夏彦迈开步子。

他很喜欢学习，所以成绩很好。同学们都很喜欢他。这也是因为他生长在一个富裕而幸福的家庭，养成了悠然自得的性子。"有钱人的家庭生活必然不幸"只是普通人的幻想而已。

他毕竟是富家少爷，多多少少有些狂妄任性。不过在大多数情况下，他待人还是非常彬彬有礼的，性格也不乖僻。他从小到大都没被人欺负过，什么都不用做，也能成为班里最受欢迎的人。

夏彦走在傍晚的人潮中，心想，好无聊啊。

最近他开始觉得每天的生活都无聊极了。

长大后，绿山集团总有一天会由他接手。当然，他知道自己也需要付出一定的努力，但也相信自己有努力的天赋。

就像是在一条没什么车流量的三车道大马路上开车一样。不闯红灯，小心路人，在没有交警的地方可以开快点。然而这一切对他来说都太简单了。

真无聊。

绿山集团的现任会长是他的祖父。祖父很喜欢他，他也喜欢祖父。老人家风流潇洒，特别会说话，性格温和却不失派头。前些天，祖父还把他的情妇介绍给了夏彦，说"别人才不介绍呢"。他们三个人一起在格林景观酒店吃了一顿饭。

那是个四十岁上下的中年女人，长了一张鹅蛋脸，看起来还挺温柔的。据说她是绿叶人寿绿丘支部的支部长。

夏彦对异性几乎没什么兴趣，但他觉得这个中年女人比同学们追捧的校花更"可爱"。他朦朦胧胧地想，等自己到了祖父这个年纪，大概也会找一个她这样的情妇吧。

好无聊啊。夏彦还是觉得无聊。

可是这条路再无聊，他也没有兴致换一条别的路走。只要他有心，要当律师或医生肯定不是什么难事，然而他没有从事这些职业的激情。既然没有激情，又怎么可能为之奋斗呢。

"我最不高兴的，就是没有什么不高兴的"——他知道这句话是不能说出口的，因为这是所谓的"奢侈的烦恼"。和班主任茄子田比一比就知道了。学生们都没把他放在眼里，他一辈子都翻不了身。

话说回来，慎吾今天好像要来家里玩。一想到慎吾，夏彦便露出了笑容。

慎吾是夏彦的弟弟秋由通过补习班结识的朋友。他第一次来叶山家做客的时候，夏彦得知他是茄子田的儿子，一度对他敬而远之。可是聊过之后，他发现这孩子聪明得很。

无论是什么游戏，慎吾打起来都得心应手。夏彦毕竟比他年长四岁，多数情况下，笑到最后的还是他，但他觉得和慎吾打游戏是一件很享受的事。

那家伙真是一点都不像他爸。比起亲弟弟秋由，夏彦反而更喜欢慎吾。

"他是投错了胎……"

夏彦自言自语，笑了笑，在回家的路上跑了起来。

9

那天晚上，茄子田绫子卧病在床。她发烧了。

她过年前就感冒了，一直没好，发了好久的低烧。今晚都快烧到三十九度了。

她浑身打着寒战，在被窝里抱紧自己的身体，抖个不停。

"妈妈？"

听到喊声，绫子睁开紧闭的双眼，只见慎吾正忧心忡忡地往屋里张望。

"你冷吗？"

"嗯……能不能帮妈妈再拿一条毛毯？"

"好，等等。"

慎吾拉开壁橱，拿出一条给客人用的毛毯。绫子望着儿子的背影。修长的背脊，长长的腿，一对略大的耳朵藏在短发下面。

"你饿不饿？要不我让奶奶熬粥给你喝吧？"

慎吾一边给妈妈盖毛毯，一边问道。

"不用了，妈妈一点都不想吃东西……"

"真的不想吃吗？要是不想让奶奶做，我可以帮你做。"

"不是，妈妈是真的不想吃。到明天早上就好了，到时候你再帮我做好不好？"

坐在枕边的慎吾点了点头，起身关了灯，走出房间。绫子再次闭上眼睛。

秀明……绫子默默呼唤他的名字，一遍又一遍，一遍又一遍。

那番话到底是什么意思？绫子用晕乎乎的脑袋拼命思考。

你能不能帮帮我啊？我一定要拿到你家的合同。有关系。慎吾的爸爸是谁，跟我也有关系。

这话到底是什么意思？我到底该怎么办？

慎吾的亲生父亲是绫子的姐夫。

她的姐姐是个活泼开朗的人，而姐姐相中的却是一个温厚老实的男人。绫子偏偏就恋上了温柔的姐夫。

从上小学到高中毕业，绫子一直是同学们欺凌的对象，上小学和初中的时候是拳打脚踢、恶言相向，到了高中则是彻底的无视。

她想破脑袋也没想明白，为什么自己这么招人讨厌。起初，她总能和大家打成一片。可没过多久，她就会受到周围人的非难：烦人，没有自己的意见，低三下四不要脸。

念完高中后，绫子听从父母的意见没有继续上学，而是留在家里帮忙做家务。为家人准备饭菜，打扫卫生，成天都不用出门，这样的日子真是舒心到让她几乎要哭出来。她真想一辈子和家人平静地生活在一起。

就在这时，比她大五岁的姐姐订婚了。未婚夫是个性格温和的人。他平时一个人住，经常来家里吃饭，到了周末还会留下过夜。

十九岁的绫子第一次对一个男人产生了超越"好感"的情愫。上学时，她也暗恋过别人，也收过别人的情书，被人告白过。可是一想到同学们对自己的看法，她就不敢交男朋友。

她很清楚，对方是姐姐的未婚夫。姐姐的活泼开朗多少让她有些无所适从,但她并不讨厌姐姐。

这辈子第一个热恋的人,竟是姐姐的男朋友。这件事着实令人悲伤。但换个角度看,这也意味着她能和这个人做一辈子家人。想到这儿,她甚至有些暗暗的欣喜。

然而,眼看着婚礼的日子越来越近。绫子心潮起伏——一次就够了。她想和他单独相处,约一次会,牵一牵手,感受他的双唇。就一次也好。

姐夫大概也看出了她的心事。他对绫子说,我要给你姐姐挑一份生日礼物,你能不能跟我一起去?

绫子觉得那是她人生中最美好的一天。自己再也不会有那么美好的经历了。

买完东西后,他们开车去兜风,在冬天的海边吃陶壶烤海螺。在凉凉的海风中,他们手牵手在沙滩上散步,然后进了海边的酒店。绫子甚至觉得自己成了电影的女主角。

两人约定,下不为例。从第二天起,他又变回了温柔的姐夫。绫子咬紧牙关用笑容相待。姐姐婚礼那天,她也没有掉一滴眼泪。

婚礼一周后,她发现自己可能有了身孕。姐姐和姐夫还在度蜜月。绫子独自前往离家很远的妇产科诊所,得知自己真的怀孕了。

绫子还记得,自己当时分外冷静。她暗暗发誓,一定要把这个孩子生下来,因为这是她靠自己的力量得到的第一件东西。

"你这孩子,与其出去上班,还不如找个好男人嫁了,这样你还能过得幸福一点。"这是她父母的口头禅。他们也经常拿相亲的照片回家。

绫子从那些照片里挑了一个看上去最没有女人缘的人。她认定有女人缘的男人应该不会很善良。她希望找一个善良的人当孩子的父亲。这也是她唯一的要求——善良的男人,会把家人的幸福放在第一位的男人。

然后她和茄子田见面了。不用说,对方立刻表示愿意和她进一步接触。绫子在第二次约会时告诉茄子田,她怀着别人的孩子,但没有说孩子的父亲是谁。

茄子田好像受了很大的打击,但他什么都没说就回去了。绫子还以为,茄子田肯定会通过父母跟她家抗议,"怎么能让一个已经有身孕的女人出来相亲"。她甚至觉得这样也好。当时她无所畏惧,真是不可思议。

无论发生什么事,无论大家说什么,她都要把肚子里的孩子生下来。而且她也没打算交代孩子的父亲是谁。

第二天,茄子田找上门来。当时他的表情严肃得可怕,就好像刚刚下了很大的决心。然后,他鞠着躬,对绫子的父母说:"我一定会让她幸福的。"

当晚,绫子就跟茄子田上床了。他一遍又一遍地跟绫子说:"就当这孩子是今晚怀上的,把那些事统统忘掉吧。"绫子紧紧抱住他。她打心底觉得,自己下半辈子会一直爱这个人。

公婆发现慎吾不是亲生的,是因为血型不对——茄子田和绫子不可能生出慎吾这个血型的孩子。婆婆一看到母子健康手册,就察觉到了异样。

茄子田经不住父母的质问,把真相和盘托出。但他一直在帮绫子说话——管他是谁的种,只要是绫子生的,就是我的孩子。如果你们无论如何都不肯接纳这个孩子,那我就带着绫子搬走。听到这句话,公婆只得接受这个孙子。

后来,婆婆再三逼问绫子,让她交代孩子的亲生父亲。她说,只要你老实交代,只要那个人是正经人,我就认这个孙子。绫子最后还是说了,但她要求婆婆别把这件事告诉家里人。

这一说，绫子就再也回不了娘家了。

事到如今，与姐夫的这段恋情已经成了美好的回忆。她偶尔在亲戚的聚会上见到姐夫。然而，他比当年足足胖了二十公斤，已经无法勾起绫子的恋慕之情。连姐夫才是慎吾的亲生父亲，她都快忘得一干二净了。

可秀明怎么突然说起这个了呢？是谁跟他说的？

莫非是婆婆？也许婆婆瞧出了她跟秀明的关系，想从中作梗。为什么她总要跟我对着干，为什么就喜欢破坏别人的幸福？

绫子又抖了起来，在被窝里蜷成一团。秀明……她再次在心中喃喃。

有关系。求你了。

他的话在脑海中响个不停。

好想帮他。好想为他尽一份力。也希望他能帮我一把，把我救出来。

想到这儿，绫子突然睁开眼睛。

她之前一直很悲观，可秀明说不定有接纳她的打算。

要跟现在的妻子离婚，就得付精神损失费和孩子的抚养费。要是争取不到新合同，他的工资就要打折扣了。那他能不发愁吗？

啊，原来是这样。秀明会跟我结婚的。一定会的。

绫子缓缓坐起身来。她刚才还冷得在生死边缘徘徊，现在却热得浑身冒汗。她用睡衣的袖口擦了擦身上的汗水。

日子再穷也不怕，只要儿子们、秀明和我能一起生活，就是幸福的。对了，他的女儿也可以由我抚养。女孩肯定有和男孩不一样的可爱之处。对，就这么办。听说秀明的妻子不喜欢做家务，总是在忙工作，这么做不就皆大欢喜了吗？

绫子无意中瞥见挂在墙上的日历。这个月的例假还没来。

也许是怀孕了,绫子笑逐颜开。是秀明的孩子。等这个孩子出生,家里就有四个孩子了。一定会很热闹,很开心的。

"得让爸爸加油工作呀……"

绫子边说边抚摸平坦的小腹。

"绫子?"

突然,纸门外传来男人的声音。绫子条件反射般掀起被子,钻了进去。

"还烧着吗?我拿水袋过来了。"

是谁?这是谁的声音!寒气再度袭来,绫子抖得更厉害了。

男人的手隔着被子碰到了绫子的肩膀。她不禁发出一声惨叫。

绫子突然尖叫起来,吓得太郎把水袋摔在了地上。睡在隔壁房间的儿子们连忙冲了过来。

"怎么了?是妈妈在叫吗?"

"没事没事,屋里太暗了,爸爸不小心踩到了妈妈的脚。"

"搞什么,别吓人好不好……"

儿子们嘟囔着回房去了。太郎尴尬地坐在妻子枕边。被窝里的绫子瑟瑟发抖。

"绫子,你这是怎么了?"

"……原来是你啊。"

被窝中传出绫子闷闷的声音。

"是啊,是我。你是不是做噩梦了?"

"……好像是。"

"还烧着吗?再量量体温吧。"

说着,太郎把温度计递过去。绫子从被窝里探出头来,满脸通红,看上去好像烧得很厉害。

绫子接过温度计含在嘴里，却没有坐起来。茄子田看着她草莓般鲜嫩的嘴唇、紧闭的眼皮、长长的睫毛。

太郎有了欲望。要是她没发烧，他早就钻进被窝了。他都想不起上一次过夫妻生活是什么时候了。

他感觉妻子这几个月一直躲着他。他们俩的被窝并排铺在同一个房间，他要硬来也是可以的。可绫子最近总是瞅准他快睡着的时候进屋，害得他一再错过时机。婚后，他们始终保持着每周一次夫妻生活的频率，可现在已经变成一个月一次了。

时间一到，太郎把绫子嘴里的温度计拿出来。她几乎烧到了三十九度。

"要不要去医院？"

"不用了，我不是很难受，明天就好了。"

"哦……那你想吃什么东西吗？要不拿个橘子罐头给你？"

绫子缓缓起身。

"哎，躺着躺着！"

"我想住新房子。"

"啊？"

"别买保险了。我想住新房子。只要建了新房子，什么都会好的！"

绫子水灵灵的大眼睛直视着太郎的脸，他却疑惑地打量着妻子。他感觉，这好像是妻子第一次明确表达自己的想法。

那天早上，佐藤真弓一到支部就傻了眼。

支部来了四个新人。她们在晨会上进行了自我介绍。有二十多岁的年轻人，也有五十多岁的大妈，年龄参差不齐，但个个都没什么干劲，一看就是"被拉进来的"。

晨会开到一半，真弓戳了戳身旁的人问："她们是谁找来的？"

"还能是谁呀,当然是支部长啦。"对方轻声回答。

"可……支部长能一次找四个人来?"

"她可是支部长啊,有这本事也没啥好奇怪的。"

也是。真弓点了点头。支部长兴许真有这么大的本事。不过她总觉得心里过意不去,因为她嘴上说"包在我身上",到头来却一个人都没拉到,实在有点难堪。

而且她现在绝对不能惹怒支部长。支部长答应真弓,要分几笔单子给她。当然,真弓自己也在努力拉客户,可光靠自己的力量,总归不放心。

晨会结束后,新人们就去总公司参加培训了。其他销售员也出去跑业务。真弓慢吞吞地走到支部长的办公桌前,叫道:"支部长……"

"哦,是真弓啊,怎么啦?"

支部长一边整理桌上的文件,一边露出爽朗的笑容。

"话说那些新人……"

"嗯,好容易才把人数凑齐。谢谢你帮我找人。"

"瞧您说的……我觉得自己完全没帮上忙,太不好意思了。"

"没事,我知道你努力过了。我们支部以后还得靠你呢,别这么消沉嘛。"

"可……"

"钱的事你不用担心,"支部长耸了耸肩,"你一定要赢过你老公,不是吗?对了,上星期我拿了个五千万的单子,让给你吧。这样应该够了吧。"

支部长撑着脑袋,抬头看着真弓的脸。她的笑容中洋溢着优越感,真弓不禁倒吸一口冷气。

多亏支部长的帮助,她也许能赢过秀明。她明明没有完成支长交代的任务，但支部长还是帮了她一把，是她的大恩人。但她感到一种不快的情绪在心底油然而生。

"真弓啊，"支部长靠着椅子的扶手，用讨好男人的姿势望着真弓，说，"等你赢了这场荒唐的比试，就跟你老公离婚吧。"

"……啊？"

"你好好想想，一个连工作都做不好的男人，怎么可能管好一个家。"支部长像孩子一样坐在椅子上转了一圈，"你何必费功夫养这么个窝囊废？无论是工作还是带孩子，这样的男人都只会碍你的事。让这样一个废物去抚养你的宝贝，孩子能好吗？别委屈了孩子，也别委屈了你自己。"

支部长说起这番话来像唱歌一样。

"你还不如干脆跟他离婚，狠狠要一笔精神损失费和抚养费。到时候，你就能把孩子送进更好的托儿所了，不是吗？我知道一家很不错的托儿所，虽然费用有点贵，但是有早教课。把孩子送去那边上课，一定能考进水准一流的私立幼儿园。这样你就能在我们这儿做全职了。还有更两全其美的办法吗？"

支部长像个天真的少女般歪着脑袋，看着真弓。真弓不知道该说什么才好，总觉得有什么东西在扎她的心。然而，她一时间也说不出造成这股难忍的疼痛的原因。

"啊，糟了，我还约了人呢！"支部长看了眼手表，起身说，"别愁眉苦脸啦，有什么心事可以随时找我商量。今天也要好好干！"

她拿起大衣和手提包，拍了拍真弓的肩膀，扬长而去。目送她远去后，真弓一屁股坐在她的办公椅上。她用手肘撑着办公桌，把头发挠得乱七八糟。

她气极了，真想把桌上的笔筒和咖啡杯通通扔在地上，砸个粉碎。

为什么呢？真弓缓缓吸气，想让自己冷静下来。

支部长说得没错。也许只有离开秀明这样的男人,才能过得更幸福。

他就是个废物,一点主见也没有,总是随波逐流,也没有远大的目标和努力的方向。说他是得过且过,今朝有酒今朝醉,好像也不对。反正他浑身上下没有一点雄心。

而秀明认定,这是真弓造成的。因为真弓怀孕,他不得不结婚,不得不为了家人工作。真弓的确促成了这些事,但她想要的并不是"被逼无奈当了父亲的秀明"。

她真正想要的,是初见时那个开朗温柔的秀明。他聊起电影时滔滔不绝的模样,约真弓去酒店时腼腆的表情……真弓的确爱那时的秀明。

但是秀明变了,变成了一个窝囊废。不,也许他本来就是个窝囊废,但夺走他"生机"的人,兴许就是真弓自己。

也许秀明在和那个茄子田太太约会时,会变回原来的模样。在那位美人面前,他也许能重焕生机、神气活现。一想到这儿,真弓便妒火中烧,坐立不安。

她的丈夫就是一个窝囊废。他竟然还瞒着妻子,从父母手里骗钱。

然而,外人一旦挑明这个事实,她就气得不行。一个外人凭什么说这种话?莫非支部长真是在为我的幸福着想?

真弓紧咬下唇。不,不是的。

支部长是怕真弓辞职,才会帮忙。只要对她有好处,劝别人离婚也在所不惜。真弓强烈地感觉到,支部长就是这样一个人。

想到这儿,真弓不禁轻轻摇头。是不是太多心了?支部长是她的大恩人,她也打心底感激人家。正因为支部长对她关照有加,悉心栽培,她才会产生"一直干下去"的想法。她坚信自己有朝一日也能成为支部长。而且她也没有资格责怪支部长有心机——她自己也是步步为营。

这时,支部的大门突然开了。真弓和走进屋里的女人视线相交。

"真弓,你什么时候当上支部长啦?"来人开着玩笑。

"桦木姐。"

"早啊,好久不见。"

"真是好久不见了,你怎么来了?"

真弓连忙起身。那场大吵之后,桦木再也没有来过支部,真弓也一直没见到她,所以有点迷惑。桦木倒是面带笑容。

"哎呀,我不是还有东西放在这儿吗?昨天行政的人给我打电话,说支部进了新人,让我把柜子清空。"

"原来是这样啊……"

桦木好像又胖了。

"对不起……我不知道该说什么才好。"

"算啦,不是你的错。"

"可是……"

"好啦好啦。"桦木爽朗地拍了拍真弓的肩膀,"我真的不怪你。仔细想想,我大概一直在等一个辞职的机会。其实我早就有了辞职的念头,所以那时才会一下子爆发出来。"

桦木哈哈大笑,走向放储物柜的房间。真弓也跟了过去。

"你跟我说一声就行了嘛,不用自己特地跑一趟。"

桦木打开自己用过的储物柜,把里面的东西拿出来。其实柜子里也没装什么,就是鞋子和备用的丝袜之类的。

"嗯,行政的人也是这么跟我说。但我走的时候不是闹得很不愉快嘛,都没跟大家好好道别……虽然事情过去这么久了,我还是想好好打个招呼。"

真弓心想,桦木在这方面的确有些讲究。这么好的一位前辈走了，她着实觉得遗憾。有桦木在，干起活来一定更有底气。

"桦木姐，你真的不打算回来了吗？"

真弓轻声问道。桦木回过头说："嗯，我已经找到新工作了。"

"保险公司？"

"不是，是普通的行政工作。"桦木关上储物柜，拍拍手上的灰，"卖保险的确很有意思，也能学到很多东西，工资也不错。说句不太好听的话，要不是那个人坐在支部长的位子上，我说不定不会这么早走。"

"要不是那个人坐在支部长的位子上"——桦木说这句话时皱起了眉头。她一直看支部长不顺眼，莫非跟支部长有什么矛盾？

"你为什么这么讨厌支部长？她做过很过分的事情吗？"

真弓的问题着实单纯。桦木耸了耸肩，笑着说：

"也没什么特别的原因。能当上支部长的人，肯定都不会太干净，哪儿都一样。"

"那你为什么……"

桦木盯着真弓的脸看了一会儿，开口问："你不会不知道吧？"

"不知道什么？"

"支部长的事。"

"支部长的什么事？"

真弓与桦木对视片刻。桦木观察着真弓的眼神，说道："绿山集团的会长。"

"会长怎么了？"

"她是绿山集团会长的情妇。"

真弓看着桦木的口型……情妇。

"这件事……大家都知道吗？"

"嗯，算是人尽皆知的秘密吧。"

"为、为什么……为什么只有我不知道?他们是从什么时候开始的?我进公司之前就有了吗?"

惊愕涌上心头,真弓不禁连连追问。

"你问我'为什么',我也……都是很久以前的事了,也不是什么秘密,所以大家都没有特意跟你提吧。"

桦木冷静地说着自己的见解。真弓晃晃悠悠地坐到一旁供人休息的沙发上。

"你不会是被吓到了吧?"

真弓木木地看着地板上的花纹。

"哎,你别误会,她给谁当情妇,我是无所谓,关键不在这儿。"桦木蹲下来,看着真弓的脸说,"我最看不惯的是,她是个富家大小姐。"

"大小姐?"

"是啊,爱川家是富甲一方的大家族。在绿山铁道开通前,这一带的土地和山头都是爱川家名下的。绿山铁道一来,他们就把地皮高价卖给了人家。"桦木用鼻子出了一口气,"你知不知道她家什么样?去亲眼瞧瞧吧,那就是宫殿,宫殿!她老跟我们夸耀自己离了婚,还含辛茹苦地抚养孩子,可她家有两个保姆,根本不用她动手做家务。也难怪她能把这么多精力放在工作上。"

"不、不会吧……"

"怎么不会。我告诉你,她当上支部长前,我就认识她了。当时她签下的合同不知有多少。可那并不是她努力的结果。她只要跑一跑自家爹妈的客户就行了。人家肯定不能拒绝啊。勾搭上绿山集团的会长后,她更是如鱼得水了,不仅有娘家的关系,还有绿山集团的人脉可用。这样的人当不上支部长才怪。"

听桦木说到这儿,真弓感觉自己一阵阵耳鸣。

啊，这就对了。如果桦木说的是真的，那一切都说得通了！在格林景观餐厅，她总摆出一副"老主顾"的态度。那落落大方的态度、少女般天真的残酷，都符合她"千金小姐"的身份。

"就算人家是千金小姐，只要正儿八经干活，那我也无话可说。可她呢？自己从来不努力，却天天让别人完成指标，争取不到客户，还要对你冷嘲热讽……我当初也劝过自己，她爱怎么样随她去，我做好自己的工作就行了。可忍到最后，我大概还是忍不下去了。"

真弓突然想起了一件事。她把手搭在桦木的肩上，问道：

"话说，今天支部一下来了四个新人，还都是她带来的……"

不等真弓说完，桦木便冷笑道："呵，又来啦。"

"又？"

"这种事已经有过很多次了。她每次拉不到人，就会求爹妈和情人帮忙找。新来的那些人都是说好只干一年，要不了多久就会辞职走人。"

"怎么能这样……"

真弓无言以对。桦木缓缓抚摸真弓的脑袋。

"你之前不是说想变成支部长那样吗？"

她温柔地抚弄着真弓的头发。

"你肯定不行的。你们的出身就不一样。"

"……是啊。"

第一次见到支部长，真弓就觉得她有些"与众不同"。没想到她的"与众不同"并不是工作才能，而是有强大的靠山。

"我说这话可能不太合适，"桦木像慈母一般轻抚真弓的脸颊，"你要是真有干劲，就给我好好干，把那个女人赶出去！"

"我哪有这个能耐……我没有家财万贯的爹妈，也没有那么厉害的情人。"

"你放心,他们这种人也不会事事顺心的。工作这个东西啊,就是一分耕耘一分收获。"

"真的吗?"

"大概吧。"

说着,桦木收回了手。她嘿哟一声背上包。

"你是不是想辞职啦?"

桦木拉开储物室的房门,对茫然若失的真弓问道。可真弓实在答不上来。

周日,秀明因为感冒请了病假。

过年前他就有点感冒。今天早上,他觉得浑身无力,一量体温,原来有三十七度半。

一听说丈夫今天要休病假,真弓一脸不快。秀明也觉得窝火,把自己锁在卧室里睡了整整一上午,都没有下过床。

真弓好像用吸尘器打扫过了,还洗了衣服。电器的声音安静下来后,他又听见了开门声。她大概带着丽奈买东西去了。

秀明饥肠辘辘,不得不穿着睡衣来到客厅。客厅收拾得干干净净,就像是故意收拾给他看的。他抬起手,挠了挠胸口。

厨房的餐桌也收拾过了。秀明打开冰箱门一看,里面还是空荡荡的。他翻了翻冷冻室,找到了几个肉包,拿出其中一个,用保鲜膜包好放进微波炉。

他坐在厨房的椅子上,呆呆地望着在微波炉里转圈的肉包,新婚时的回忆浮现在眼前。

刚结婚那会儿,秀明也发过一次烧。那时真弓是无微不至,忙前忙后。她给秀明做了牛奶粥,还拿了一套新的睡衣给他换上,每隔两小时就给他量一次体温。一个人怎么能有这么大的变化?对了，那牛奶粥还挺好吃的。她到底是怎么做的？

加热后的肉包热得烫手。秀明只能泡一壶茶，等肉包凉下来再吃。

他抬眼看了看墙上的日历。已经是二月中旬。要是这个月拿不到茄子田家的合同，下个月就没有奖金可拿了。他跟真弓的比试，看的就是下个月底之前的工资。

秀明忽然想起前些天对绫子说过的话。他后悔极了，怎么说了那种话呢？那天之后，他一直没有联系过绫子，绫子也没有联系他。

帮帮我。我要你家的合同。

他当时很慌乱，可这话实在是太过分了。绫子甚至可以理解成秀明要跟她分手。她究竟是怎么理解的呢？是不是大为震惊，对他大失所望？难怪她这几天都杳无音讯。

不过秀明真没想到真弓还去找过茄子田。她知不知道茄子田是丈夫的客户呢？

直觉告诉他，真弓大概是知道的。他应该没跟真弓提过茄子田，但真弓恐怕更早察觉到他们俩有同一个潜在客户，然后就开始"动手脚"了。

秀明把茶杯放在桌上。

下个月底的工资一出，他们就要分出胜负。秀明的自信连原先的一半都没有了。搞不好他真的会输。

要是输了，他要怎么办呢？真要遵守承诺当个家庭煮夫吗？

然而，要是他真的辞职，真弓又打算怎么办？她现在的工资肯定养不活三个人。她到底有什么打算，真想当家里的顶梁柱？

秀明盯着从睡衣里伸出来的脚。脚上没有穿袜子，脚趾甲已经很长了。他想修剪一下，却实在提不起劲。再说，他都不知道指甲钳放在哪里。

什么都懒得想。绫子的事，真弓的事，还有工作……

"工作啊……"

秀明喃喃道。要是能辞职,我当然也想辞。话说回来,那个新人森永祐子不就辞了吗。亏我对她那么关照,居然连一声招呼都不打就走了。她不是对我有意思吗?

要是我也能辞职就好了。不用听老婆唠叨房贷和生活费,那该有多轻松。

秀明瞥了一眼餐具柜玻璃门上的倒影。里面的人头发像草窝一样,肩膀无力地耷拉着。他很是纳闷:我是什么时候老成这样的?

不过"老态"无法成为激励他的动力。他已经破罐子破摔,甚至觉得干脆输给老婆,当个家庭煮夫也许更舒坦点。

"我也好想怀孕……"

秀明不禁喃喃道,随即笑了出来。女人可真好。一怀孕,就会有人站出来负责。不对,这也不一定,不肯负责任的男人也是有的,只是真弓比较走运罢了。

秀明自嘲地笑了笑。只要笑一笑,他就觉得心里舒服了一些。

一个肉包根本不够吃,要不做个牛奶粥试试?秀明一时兴起,站起身来。

真弓买完东西回来,只见秀明正在厨房做菜,吓了一跳——上一次见秀明下厨,还是新婚燕尔那会儿。

"哟,回来啦。"

说完,秀明微微一笑。真弓又吃了一惊。"爸爸——"丽奈高喊着扑向秀明。秀明高兴地把女儿抱了起来。

"你这是怎么了?"

真弓脱口而出。她好久没有看到秀明的笑容了。

"没怎么啊。还没吃午饭吧?我做了牛奶粥,要吃吗?"

"啊？啊？"

"至于这么吃惊吗。但我不知道你当时是怎么做的，随便弄了一下，大概不太好吃。"

秀明边说边往饭碗里盛粥。真弓很是不解，却只能把买回来的东西放进冰箱。

到底是怎么了？换作平时，无论她怎么唠叨，秀明都不会主动下厨。

他今天早上明明没有发高烧，却弄得好像快死了一样，气得真弓不想搭理他。有一次，真弓烧到三十八度，秀明也没有表现出丝毫的同情。不仅如此，他下班回家后一开口就是"晚饭呢"。

真弓为这件事耿耿于怀，暗暗发誓"我今天偏不跟你说话"。可秀明的态度打乱了她的计划。

一家三口已经很久没有像这样坐在一起吃饭了。秀明做的牛奶粥的确不好吃。

"你加了高汤或浓汤宝之类的东西吗？"

"啊……要加吗？"

被真弓这么一问，秀明反问道。

"嗯，光用盐和胡椒，总归有点……"

"哦，那我下次加一点试试。"

"下次"，听到这个词，正要喂丽奈的真弓不禁愣住了，勺子也停在半空中。

这人到底是怎么了？一大早还跟我闹别扭，闷头躺在床上，怎么现在突然说起这种话？就在真弓纳闷的时候，秀明吃完了，还把空盘子端到了水池。光是这个动作就够让人惊讶的了，谁知他还拿起了海绵，一副要洗碗的样子。

"你不是还烧着吗？别洗碗了，去睡吧。"

秀明看了一眼真弓，就默默转身走向了卧室。真弓目送着他的背影。秀明好像一下子瘦了很多。

真弓摇摇头。她差点就对丈夫产生了同情，这怎么行。

他在和别的女人上床，在跟茄子田的老婆搞外遇。真弓拼命工作的时候，他可是在跟别的女人寻欢作乐。

刚发现丈夫出轨时，她满脑子都是一句"不可原谅"，真想立刻离婚。但不知为何，她迟迟无法鼓起勇气向秀明求证，一直拖到现在。

"妈妈，米妮！"

丽奈指着电视说道。真弓给女儿放她最喜欢看的迪斯尼动画，自己也坐在孩子旁边，心不在焉地看着。

她的视线正好扫到了日历。二月就要结束了。要是不能在二月底之前拿下茄子田，三月的奖金就没指望了。

真弓茫然地想，非得陪他睡一觉不可吗？茄子田明确地说想买保险。真弓本该立刻拿着合同上门拜访，却迟迟下不了决心。

可以大喊着"少开玩笑了"，把茄子田狠狠推开；也可以笑着说"您就别开玩笑啦"，委婉地表示拒绝。但真弓总觉得，她必须和茄子田睡一觉，才能换得他家的合同。

为什么呢？真弓思考起来。她当然不愿意，谁要跟那种男人睡。

是因为秀明跟茄子田的老婆有奸情吗？是因为她觉得，只要跟茄子田上床，就能原谅秀明了？

原谅——真弓看着丽奈娇小的背脊，心想，我是那种"能原谅别人"的人吗？我有那么伟大，有原谅别人的资格吗？

她想起茄子田给她看的那几张家人的照片，还有他妻子的照片。茄子田太太真的很漂亮。为什么这样一个美人要跟秀明这种人勾搭在一起？

"秀明这种人"——真弓有些吃惊。她没想到自己会产生这样的念头。她想的不是"茄子田那种人",而是"秀明这种人"。

我究竟看上他哪一点?真弓不禁寻思起来。丽奈的眼睛和秀明长得很像。双眸的轮廓有同样温柔的线条。对了,我当年爱上的是他的温柔,他的温文尔雅。熟络起来后,他说起话来依然彬彬有礼。

不,不能用过去时。此时此刻,真弓依然爱着丈夫。她不明白,到了这个地步,自己为什么还爱着秀明呢?

她明明爱秀明,却又恨他,真是自相矛盾。她恨死了这个人,巴不得和他离婚,可心里还是放不下对他的那份爱。

爱上一个人究竟是怎么一回事?她越想越糊涂。

下个月的工资一出,他们就能分出胜负。真弓无法预料最后取胜的会是谁。也许秀明不止茄子田这一个客户。

要是真弓这个月没有争取到茄子田家的合同,收入就会少一大截。这也许会直接导致秀明取胜。

真弓迷惘了。她当然想赢。只要能赢,她的人生就会有天翻地覆的变化。然而,她也担心自己能不能养活秀明和女儿。

支部长的面容忽然浮现在眼前。真弓连忙摇摇头,把那张面孔赶跑。

支部长并没有欺骗真弓,也没做过什么对不起她的事。不仅如此,还帮了她很多忙,请她吃了很多她吃不起的美味佳肴。然而,真弓总觉得自己上了支部长的当。

不过,她想通了一件事。她本以为只要努力,就能变成支部长那样。但她错了。她也许成不了第二个支部长,无法挣到能养活全家的钱。

再者,她不确定秀明有没有把这场比试当真,也不觉得这么一场荒唐的比试("荒唐"这个词还是支部长说的)会让秀明辞去工作,安心当一个家庭煮夫。

他们的关系差到了极点，为什么还要住在一起？是为了女儿吗？为了这个诞生在他们之间的小生命……大家都说"孩子是维系夫妻感情的纽带"，可要是让孩子苦苦维系一段没有感情的婚姻，只会委屈了孩子。

下午的阳光洒在丽奈柔软的头发上。对女儿最好的选择究竟是什么？不知道。真弓真的不知道。

不一会儿，丽奈凑了过来，用小脸蛋蹭真弓。她犯困的时候总会这样。真弓靠在沙发上抱着女儿。渐渐地，她自己也开始困了。

电视的声音越来越远。女儿已经睡着了。真弓心想：啊……得洗衣服了。可她的身子和眼皮都重得不行。

就在她快要坠入梦乡的时候，"叮咚"一声，门铃响了。

真弓起初并没有去开门。她闭着眼睛心想，管你按门铃的是谁，肯定不是什么要紧事。

然而，门铃又响了第二次、第三次。真弓只得睁开眼睛，把睡着的女儿放在沙发上，给她盖上午睡用的毯子。

"哪位啊？"

真弓把房门拉开一条缝，问道，只见门口站着一位眼熟的长发美女。

不等真弓反应过来，对方便开口说道：

"我叫茄子田绫子。突然叨扰，真是不好意思。"

"啊？"

"我这次来是有事相求。"

真弓看着她，瞠目结舌。她穿着大衣，斜背着一个硕大的背包，脚下还放着一个大号行李箱。

"请、请问……"

"我就不客气了。"

她鞠了一躬,闯进了玄关,真弓都来不及阻拦。

"你好,你就是佐藤太太吧?"

真弓呆呆地望着她认真的脸庞。她说自己是"茄子田绫子",真弓也的确在照片上见过这张脸。可她来得太突然,真弓心中满是惊讶,还来不及产生其他情绪。这究竟是怎么回事?

"打扰了。"

话音刚落,她就开始脱鞋。真弓这才回过神来。

"请、请等一下……"

"嗯?"

对方直视着她,神情分外严肃。真弓顿时被她的气势镇住了。她怎么能这么理直气壮呢?

"您有什么事吗?"真弓责问道。

"我刚才说了,我有事相求。"

"什么事?"

"秀明跟我介绍过你的情况。他马上就会跟我结婚了,如果你不介意的话,我想把你的女儿也接过来跟我们一起住。"

"慢、慢着……你在胡说什么?"

"你不是不想要秀明和女儿吗?那就由我接手吧。"

"你没疯吧?"

真弓又从头到脚打量了她一番。她明显是卷铺盖离家出走了。但仔细一看,便发现她的头发有些蓬乱,眼神也不太对头。

真弓顿感背脊发凉,慢慢往后退。意识到这个人的脑子有问题,她便担心起了身后的丽奈。

"你这人也太没常识了,请回吧。"

真弓好容易才挤出这句话。

"我特别喜欢小孩，无论是不是我亲生的，都会一样疼爱，你就不用担心了……"

"请你回去！"

"等我肚子里的孩子出世了，家里就有四个孩子啦。这日子过起来一定会很热闹、很开心的。呵呵……"

她竟然笑了起来。真弓吓得毛骨悚然，不禁喊道：

"阿秀！你快来啊，家里来了个疯子！"

喊完后，恐惧汹涌而来。真弓连滚带爬地冲向沙发，抱紧睡梦中的女儿。

"搞什么啊？"

秀明慢吞吞地走出卧室。他看了看抱紧女儿的真弓，又将视线转向客厅门口，表情顿时因为惊愕僵住了。

"为……"

为什么？秀明喃喃道。

"秀明，我再也忍不下去了！我们今天就住到一起好不好？"

绫子微笑着说道。

"绫、绫子……"

秀明惊得嘴巴一张一合，却说不出话来。

"我回头再把慎吾和小朗带来，今天只带了些随身物品。"

"真、真弓，你、你别误会，我也不知道怎么会……呃……"

见丈夫一头雾水，手足无措，真弓稍稍冷静了一些。

"阿秀，快把这个人赶出去！她不正常！"

"我……呃……"

"我知道你跟她有一腿！快把她撵走！"

秀明惊慌失措地看了看真弓，又看了看绫子。绫子缓缓摇头：

"你不是说会跟我结婚吗?"

"我、我可没说过!"

"你骗人!你明明说过!我还怀着你的孩子呢!"

听到这句话,秀明惊得张大了嘴。

"这怎么可能……"

"怎么不可能?我肚子里的孩子就是你的!"

"我一直避孕了啊!"

"可这就是你的孩子,说这些又有什么用?"

"你在说什么!求你了,回去吧!"

秀明带着哭腔说道。大人们的争吵惊醒了真弓怀里的丽奈。她大概也发现家里的气氛不太对劲,眼看着就要哭出来。

"绫子,你这是怎么了!为什么跑来做这种事!"

"你为什么要怪我!我做错什么了?你不是说过爱我吗?"

"你把这里当什么地方了?我求你了,别说了!"

"我们一起开开心心地生活不是很好吗?我一定会做一个比她更称职的妻子。为了你,我什么都愿意做!"

"别说了!"

真弓看着这对男女争论不休,感觉自己的心一点一点凉下来。

这两个人算什么?

她怀着怜悯,看着身穿睡衣、慌乱无措的秀明。一想到丈夫是这样一个窝囊废,就觉得自己分外可怜。要不干脆带着丽奈回娘家去吧?可就这么走了,她实在咽不下这口气。

"我们一起生活好不好?你太太一定会理解我们的,茄子田也会放手的!"

绫子流着泪恳求秀明。

"喂,你说什么?"听到这句话,秀明抬起头问道,"你跟茄子田先生说什么了？"

"我给他留了封信，说要跟你生活在一起。"

秀明的脸上顿时没了血色。他抓住绫子的手，把她往门口推。

"我求你了，回去吧！"

"我不回去，我不要回去！"

"我回头会好好跟你谈一谈的，今天你就先回去吧，我送你走。"

"我不要！我要跟你在一起！"

绫子拼命挣扎，想甩掉秀明的手。放在走廊柜子上的花瓶被碰倒，伴随着一声巨响，在地上摔得粉碎。丽奈立刻发出更响亮的哭声。

就在这时，门铃又响了，还响了不止一次。来人按个不停，很没耐心。在所有人提心吊胆时，玄关的门被拉开了。

"绫子！"

真弓已经不再吃惊了。她甚至稍稍松了口气。该来的人还是来了。

"这是什么玩意儿？佐藤，你个混账东西，到底是怎么回事！"

茄子田连鞋也没脱就冲进了屋子。

"茄、茄子田先生，您误会了……"

"我怎么误会了？你看看这是什么？你竟敢勾引我老婆！"

茄子田把一张纸摔在地上。那应该就是绫子留给他的信。他一把揪住秀明的胸口，吼道："混蛋，跟我出去！"

"请您冷静些，茄子田先生，这是一场误会！"

"少啰唆，看我不打死你！"

茄子田与秀明扭作一团。绫子冲上去拉："住手！快住手！"但茄子田都没有正眼瞧她一下，怒火熊熊燃烧的双眼直视着秀明。真弓抱着哇哇大哭的女儿缓缓挪到房间的角落。忽然，茄子田的视线转向了真弓。

"喂……"茄子田松开了秀明，"这是怎么回事？那是谁！"

茄子田死死盯着真弓的脸。真弓用身子牢牢护住女儿。

"你不是说你离婚了吗？你不是说得一个人把孩子拉扯大吗？"茄子田转回秀明，"为什么真弓会在这儿？难道她是你老婆不成！"

秀明一脸莫名，只能用僵硬的动作点了点头。见状，茄子田双手抱头，双膝跪地，显得备受打击。真弓冷冷地看着他这一系列夸张的动作。

得赶紧逃出去，真弓冷静地想。天知道这个人会干出什么。自己受点伤不要紧，但绝不能让女儿受到一丁点伤害。

这时，茄子田一声大吼："啊——"秀明和绫子都吓得肩膀一抖。茄子田随即冲向秀明。

"你骗得我好苦啊！你跟我们到底有什么仇！"

"茄、茄子田先生……"

"岂有此理！我这辈子都不会原谅你！"

茄子田泪如泉涌，对准秀明抡起了拳头。秀明在千钧一发之际躲开了。

"真、真弓，快报警！"

秀明战战兢兢地说着，东躲西逃。两人就这么冲出了玄关。绫子追了上去。真弓也想乘机逃跑，抱着女儿跑出去了。

冲到走廊一看，只见秀明被茄子田逼到了逃生梯口。茄子田扑了上去。秀明一个趔趄摔在地上。茄子田顺势骑到他身上。绫子倒在走廊上，不停地哭喊："别打了！"

真弓抱着女儿，光脚站在走廊上。

秀明抱头蜷在地上。茄子田打了他一拳又一拳，那光景就像是两个小学生在打架。

真弓心想，现实生活中的"打架"场面比电影里的滑稽多了。明明不是笑的时候，她却越来越想笑。

被惊动的邻居们纷纷打开房门，探出头来。刚走出电梯的人看到走廊里有两个男人打成一团，吓得动弹不得。

是带着女儿逃走，还是上去帮丈夫呢？就在真弓犹豫不决的时候，传来一声"哇——"的大喊，两人都从她的视野中消失了。她飞奔过去一看，只见茄子田与秀明纠缠着滚下铁制的紧急逃生梯，一路滚到了楼梯平台上。茄子田先站了起来。他抓住秀明的头，往铁栅栏上砸。

真弓这才感觉到丈夫有生命危险。

"住手！"

她把女儿塞给一个围观的人，冲下楼梯。

秀明的头已经被砸了好几下。真弓扑向茄子田，使出全身力气，把他狠狠推开。

"阿秀，阿秀，撑住啊！"

真弓抱紧丈夫的头喊道。鲜血从他头上的伤口流出来。

一旁的茄子田仰天哭喊："畜生！畜生！"

茄子田太郎先生：

　　今天，我会离开这个家，事出突然，你一定吓了一跳吧？

　　我们结婚有十年了。这十年里，我真的很幸福。虽然生活中总有些不愉快，也遇到过让我伤心难过的事，但我还是很感激你。没有你，就没有这段幸福的日子。

　　谢谢你接纳了我，还有我肚子里的孩子。我对你的感激，千言万语都说不清楚。你真的是一个好人。你毫不犹豫地把慎吾当成自己的儿子。我没见过比你更善良的人。

　　可我竟擅自离家出走了。我是多么忘恩负义啊！

然而，我再也不能克制心中的感情。

我爱上了格林建设的佐藤秀明。他也非常爱我。但我们都是有家室的人，所以他不能把我带走。

我也想过放弃。如果能放弃的话，我真的就放弃了。

可我放弃不了啊。我是真的爱他，像个高中生一样，只受恋情的驱使。

你是个好人，是个心胸宽大的人。所以我坚信，你一定能理解我。

我想要的是幸福。

我的意思并不是说，和你一起度过的这十年不幸福。

我也犹豫过要不要跟你说实话。可下面这些话，我不得不说。

当年我之所以选你，是有自己的小算盘。

为了幸福，我特意选择了你。但这么自私自利的想法果然是要遭报应的。

我没能在充满算计的生活中得到真正的幸福。

请原谅我的自说自话。请你忘记我这个愚蠢的女人吧。

我已经怀了秀明的孩子。今后我会带着慎吾、小朗、秀明的女儿和这个孩子一起生活。今后的日子恐怕会很辛苦，但我一定会幸福的。

太郎，真的对不起。

谢谢你这么多年对我的照顾。也请你替我向爸妈道歉。我不会再给你添更多的麻烦了。

永别了。

绫子

真弓坐在绿丘医院的走廊，看完了这封信。

周日的医院,连空气都是如此沉寂。窗外的天色已经有些昏暗。外科走廊上的沙发都快被人坐出破洞来了。

绫子留给茄子田的信,真弓看了一遍又一遍。

"我就像个高中生一样",这句话是多么悲凉。她的心理年龄还停留在那个时候,没有长大。她像少女般轰轰烈烈地爱了,又像少女般被逼得走投无路。

她爱上的人并不是白马王子,而是普普通通的房产公司销售员。他是如此卑微,没有本事带着有夫之妇远走高飞。

秀明的伤重得出乎意料。头部侧面开了个大口子,右脚也骨折了,浑身上下都是严重的瘀伤,必须住院疗养一段时间。

医生给他打了针,他正睡着。住院手续都办好了,丽奈有外婆照顾。真弓心想,该回去了。

然而,她还坐在医院的走廊里一动不动。她不想站起来,就这么望着头顶那盏随时都可能熄灭的日光灯。

走廊远处传来了脚步声。这一瞬间,真弓才意识到,原来自己是在等他。

"小真弓。"

一脸疲惫的茄子田走到闪个不停的日光灯下,说道。他的手腕上缠着绷带。滚下楼梯时,他也受伤了。

"对不起,把你老公打成那样……"他稍稍低下头,"你报案了吗?"

"算啦,是阿秀自作自受。"

"可……"

"茄子田老师,你真是个好人。"

真弓微笑着示意他坐在自己旁边。茄子田犹豫了片刻,才缓缓坐下。

"你太太呢？她不要紧吧？"

"嗯……姑且把她送回娘家去了。对了，她没有怀孕。我们打起来的时候，她的例假好像来了。"

"哦。"

两人陷入了沉默。他们有很多想说的话，也有很多想问的问题，却也逐渐生出一种"什么都无所谓了"的感觉。

"你早就知道了吗？"

茄子田弯着腰，垂头丧气，幽幽地问道。

"阿秀和你太太的事？"

"嗯。"

"嗯，早就知道了。"

"你劝我不要建新房，而是买保险，也是在跟你老公对着干？"

真弓叹了口气。

"那倒不是，我当时还不知道他在跟你老婆搞婚外恋。"

"那你为什么要……"

"怎么说呢，当时我们家里有点小情况……"真弓半开玩笑地说道。

"那我就不懂了……"

茄子田慵懒地用双手搓了搓脸，然后又捂住脸，沉思了一会儿。

"我真的不懂啊……"

他再次喃喃道。真弓望向双手捂脸的他。

"为什么……你为什么要骗我说你已经离婚了，自己带着个孩子……"

"对不起……"

"你为什么要妨碍老公拉客户，这对你有什么好处？佐藤那家伙也真是的，有这么漂亮的老婆，为什么还要出轨啊？"

说到这儿，茄子田哽咽了。

"茄子田老师？"

他哭了。他蜷着身子，把头埋在双臂中，瑟瑟发抖。

"佐藤那家伙到底有什么好？一个让老婆出去卖保险的男人能有多好，那种窝囊废有什么好的！"

真弓伸手轻抚他的头发。他抬起头来，脸上满是泪水。

"为什么，我真的不懂！"

茄子田抓住真弓的双臂说道。他满是肥肉的脸离她越来越近。

"我很爱我老婆，也很爱我的家人，能做的我都做了。我只去风俗店，从来没搞过婚外恋。虽然也勾搭过几个你这样的女人，但也知道，你这样的人不会对我这种男人动真心！"掐着真弓的指甲越陷越深，"女人都喜欢你老公那样的男人，不是大腹便便，而是高高瘦瘦、愿意花钱买好西装、知道该带姑娘去哪里约会的男人。我这样的人就是没有女人缘，我都知道！"

泪水不断涌出他的双眼，眼泪和鼻涕顺着双下巴流下来。

"可这种小白脸在关键时候就是翻脸不认人的，聪明女人都知道这个道理，不是吗？你也是这么想的，对不对？"茄子田拼命摇晃真弓的身子，"我还以为绫子也是个聪明人呢。跟我结婚的时候，她已经怀了姐夫的孩子，可我一点都不介意。"

"……还有这回事？"

"有啊！只要是她生的，就是我的孩子。管他是谁的种，孩子都是可爱的。只要是我养大的，那就是我的孩子。为什么大家都要纠结那是谁的种？是谁的种又有什么关系！"茄子田大喊一声，把真弓推开，又攥紧拳头放在膝盖上吼道，"我还以为只有绫子会好好爱我。你说我招谁惹谁了？难道这都是我的错吗？你说，我到底做错什么了？该怎么办？我不想放弃绫子，我想让她幸福！"

茄子田像个孩子似的哭成了泪人。真弓伸出手，轻轻抱住他的头，双臂逐渐用力。他的泪水打湿了真弓的毛衣。

　　那不是同情。她就是想抱紧眼前这个人。

　　真弓从来没有对一个男人产生过这样的念头。她将双唇轻轻埋进茄子田的头发……

　　秀明是被护士叫醒的。年轻的护士问他感觉如何，是否吃得下早饭？秀明默默点头。

　　昨天，他被茄子田打伤了。他只记得自己被送进了医院，全身上下都在疼，却搞不清具体是哪儿在疼，不过现在只觉得头部左侧和右脚还在疼。他不解地打量着自己裹满绷带的身子。

　　他住的是四人间，床位正好在窗边。他坐起身，呆呆地看着窗外的天空。

　　"早。"

　　一旁有人说道。秀明转头一看，只见真弓站在眼前，面带微笑。她提着一个大纸袋，里面装着他的睡衣。

　　"昨晚睡得还好吗？"

　　"嗯。"

　　"还疼吗？"

　　"疼，但不动的话还好。"

　　"脚和头哪个更疼？"

　　"大概是脚吧。"

　　不知为何，真弓的表情分外平静，象牙色的毛衣在阳光中闪着白光。

　　"你不用上班吗？"

　　"我请假了，"真弓边说边把带来的东西放在床边的小架子上，

"医生说你要住院两个月。"

秀明轻轻点头,然后问道:"你不生气吗?"

真弓歪着脑袋,笑了。她搬了一张钢管椅,坐在床边反问:"生什么气?"

"各种事……出轨的事啦,还有别的……"

"出轨啊……"

"我知道道歉也没有用,但还是要跟你道歉。"

"你不用道歉。"

秀明一边跟真弓说话,一边平静地想:看来在我心里,和绫子的事终究还是"出轨"。那我对真弓就有"真情"吗?好像也不是这么回事。我这辈子大概从来没有真心爱过一个人吧,毕竟都没有真心爱过自己。

"你准备怎么处理绫子那边的事?"

真弓问道。秀明思索片刻后缓缓摇头。

"我也做不了什么。"

"听说她没怀孕。"

听到这句话,秀明才想起绫子之前在家里宣称自己有了身孕。

"哦……那就好。"

秀明打心底舒了口气。就算绫子真的怀孕,他恐怕也无法为她做些什么。这时,真弓突然站起来,一脸不悦。

"我没报警。茄子田老师原本是要给你出住院费的,但你有保险,我婉拒了。"

"也好。反正错在我身上。"

秀明垂下眼说道。他的手交叠着放在床单上。忽然,真弓用力握住他的手,问:"我还想问你呢,你不生气吗?"

秀明睁开眼,问道:"生什么气?"

"你还问我啊……"

"我哪有生气的资格。你是对的。我错了。"

"我不想听你说这些!"

真弓大声喊道。同屋的病人和一旁的护士都望向他们。真弓还握着秀明的手,望着他的脸庞。秀明却岔开了视线。

"你就没有别的要说?你当初想让我怎么样,想让绫子怎么样,你自己又想怎么样?为什么想了却没有做,你不会不甘心吗?就算你是自作自受,可被打成这样了,就没有一点点不甘心吗?"真弓摇着秀明的手,"你不担心绫子后来怎么样了?要是她真的怀孕,你打算怎么办?你就不想知道我今后有什么打算,就不担心丽奈吗?还有公司和合同的事呢!你怎么能这么没志气啊!"

秀明轻轻掰开真弓的手。

"你什么都别问了……"

"为什么?你要是觉得我不对,那你就说呀!"

"我刚才也说了,你是对的,我错了。"

秀明感觉自己心里的某样东西消失了。在他还小的时候,这个东西就像是一块巨大的冰。随着时间的推移,冰块逐渐融化……他一直小心呵护着这个东西,唯恐它全部融化掉。但他现在感到,这个东西已经消失得无影无踪,不知流到何处去了。

他虽然难过,但也因此轻松了不少。因为失去过一次,就不可能再失去第二次。

"我会回群马去。"

"啊?"

"你赢了。我没有拿到茄子田家的合同,所以这三个月里,我一份合同都没签下来。你的工资肯定比我高。"

真弓一言不发,默默看着秀明的脸。

"你不是说你要是赢了,就要养我和丽奈吗?"秀明长叹一声,"你肯定已经烦透我了吧?你也没必要费神养我这种男人。光是丽奈就够你忙的了。我保证,回老家后就立刻找工作,到时候就能付抚养费给你了。"

这时,秀明感到左脸一阵疼痛。原来是真弓打了他一耳光。

"卑鄙小人!"

真弓喊道。她的眼中并没有泪水。

"你想得美!我们不是说好了吗?如果我赢了,你就辞职当家庭煮夫,你为什么逃跑?"

"可是……"

"我是早就烦透你了,可我绝不会原谅你!我一定要你当家庭煮夫!我会挣钱养家的,你就给我在家里做家务,带孩子!"

秀明绞尽脑汁,想找几句话说,却什么都说不出来。妻子是对的,错的是他。

不过,他最后还是想出了一个问题。

"这样你就幸福了吗?"

听到这句话,真弓的脸色变了。但她的眼睛里只是蒙上了薄薄一层泪水,却没有落下泪来。她转过身,背对着秀明说道:

"我在这儿待着也没事做,先走了。到了傍晚,我再买本杂志带过来看。"

真弓拿起大衣,迈开步子。走着走着,她忽然停下。

"阿秀。"

"嗯?"

"我跟茄子田老师睡过了。"

她撂下这句话,走出病房。

秀明思索着最后一句话的含义。她说的是真的?她为什么要做这种事，是为了争取保险合同吗？

但他越想越觉得无所谓，就没有琢磨下去。就算是真的，他也没有产生丝毫嫉妒。

秀明不禁回想起昨天的茄子田。那张写满愤怒的脸。号啕大哭的茄子田。落泪的绫子。

真该看看他们的结婚照，秀明忽然想，绫子肯定美得跟仙女一样。

啊，对了……

我也在真弓的父母面前低着头说过，我一定会给真弓幸福的。

爱川由纪回到支部。她有些微醺。

她刚在父亲介绍的新客户家里吃了晚饭，还喝了一点酒。她本想直接回家，可有些明天一早就要交的文件还没弄完。无奈之下，只能回一趟支部。

喝完酒还要工作的确麻烦，但她心情不错。刚认识的新客户是个社长。他的公司不大，但好歹也能开拓一些新的人脉。

走到公司楼下一看，只见办公室还亮着灯。还有谁没走？她打开办公室时，屋里的人吓了一跳，回过头来。原来是佐藤真弓。

"咦，这不是真弓吗，还在加班啊？"

真弓没有回答，而是默默盯着她看。她心想，这是干什么呀？这姑娘可真奇怪。

"昨天给您添麻烦了……"

"没关系，你老公怎么样了？没有大碍吧？"

"嗯，不过得住院休养两个月。"

真弓一边收拾资料一边回答。见她脸上布满阴霾，由纪不由得想，真是个傻姑娘。

昨天真弓突然联系她说，老公跟人打架受了重伤，被送进了医院，要请一天假。由纪觉得谁跟谁打架、谁受了多重的伤都无所谓，但她不希望真弓的工作因此受到影响。

真弓家总是麻烦不断，也不知道是为什么。老这样下去可怎么行，也许得跟真弓提个醒。

"真弓啊，你今晚有什么计划吗？"

"没有。"

"那你能等我半个小时吗？我还有个文件要赶，等我弄好了，一起吃个饭吧？"

真弓没有回答，又盯着她看了一会儿。从刚才开始，她就不太对劲。

"真弓？"

"对不起，我不能去。"

"哦？不去啊？"由纪没想到真弓会拒绝，不禁语塞，"也是，老公还住着院呢，你肯定累坏了。女儿还等着你去接。"

"支部长。"

"嗯？"

"如果您继续用支部的经费报销餐费的话，就不要再叫我一起去了。"

真弓一字一句地说道。由纪愣住了。

"你这是怎么啦？你今天好像不太对劲。"

"请您不要再浪费支部的经费了。"

真弓的视线中分明含着敌意。由纪顿时有些恼火。

"你这话是什么意思？"

"我让会计拿账簿给我看过了，"真弓从刚整理好的文件里拿出一张电脑打印纸，说，"我只看了这半年的数据，但这半年的经费几乎都是您用掉的。"

真弓边说边掏出了一叠发票，慢慢地翻给由纪看。

"有些是请我吃的，有些不是。我今天问过支部的其他人，'这半年里支部长有没有请你们吃过饭'，大家都说没有。"

由纪皱起眉头。她心想，这姑娘到底要说什么？

"那又怎么样？那是因为你为支部做了贡献。我请你吃个饭，你有什么不满意的……"

"我打电话问过其他支部了，"真弓打断由纪，"其他支部都会用这笔经费开忘年会或是慰劳会，剩下的钱会换成啤酒票、图书券之类发给当月贡献最大的人。"

真弓和由纪四目相对。夜晚的办公室寂静无声。

"那又怎么样？"由纪抱着胳膊，靠着办公桌说道，"你是让我也这么办吗？"

"那是您该决定的事。"

说着，真弓拿起挂在椅背上的外套，穿了起来。由纪觉得真弓扫了她的好兴致，越想越生气。

"别怪我说话不好听，可你觉得能用这种口气跟我说话吗？"

真弓穿好大衣后又裹上一条围巾，扑哧一笑：

"我要是辞职，该头疼的是您呀。"

"我怎么会头疼，你要走就走呗。"

"我不会走的。"真弓斩钉截铁地说完，拿起手提包，走到站在办公室门口的支部长身边，"我这么说，是觉得您不该这么用经费而已。效仿其他支部的话，大家会干得更开心，工作业绩肯定也会更好。"

"真弓？"

"大家都是满腹牢骚，只有您还浑然不知。要是我煽动大家一起辞职，到时候吃不了兜着走的可是您。"

由纪瞠目结舌地看着真弓。她忽然冒出了一个完全无关的念头——她以前可不会用这种眼神看我。

"你觉得你有这个本事吗?"

"不好说,得试试看才知道。"

由纪松开胳膊,用开玩笑的口气说道:

"我好怕哦。"

"卖乖发嗲只对男人有用。"

这一句话把由纪气炸了。见状,真弓调皮地笑着说:

"原来越有钱就越抠门是真的呀。下次请我吃饭的时候,请您一定要自掏腰包哦。"

就在由纪思索该说什么的时候,真弓已经走出了办公室。

尾 声

听说秀明辞职了,真弓的父亲勃然大怒。

出院后没多久,秀明就递交了辞呈,然后直接去了一趟真弓的娘家。他们向岳父岳母宣布,从今往后,真弓将成为家里的顶梁柱,挣钱养家,而秀明会当一个家庭煮夫。

真弓第一次见到父亲对人暴力相向。挨打的秀明却跪坐着,一动不动。

暴怒的父亲吓得母亲一句话都不敢说,只能战战兢兢地环视在场的三个人。

父亲怒吼道:我不能把宝贝女儿和外孙女交给你这样的窝囊废!你们立刻给我离婚!

真弓抱着闹别扭的丽奈,起身说道:"我也不想让你们担心,可是爸爸,你没有资格这么命令我们。"

听到真弓的话,父母惊得张大了嘴。

"阿秀,走吧。"

秀明低着头站起来,鞠了一躬,走出房间。真弓跟在后面。她听见父亲在背后怒吼,却没有回头。

在玄关穿鞋的时候,母亲沿着走廊冲了过来。真弓把丽奈递给秀明,让他先走。

"你知道刚才跟你爸说了什么吗?"

母亲很激动,神情中既有愤怒又有疑惑。真弓紧咬下唇说道:

"妈妈,对不起……"

"你跟我道歉有什么用,你干吗跟你爸说那种话!你真准备一个人上班,养秀明和丽奈吗?你觉得自己有这个本事吗?"

母亲盯着真弓说道。真弓真想号啕大哭着扑进母亲怀里,但她忍住了。

"我也觉得很对不起爸爸……"

"那你为什么要……"

"你们出钱给我办了婚礼,还出了公寓的首付……我却把事情弄成这样,真是对不起……"

"为什么,到底出什么事了?妈妈真的不明白。"

母亲眼泪汪汪。真弓突然感到,妈妈老了。她这辈子第一次觉得母亲比自己更软弱。一想到这儿,她心里就更难受了。

"秀明的伤不是已经好了吗?不缺胳膊不缺腿的大男人为什么不工作?你为什么非要赚钱养活一个健康的大男人?"

真弓低头望向母亲踩着凉拖的脚。为了不让眼泪掉下来,她拼命睁大眼睛。

"不这样做,你们就不能做夫妻了?你就那么喜欢秀明?"

母亲的问题让真弓抬起头来。

"我也不知道到底喜不喜欢他。"

"那你为什么还要这样?"

"妈妈,我也不知道……"

"如果你只是为了争口气,我劝你还是算了吧。这可不是你们两个人的问题,你们也要为丽奈的幸福着想啊!"

母亲紧紧抓着她的手臂。但她轻轻掰开了母亲的手。

"我走啦。"

母亲好像有话要说,可真弓摇了摇头。她不希望母亲再问更多的问题了。

连她自己都说不清楚的事,父母怎么可能会懂。她这次来,也不是为了要让他们搞明白。那她为什么还要来呢?

真弓走出玄关,仰望着这栋自己出生长大的房子。

啊,原来是这样。真弓舒了口气。

我是来说那句结婚时忘了说的"再见"。

秀明辞职时拿到了一笔离职金,虽然也没多少钱。家里还有些积蓄。第一年靠这两笔钱还是能撑过去的,麻烦的是从第二年开始要怎么办。

真弓坐在支部的办公桌前,看着存折,陷入沉思。

这个月的电费特别高。天凉了,秀明开始开空调。说不定买个煤油取暖炉更省钱。

秀明辞职做了家庭煮夫,真弓成了保险公司的全职员工。一眨眼,半年过去了。

起初别别扭扭的生活节奏也稳定多了。秀明做家务的水平原本很糟糕,不过现在他已经会做绝大多数的家务了,都不用真弓一一提点。

最让人头疼的还是房贷。她不是没想过干脆把公寓卖了租房住,但房租跟月供也差不了多少。只要能把奖金季的月供撑过去,还是继续住这套房子更合算。

所以真弓问秀明,能不能只在奖金季打一下零工补贴家用。她本以为秀明会反对,谁知他二话没说就点头了。奖金季正好也是送中元礼和岁末礼的时候，两人决定只在年中和年末送丽奈去托儿所，这样秀明就能去送快递了。

"真弓，你不去吃午饭吗？"

真弓抬头一看，跟她说话的是面带微笑的支部长。

"对不起，我还在等客户的电话呢。"

"哦，这样啊。"

"我会守在办公室的，您先跟向井去吃吧。"

真弓对另一位还没吃午饭的销售员说道。那人边起身边说："那我先去吃了。"

两人出门后，真弓慵懒地敲了敲自己的肩膀。

她根本没有等客户的电话，只是想尽量不和支部长一起吃午饭。倒不是因为她跟支部长闹僵了——她只能在午餐上花一千块，而支部长总喜欢去她吃不起的高档餐厅。那次争吵后，支部长再也没请真弓吃过饭。毕竟是她主动要求的，也不好说什么。

那天过后，支部长的态度并没有什么变化。和以前相比，她对真弓的确生分多了，但从来没在工作上为难过她。

她大概也怕跟真弓闹得太僵会影响到工作，而且她是个如假包换的大小姐。当然，这个词有褒义也有贬义。支部长的心眼并不坏，只是上天太眷顾她，才会让她养成说话不知轻重的习惯。

"真是羡慕啊。"真弓喃喃道。说完，她便苦笑起来。

事到如今，她才切身体会到秀明以前的确受了很多委屈。

每天一千块的午餐费的确不够用。如果只用这笔钱吃午饭也罢了，关键是她每个月的零花钱都少得可怜，买支口红都要省吃俭用才行。

但真弓没法抱怨，因为在赚钱养家的是她。零花钱少，只能怪她赚得少。

道理她都懂，可还是会下意识地对秀明发脾气。秀明在食材上花很多钱，却做不出什么好吃的东西。明明一整天都在家，有时候却买熟食回来充数。曾经的真弓也是如此，但她还是不由得发牢骚——你就不能把钱用在刀刃上？

无论真弓怎么数落，秀明都没有给出像样的反驳。他只是默默听真弓念叨。

秀明已经辞职在家半年多了。真弓并没有看出他有多享受，也不觉得他有多痛苦。

当临时快递员的时候也是。他好像不是特别享受"工作"的感觉，却也没有表现出太多厌烦，只是默默地把一个月的工资交给真弓。

然而，秀明也不是完全没精神——与辞职前相比，他开口说话的时候越来越多。可他的话题总是围绕着超市的活动、白天看的电视节目，真弓每次都怀着分外复杂的心情听他说话。

秀明也经常跟女儿说话。近来丽奈也说得越来越像样了。休息日早上，真弓会睡个懒觉。起床一看，只见秀明和丽奈坐在客厅的向阳处，一边看儿童节目，一边齐声唱歌。丈夫的笑容和女儿的笑容真是像极了。每每见到这样的景象，真弓都觉得心头一紧。她也不知道这究竟是幸福还是不幸。

守护这道风景是她义不容辞的责任。能保护这对父女的人只有她了。这么一想，真弓就害怕，担心自己能不能行。她感觉自己打开了一扇不能打开的门，心中满是担忧。

真弓近来在完成月度指标方面遇到了瓶颈，也没有开拓出更多的新客户。她打电话给桦木咨询了一番。桦木说，干得久了，状态肯定会有起伏，不用太放在心上。

可真弓怎么能不把这些事放在心上呢？多一笔单子，工资就能上去不少。她想买双新鞋，偶尔也想给秀明买点东西。他都好久没去过新片的特映会了。真弓偶尔也想让他看看喜欢的电影。可是丽奈以后花钱的地方还多着呢,她总得多攒点。

秀明真打算这样一直不工作了吗?他永远都不会说出"我也去外面工作吧"这句话了吗?

"你去工作好不好?"真弓再担心,也说不出这句话来。她长叹一声。

就在这时,桌上的电话响了。

"您好,这里是绿叶人寿绿丘支部。"她下意识地用分外亲切的声音说道。

"敝姓吉川,请问佐藤真弓小姐在吗?"

"啊,一美?"

原来是好友一美打来的。最近她经常打电话给真弓。

"你在忙吗?"

"不忙,在午休呢。"

"你能听我抱怨抱怨吗?"

"怎么啦,又吵架啦?"

一美结婚快满一年了。头几个月她还会不时展示一番恩爱,但最近动不动就跟老公吵架。不过在真弓看来,这样的抱怨也是炫耀夫妻恩爱的一种形式。

"这回又怎么啦?"

"你听我说,小健他妈上个星期来我们这儿过夜,动不动就说,你的肚子怎么还没动静,什么时候让我抱孙子……她把我当生孩子的机器是吧!我实在气不过,可小健居然让我替他妈想想!"

真弓心不在焉地"嗯嗯"着。

"我真是气死了……哎,咱们偶尔也去喝两杯痛快痛快?"

真弓一边用圆珠笔往手头的便笺纸上乱涂,一边思考要怎么回答。她当初之所以出来工作，就是为了能"偶尔和朋友去喝两杯"，可如今她已经去不起一美去的那种店了。

"对不起啊，一美。"真弓在桌上滚了滚圆珠笔，"我得早点回家给丽奈洗澡呢。"

"啊？"

听到朋友惊讶的声音，真弓望着天花板笑了。

秀明带着丽奈，来到国道边新开的大型折扣店。

报纸里夹了一张广告单，上面说这家店的煤油取暖炉在做活动。光开空调实在太费电，于是真弓提出买个取暖炉。

公寓附近的超市也有取暖炉卖。就算是折扣店，价格也差不了多少。

然而，秀明眼下唯一的娱乐活动就是购物。偶尔坐公交车出一趟远门也不错。

买好取暖炉，办好送货手续后，他干脆在店里逛了一圈。厨房用品比超市卖得便宜，但不开车来就没法买。

给丽奈买了个小布偶，秀明就离开了折扣店。快三点了，他站在店门口的公交车站，缓缓环视四周。

茄子田家就在这家折扣店的后面，要不要去看一眼呢？秀明从一大早犹豫到现在。

打那天起，他再也没有见过绫子，也没有联系过她。而绫子也没有联系过秀明。真弓绝口不提茄子田和秀明的外遇。他本以为茄子田那么厚脸皮的人肯定会以"精神损失费"之类的名义敲他一笔，谁知连茄子田都失去了音讯。

秀明也没打算再和绫子见面。就算是见了，也不过是徒增伤害，重修旧好更是免谈。但他还是有点好奇茄子田家的现状。

"丽奈,要不要散个步?"

"散步?"

"爸爸想去一个地方……"

女儿做出一个神气十足的表情,仿佛她什么都知道一样。只见她用力点点头,和秀明手牵手走了起来。她手里捧着秀明刚买给她的布偶,一边走,一边还哼起了喜欢的歌谣。

孩子真是有意思——辞职后,秀明便过上了与女儿每日相伴的日子。和女儿在一起的时间越久,这个念头就越强烈。

倒不是说他以前不爱女儿,只是没有这么亲密。每天都和女儿待在一起,就能体会到她有时可爱得让人发狂,有时又让人气得巴不得把她撂在路边。这也是意料之外的发现。

半年过去了,起初还觉得新鲜的家务也成了例行公事。真弓每天都嚷嚷着要节约用钱,秀明也是绞尽脑汁,想的那些办法连他自己都觉得好笑。

以前送去洗衣店洗的衣服,他都尽量在家洗。真弓的上衣他也会烫一下。他以前都不知道熨斗这个东西要怎么用,只好买些面向家庭主妇的杂志回来,依样画葫芦。

他还发现,做菜其实并不麻烦,麻烦的是构思每天的菜式。他也知道去超市前要先把菜式想好,这样才不容易浪费钱,可真的操作起来,他就会频频错过超市活动,有时还让蔬菜白白烂掉。

街坊邻居似乎不知道秀明为什么成天待在家里洗衣做菜。一看到他走在路上,大家都会看着他窃窃私语。秀明只得苦笑。他甚至想,是不是应该亲自上门给他们解释一下?

家庭煮夫的生活比他想象的无聊多了。轻松是轻松,可他融入不了公园里的主妇圈子,也懒得联系老朋友,所以十分孤独。

女儿总是在他身边。孩子固然可爱,却不能陪他聊天。他在夏天做了一个月的快递员。工作的确能起到散心的作用，却不能让他高兴起来。

他很孤独，却也很轻松。

这辈子就这样了吗？有朝一日，他也会像真弓舍弃"家庭主妇"身份时那样，渴望出门工作吗？

十月的风吹过住宅区。秀明绕过眼熟的酒铺，继续往前走。再转一个弯，就能看见茄子田家了。

要是被茄子田家的人发现怎么办？秀明很紧张。他紧握女儿的手，转过最后一个弯。

那是一条老房子林立的小路。茄子田家原本矗立在小理发厅旁。然而，理发厅旁空无一物，像是缺了个口子似的——茄子田家成了一片空地。

"……怎么搞的？"

秀明不禁喃喃道。女儿一脸不解地抬头看着他。秀明站在空地前，打量了足足五分钟。各种各样的理由浮现在脑海中。是搬家了，还是决定建新房了？这个家不会是四分五裂了吧？

"爸爸，回家吧——"

在空地里"探险"的女儿玩腻了，回到秀明身边说道。他点点头。是啊，再烦恼又有什么用？还是回去准备晚饭吧。

就在他准备往回走的时候，身后传来了一声狗叫。"汪！"

"啊，是房子公司的大哥哥！"

牵着狗朝他走来的孩子，正是茄子田的小儿子。秀明倒吸一口冷气。怕生的丽奈立刻躲到秀明身后。

"大哥哥好！"

男孩爽朗地打了招呼。秀明还记得他叫"小朗"，他好像长高了。

"哟，你好啊。"

"大哥哥,听说你辞职啦?"

小朗装模作样地问道。秀明尴尬地笑了笑。

"差不多吧……话说你家的房子上哪儿去了?"

"总算要建新房啦。"

小朗摸着坐在旁边的狗狗的脑袋回答。

"可……"

秀明本想问,"你爸爸不是说要买保险,所以决定不建新房了吗?"但他没有问出口。孩子还小,怕是不了解内情。

"家里好像有白蚁。"

"啊?"

"就一点点,但爸爸嚷嚷着要造个新房子。不过也好,我早就想住新房啦。"

小朗笑嘻嘻地说道。秀明不知道该说什么才好。他心里装满了问题,可是……也许不问才是明智之举。

"那你们现在住在哪儿啊?"

秀明还是问了。

"儿童公园旁边的房子。我们家的房子已经很旧了,可现在住的房子也超级旧。不过只要熬两个月就行啦。"

"哦……小朗,我还有个有点奇怪的问题要问你。你知不知道你们全家有没有买保险?"

"保险?"

"嗯。"

小朗耸耸肩。"应该没有。"

"你怎么知道?"

"因为我听见爸爸和爷爷为了这事吵了一架。"

秀明顿感心跳加速。莫非真弓没有争取到茄子田家的合同?

"大哥哥,我还要上补习班,先走啦。"

听到这句话,秀明才回过神来。

"啊,对不起。我也要回去了。你妈妈还好吧?"

"嗯,就是前一阵子身体不太好,回外婆那儿住了一段时间。"

"……现在好了吗?"

"好了。大哥哥,等我们家的新房子建好了,你可一定要来看看。"

秀明凝视着小朗的大眼睛,这双眼睛很像绫子。

"小朗,你能答应我一件事吗?"

小朗换了只手牵狗绳,一脸诧异。

"你能不能别告诉你妈妈今天见到我了?"

"为什么?"

"怎么说呢……因为我跟你爸爸妈妈闹了点矛盾……"

"什么嘛。"小朗哈哈大笑,"你就是因为这个辞职的呀?"

"嗯,差不多吧……"

"知道啦,我不说就是了。大哥哥再见。"

小朗挥挥手,牵着狗飞奔而去。秀明目送他离去后,便抱起了心情不悦的女儿。

真弓没拿到茄子田家的合同吗?那赢的也许是秀明。他没有看工资单就认输了。也许看了,就会是另一种结果。

"回家嘛——"

丽奈在秀明怀中哼唧。他笑着点了点头。

嗯,回去吧。我还有家可回。

茄子田慎吾正在和叶山夏彦下将棋。

夏彦是他的好朋友秋由的哥哥。他早就成了叶山家的常客。每次去玩,夏彦都会露面。夏彦把慎吾当亲弟弟一样疼爱。慎吾也不讨厌夏彦。

叶山家的家长很少在家。秋由起初告诉他,"我家是双职工家庭",慎吾也当真了。但久而久之,他发现秋由和夏彦的母亲似乎并没有上班——她每天都会打扮得光鲜亮丽,坐车出门。夏彦笑着说,这就是我妈的工作。

慎吾最近才知道,叶山兄弟的祖父是绿山铁道的会长。但他还不太明白这样的家世究竟意味着什么。反正他们家很有钱就对了。

叶山家没有大人监管,待着很舒服。夏彦和秋由各有一间属于自己的房间,面积足有十张榻榻米那么大。此外,家中还有只放影音设备的房间,以及跟图书馆差不多的书库,孩子们也能随意使用。

慎吾在叶山家第一次见到了所谓的"保姆"。保姆年纪挺大,看上去很温柔。可夏彦一抽烟,她不仅不生气,还会迅速拿出一个烟灰缸递过去。

夏彦横躺在棋盘的另一侧。慎吾捧着膝盖,坐在长毛绒地毯上。夏彦正在细细思索下一步要怎么走。

"成田怎么这么慢,他不是说要来吗?"

慎吾觉得气氛太沉重,就向背对着他打游戏的秋由问道。

"他不会来了。"

秋由一边击落画面中的战斗机,一边回答。

"为什么?"

"我听说他考试的时候作弊来着。"秋由咬牙切齿地说,"我讨厌这种龌龊的家伙。"

秋由看着电视,他的侧脸是如此冰冷。

"算啦,小秋,谁都会鬼迷心窍的。"夏彦笑着劝慰弟弟。

"我可不想让那种人到我们家来。"

"你就是这样才交不到朋友。"

慎吾呆呆地听着兄弟俩的对话。他刚开始来叶山家做客的时候，这个房间里总会有好几个人。可眼看着人数越来越少，现在只剩他一个了。

"慎吾是聪明人，我喜欢。"

把战斗机全部击落后，秋由微笑着望向慎吾。

"我也喜欢。"

夏彦举起一只手表示同意。

"等我以后当了社长，就给慎吾一个部门管管好了。你想要哪个部门？铁道肯定是我的，要不把百货店给你？"

"你小心慎吾把整个公司都吞掉。"

兄弟俩哈哈大笑。慎吾攥着棋子，不知道该说什么才好。

"嘿，这招怎么样？"

夏彦把桂马放在慎吾的飞车前面。慎吾早就料到他会下这招。

慎吾凝视着棋盘。他已经算出来——再下七手，他就赢了。

怎么办呢？

是一鼓作气赢下来，还是稍作退让，给对方一个机会？慎吾犹豫了。这份犹豫也让他十分惊讶。换作以前，他绝不会有故意输给对手的念头。

可以赢吗？

慎吾这辈子从来没有过如此激烈的心理斗争。

后 记

说出来大家也许不信,其实我特别喜欢参加婚宴。一收到请帖,我就会兴高采烈地置办新衣服和新鞋,静候大喜日子的到来。

前些天,我去参加了大学同学的婚礼。新郎新娘都很有人缘,婚宴和二次会都热闹极了。我见到了很多阔别已久的朋友,也认识了一些新朋友,把酒言欢,十分尽兴。见朋友们一脸幸福,我心里也是美滋滋的。所以,就算在台上发言的大叔说,"安心的'安'就是宝盖头加一个'女'字,女字旁加一个孩子的'子'就是'好'(女权主义者听了大概会把他一拳撂倒吧)",我也能一笑了之。

我始终坚信,每个人无时无刻不在为自己的幸福祈祷,只是祈祷的形式各不相同罢了。

写完本书后,才发现这是我的第二十部作品。值得纪念的一部,也是我作品中篇幅最长的一部。这真是一个令人欣喜的巧合。

感谢岩本留美子女士与松沼由美女士接受我的采访,为我提供宝贵的素材。同时也向责编小森收先生表示最诚挚的谢意。

山本文绪

一九九四年

二十年后的后记

这本小说诞生于二十年前。

此次出版社要推出新版的文库本,于是我拿起数年未读的作品,审读修改了一番。不过我只调整了一些用词和句尾的语气词,把 BB 机改成了手机,剧情并没有修改。

我很少用第三人称写作。本书中的登场人物与我的另一部作品《沉睡的长发公主》略有重合,而那本书是用第一人称写的。那时我很犹豫以后该用第一人称还是第三人称,就用"住在同一栋公寓楼的一对邻居"做了实验,一个用第一人称写,一个用第三人称写。

这本书也是我从少女小说转投大众文学后的第四部作品。

记得那时我还是个无名小辈,也没有出版社向我约稿,手头很紧张,但我还是特别享受"写作"这件事。

当我调转枪口写文学作品时,便下了决心:如果不能在三十五岁前靠写小说养活自己,就出去找工作。我当时认定,不能靠自己的双手养活自己,就算不上一个独当一面的人。写这本小说的时候,兼职的地方问我要不要转成短期合同工,我着实犹豫了好几天。虽然距离"三十五岁"的大限还有一段时间,但机会难得,就这么拒绝好像也不太好。于是我想,如果这本书卖得不好,就跟那家公司签约。谁知在这个时候,我听到了加印的消息。所以这本书也算是让我继续在小说这条路上努力奋斗的契机。

有机会让大家在二十年后重新认识这本书,我由衷地感到高兴。请允许我借此机会向各位新老读者致以最诚挚的谢意。

我一定会在小说之路上再接再厉,今后也请大家多多指教,多多鞭策。

山本文绪

二〇一三年春

图书在版编目（CIP）数据

不回家的诱惑 /（日）山本文绪著；曹逸冰译. ——
海口：南海出版公司，2017.8
 ISBN 978-7-5442-9044-9

Ⅰ. ①不… Ⅱ. ①山… ②曹… Ⅲ. ①长篇小说－日本－现代 Ⅳ. ① I313.45

中国版本图书馆CIP数据核字（2017）第133734号

著作权合同登记号　图字：30-2017-062
ANATA NIHA KAERU IE GA ARU
© Fumio YAMAMOTO 1998, 2013
First published in JAPAN in 2013 by KADOKAWA CORPORATION, Tokyo.
Chinese translation rights arranged with KADOKAWA CORPORATION, Tokyo
through DAIKOUSHA INC.,Kawagoe.
All rights reserved.

不回家的诱惑
〔日〕山本文绪 著
曹逸冰 译

出　　版	南海出版公司　（0898）66568511	
	海口市海秀中路51号星华大厦五楼　邮编 570206	
发　　行	新经典发行有限公司	
	电话(010)68423599　邮箱 editor@readinglife.com	
经　　销	新华书店	
责任编辑	翟明明	
特邀编辑	陈文娟	
装帧设计	韩　笑	
内文制作	王春雪	
印　　刷	北京富达印务有限公司	
开　　本	850毫米×1168毫米　1/32	
印　　张	9.5	
字　　数	223千	
版　　次	2017年8月第1版	
印　　次	2017年8月第1次印刷	
书　　号	ISBN 978-7-5442-9044-9	
定　　价	45.00元	

版权所有，侵权必究
如有印装质量问题，请发邮件至zhiliang@readinglife.com